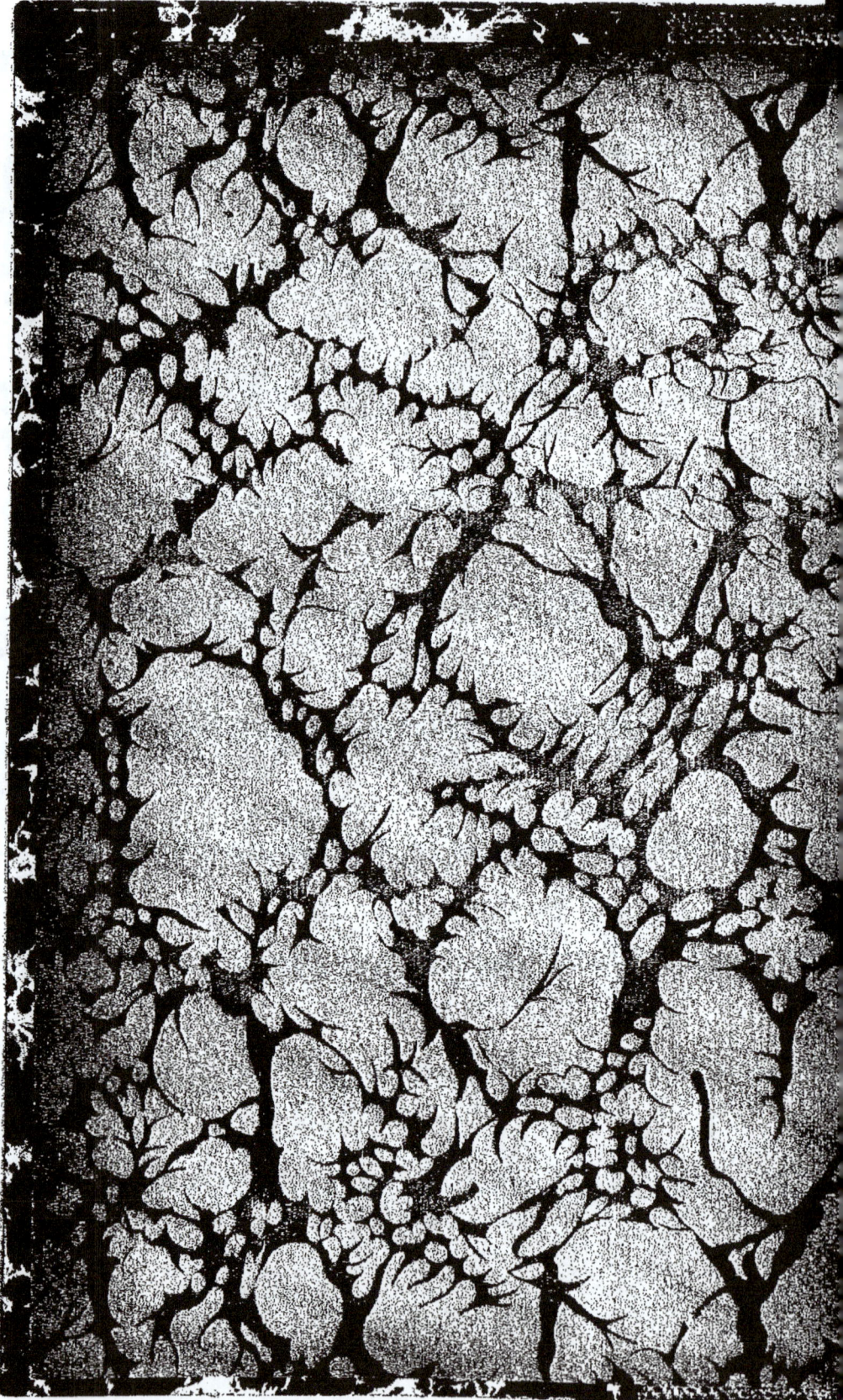

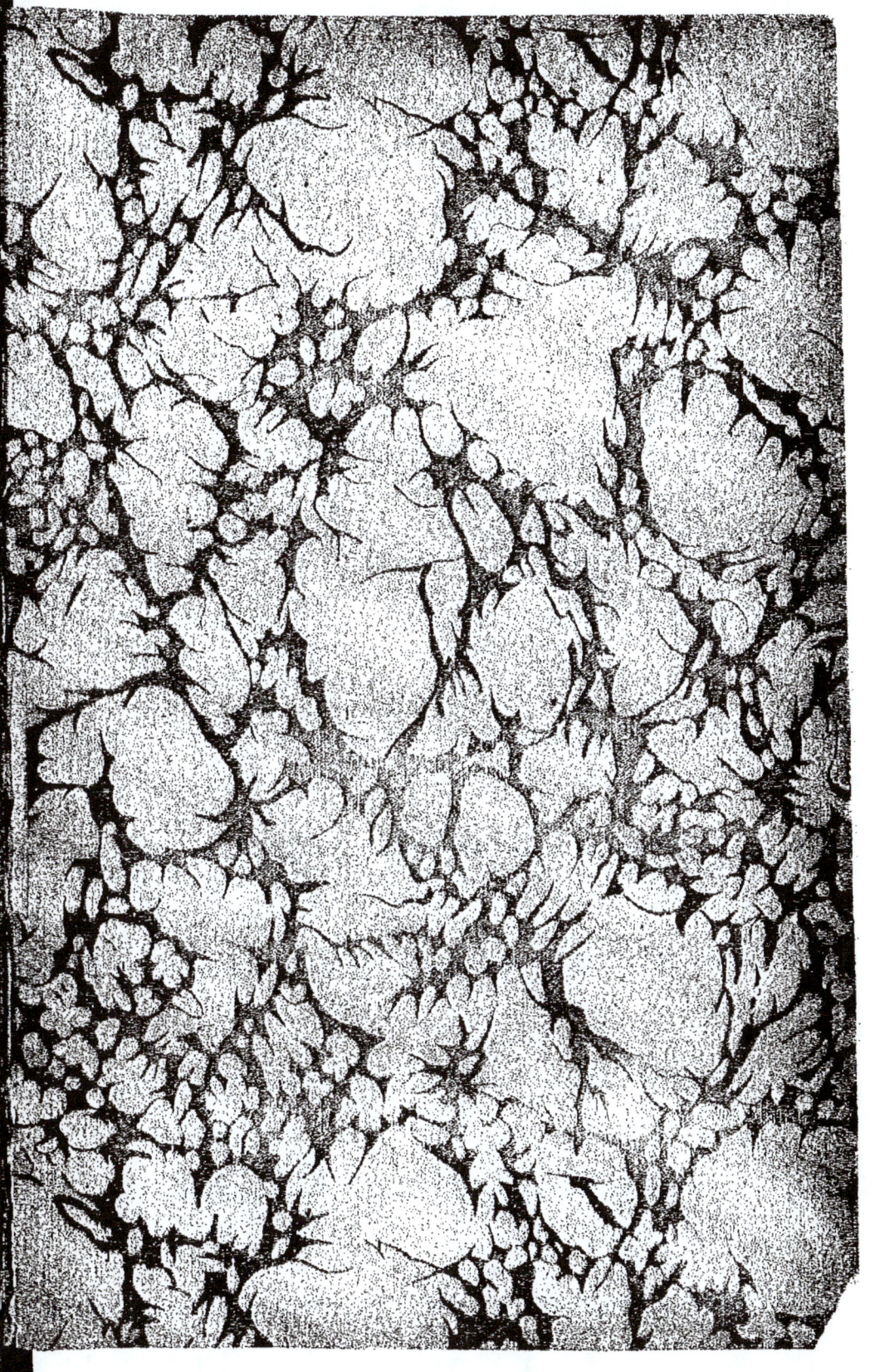

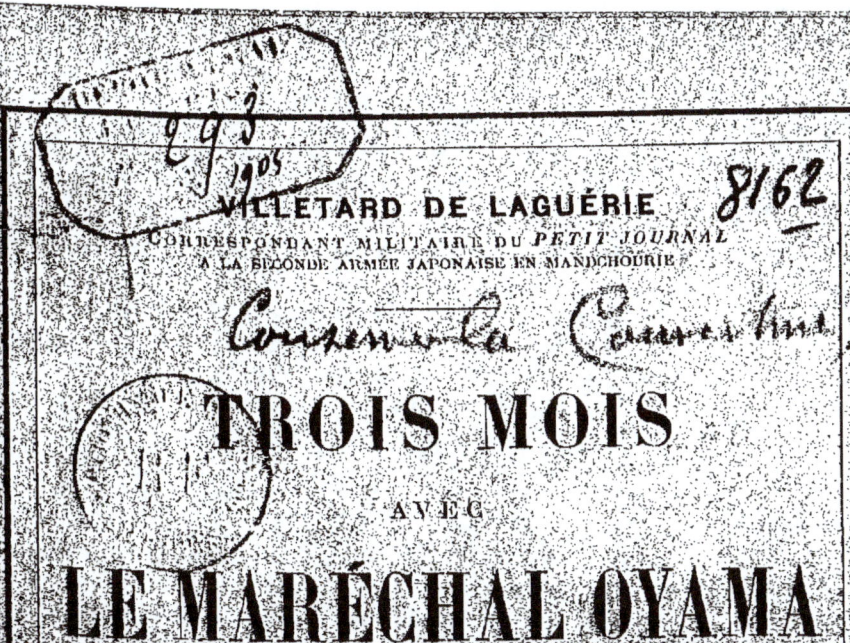

VILLETARD DE LAGUÉRIE

CORRESPONDANT MILITAIRE DU *PETIT JOURNAL*
A LA SECONDE ARMÉE JAPONAISE EN MANDCHOURIE

TROIS MOIS

AVEC

LE MARÉCHAL OYAMA

LES CAUSES DE LA VICTOIRE

LIBRAIRIE HACHETTE ET Cie

PARIS, 79, BOULEVARD SAINT-GERMAIN

1905

TROIS MOIS

AVEC

LE MARÉCHAL OYAMA

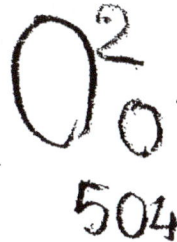

DU MÊME AUTEUR

La Corée indépendante, Russe ou Japonaise. 2ᵉ édition, Paris, Hachette et Cᵗᵉ. Un volume illustré de 50 gravures. Prix broché. . . . . 4 fr.

La Corée et la Guerre Russo-Japonaise. Paris, Ch. Delagrave. Prix broché.. . . . . . 1 fr. 20

VILLETARD DE LAGUÉRIE

CORRESPONDANT MILITAIRE DU *PETIT JOURNAL*
A LA SECONDE ARMÉE JAPONAISE EN MANDCHOURIE

TROIS MOIS

AVEC

LE MARÉCHAL OYAMA

LES CAUSES DE LA VICTOIRE

LIBRAIRIE HACHETTE ET Cⁱᵉ

PARIS, 79, BOULEVARD SAINT-GERMAIN

1905

AVANT-PROPOS

L'*ANNÉE* 1904 a été un éphéméride de revers pour l'armée et la marine russes. Chaque feuille est éclaboussée de sang, et chaque cahier de trente pages est débordé par un feuillet plus grand, plus rouge. Ce jour-là, les Japonais ont fait un pas en avant, et les Russes ont reculé, et on lit: Port-Arthur, en février et mars; le Yàlou, en avril; Nanshan, en mai; Teh-listze, en juin; Kaïping et Tachikiao, en juillet; Haïcheng, Anshantien, Tchaotchampao, en août; Liao-Yang, en septembre; Chaho, en octobre; et Port-Arthur, en novembre et décembre, alpha et omega de la série.

En lisant ces rubriques, maints esprits à vue basse se sont détournés d'un peuple, l'ami cher de l'an d'avant, auquel ils avaient prodigué autrefois des démonstrations excessives de tendresse. L'un n'était pas plus chevaleresque que l'autre.

En face des adorateurs du Soleil Levant, ceux qui avaient déploré, depuis seize ans, des attitudes de nation parvenue, indignes d'un peuple qui a notre longue et si noble histoire, avaient attribué les premiers revers de nos alliés à leur insouciance bien

(V)

a

connue, et à un excès de confiance en leur prestige, qui les avait aveuglés sur la réalité et l'imminence du danger, sur la malfaisance de l'ennemi éventuel, sur la nécessité de l'étudier, de le surveiller et de tenir leurs bateaux, leurs casernes, leurs magasins, pleins d'équipages, de troupes, entraînés, de poudre sèche, sûre, et sur le qui-vive.

Ils comptaient que 1905 serait, pour « la nation amie et alliée », aussi glorieux que 1904 avait été désastreux, et fondaient leur espoir sur les ressources bien connues de l'Empire des tsars, autant que sur le désir d'applaudir au retour de la fortune à un gouvernement dont les services sont inoubliables.

Mais, l'héroïque courage de soldats en qui des chefs comme Stœssel, Smyrnoff et Kondratchenko avaient réussi à faire passer leur conception du devoir et de la beauté du sacrifice, n'a pas sauvé Port-Arthur, et le drapeau russe y a été remplacé par le rond rouge sur fond blanc du Soleil Levant, le 3 janvier 1905.

Depuis, le sang a coulé en rivières; les cadavres se sont entassés en collines, au point qu'ils ont été employés comme retranchements, devant Moukden.

Hier, enfin, Togo, devant Tsouchima, a balayé le typhon formidable qu'apportait d'Europe la flotte de la Baltique, comme on coupe le cône d'une trombe, à coups de canon.

Les Russes, reculant toujours, occupent actuellement une position qui barre à la fois la route de Vladivostock par Kirin et celle de Harbin par Kouan chan tze...

La marche conquérante des Japonais vers le fleuve Amour ne pourra-t-elle pas être arrêtée? Consacre-

t-elle la supériorité de ce peuple jaune sur les Russes ?
Quelles sont les causes de ces victoires successives, et
pour tant de bons esprits, déconcertantes ?

Il faut les chercher dans la nature du théâtre des
opérations, dans l'organisme des deux adversaires, et
aussi dans le domaine moral.

La Mandchourie, que se disputent les armées russes
et japonaises, est une région de 1 200 000 kilomètres
carrés, étendue entre le fleuve Amour au Nord ; les
golfes du Liao Tong et de Corée, formés par la mer
Jaune, au Sud ; le massif montagneux des grands
King hanes, formant l'escarpe du plateau de Mongolie,
à l'Ouest ; la mer du Japon, le Touman et le Yalou,
à l'Est, abstraction faite de la séparation du bassin
de l'Oussouri, qui est politique, non physique.

Le premier coup d'œil sur une carte y voit deux
grandes régions presque égales : un massif de montagnes, les Shan yan alin, à l'Est ; et à l'Ouest, une
plaine où se développent le Nonni, le Soungari, la
Hourka, l'Oussouri, allant à l'Amour, le Liao, descendant au golfe du Liao Tong.

Transversalement, deux épis, saillant sur les horizons des Shan yan et des King hanes, redivisent cette
plaine occidentale en deux régions nouvelles : au
Nord, la coupe évasée où s'étale l'arbre hydrogra-
phique de l'Amour ; au Sud, l'ellipse, à direction mé-
ridienne, arrosée par le cours inférieur du Liao.

La ville de Tieling, dans le défilé par lequel le
Liao vient de Mongolie butter contre les Shan yan qui
le coudent brusquement vers le Sud et le fixent dans

cette direction, jalonne la jonction des deux plaines.

Celle du Nord est la vice-royauté de Kirin. Le transsibérien la traverse, d'Est en Ouest, par Tsitsikar et Harbin, pour aboutir à Vladivostock; et du Nord au Sud, par Harbin, Kouan chantze et Tieling. pour toucher ensuite Moukden, Liao yang, et venir finir à Dalny et Port-Arthur.

Le ruban d'acier est doublé par les « chemins qui marchent » et apportent les produits des pays âpres, où le rail ne peut pénétrer, à Harbin, merveilleusement placé au fond de la coupe, et l'une des créations les plus étonnantes du génie colonisateur russe. C'est l'enjeu de la prochaine reprise de la guerre.

La plaine du Sud est réunie avec la région montagneuse orientale dans la vice-royauté de Shin King, capitale Moukden, et les Chinois, très logiquement, la divisent en deux, par le Liao. Ils nomment Liao-Hsi, la plaine, de terre arable et prodigieusement fertile, étendue de la rive droite du fleuve à la courtine des King hanes, et Liao-Tong, indistinctement, la marge de plaine et les montagnes qui commencent à la rive gauche du fleuve pour se prolonger en une longue presqu'île conique, entre les golfes de Liao-Tong et de Corée, comme un fer de lance ou un coup d'estoc, et dont la pointe, dite Épée du Régent(Kouang Tong), porte Dalny et Port-Arthur.

(En chinois, Hsi = Ouest; Tong = Est.)

Dès le début de la guerre, en vue d'empêcher la Chine d'aller chercher des coups dans la bagarre et la charge certaine de payer les pots cassés, il fut convenu qu'en aucun cas les hostilités ne seraient étendues au Liao Hsi.

(VIII)

Le champ clos que j'ai vu disputer a donc été le Liao-Tong, et c'est sa description qui importe à ce récit.

On ne saurait le comparer mieux qu'à une feuille de fougère. La crosse, massive, est formée par le centre du soulèvement et de distribution d'eau de tout le système, à peu près sous le 42° de latitude Nord. Quatre alignements y déterminent les plateaux désolés et déserts du Ping ting shan, et du Seikishan. A leur jonction s'élèvent les pics Rensan, Nooshisan, Motien shan, Looshi san, Bromsieh, qui dépassent deux mille mètres, et bordent les passes, dites de Motien lieng, qu'il faut suivre pour aller de Kiou lien tcheng, sur le Yalou, à Liao-Yang, sur le Taï tze ho. C'est la grande route mandarine de Corée à Pékin, la seule qui ne soit pas trop différente de ce que nous entendons par route, bien qu'elle ne vaille pas, à beaucoup près, un de nos chemins communaux. Ailleurs que sur son parcours, le soulèvement qu'elle traverse par le milieu est inabordable. Il a fallu le contourner par deux pistes de terre, l'une passant au Nord par Kouang tien, Ayang pien moun et rejoignant Liao yang par un immense circuit ; l'autre allant de Feng houang cheng à Siou yen ou Sou'n gan sou, et se bifurquant là en deux nouveaux sentiers, par lesquels on peut gagner : au Nord-Ouest : Tachikiao, Haïcheng et Niou-chouang ; à l'Ouest : Kaïping et le littoral du golfe de Liao Tong.

Cette passe Siou yen-Kaïping longe un nœud de montagnes qui détermine l'orographie de la presqu'île au Sud. Il se prolonge jusqu'à la mer, sans diminuer de hauteur, et fait de ces villes la clef des communications entre le Sud et le Nord du Liao-Tong.

(IX)

Il se replie ensuite vers le Sud, jusqu'à la baie de la Société longeant la mer, où il finit émietté en archipel. Ses rejets courts, trapus, enclavent des plaines, dont deux seulement importantes, autour de Syong yong chong et de Kaïping.

Brusquée ainsi à l'Ouest, cette formation s'étale longuement, au contraire, vers le Sud-Est, en épis sensiblement parallèles séparant les bassins du Ta yang ho, qui finit à Takoushan, du Piliho, qui, né entre Siou yuen et Kaïping, vient se perdre dans la plage vaseuse de Pitzewo, et de la rivière de Tehlitze dont l'embouchure est toute proche de la précédente.

L'ensemble finit sur une dépression, au centre de laquelle est Kinchou, par le Tao shang shan (650 mètres), ou mont du Grand-Bonze. La mer pénètre là si profondément la terre par les baies Deep, Kerr, Taïlien, au Sud, Kinchou, au Nord, que les dernières vagues de la mer de Corée finissent à une demi-lieue de celles du golfe de Liao-Tong.

Au delà la montagne est la règle et la plaine l'exception dans la presqu'île de Kouang Tong ou Épée du Régent, dentelée par les baies Taïlien, Toung Kao, Takke, Port-Arthur, du Pigeon, Louisa, Ingentzi et de Kinchou, et terminée par l'éperon de Liao tishan sur le détroit et en face du chapelet d'îles du même nom.

Une armée, maîtresse de la côte orientale, pouvait donc, en marchant de Kinchou, Pitzewo et Takoushan vers le Nord, refouler de Tehlitze sur Kaïping et Haïcheng une armée ennemie, sans cesse menacée d'être coupée de Liao-Yang par l'avance d'une attaque de flanc pendant qu'elle attaquerait une des colonnes envahissantes de front.

(X)

Les Japonais s'étaient assurés d'avance tous les moyens d'utiliser cette configuration géographique, bien connue d'eux depuis 1894-1895. Grâce à l'emploi des 930 millions de l'indemnité de guerre chinoise, ils avaient, outre une armée et une flotte de guerre, une flotte de commerce subventionnée de 500 vapeurs.

Dès le début de la guerre, ils en réquisitionnèrent 200, jaugeant 470 000 tonnes, et quand les coups de Port-Arthur et de Chemulpo, les 8-9 février, eurent sidéré la flotte russe et les eurent rendus maîtres de la mer, ils eurent un avantage écrasant sur les Russes, qui ne pouvaient leur opposer que le chemin de fer.

Trente navires jaugeant de mille à trois mille tonnes et quatre jours de navigation suffisaient pour transporter à Takoushan ou à Dalny une division japonaise forte de 20 000 hommes, 5 200 chevaux, 36 canons et 72 caissons.

Les Russes, disposant d'une ligne à une seule voie, que les trains ne pouvaient parcourir qu'à raison de 20 kilomètres à l'heure au plus, avaient 9 500 kilomètres à couvrir et soixante jours de trajet à supporter pour amener une force équivalente de Moscou à Liao-Yang.

Et comme l'explosion des hostilités les prit au dépourvu, avec 72 000 hommes disponibles au plus, il fallut que le généralissime adoptât une tactique imposée par la force majeure de l'éloignement de sa base d'opération, et de l'insuffisance de rendement militaire utile du Transsibérien.

Les troubles du commencement de 1905 ont encore ralenti, sinon suspendu, les envois de troupes en Mandchourie, et ajouté un avantage à tous ceux que la *nature et leur prévoyance avaient déjà donné aux Japonais.*

Ils ont ainsi pu combattre toujours au moins deux contre un, et opposer trois canons à une pièce russe. En outre, leur matériel léger, tout en acier, était fait pour le pays où il a été employé. Ils avaient des batteries de montagne. — Les Russes alignaient des canons datant de 1877, avec des affûts de bois, longs de deux mètres, assurés contre le recul par une bêche, tout au bout de la crosse, et par un récupérateur de caoutchouc long de 2 mètres, gros comme un bras, qu'il avait fallu suppléer par un frein à glycérine. Ils n'avaient ni pièces ni corps d'artillerie de montagne, pour combattre en Mandchourie ! — Voilà réduites à l'essentiel les causes matérielles des victoires continues des Japonais jusqu'à la fin de mai 1905.

Quant aux causes morales, leur exposition est l'objet de ce livre, déposition d'un témoin oculaire. J'y ai laissé la parole, le plus souvent, aux documents officiels japonais, et ne l'ai prise que pour les éclairer ou remédier à leurs défaillances.

Ceux qui pensent à l'avenir verront que, malgré les infériorités précitées, les Russes ont été plusieurs fois bien près de saisir la victoire, et de la fixer sous leurs étendards. Ils y trouveront de quoi justifier mon espoir que, si les Russes réussissent à mettre en ligne toutes leurs ressources militaires, la fortune changera de camp et le combat changera d'âme.

R. VILLETARD DE LAGUÉRIE.

TROIS MOIS

AVEC

LE MARÉCHAL OYAMA

LIVRE PREMIER

CHAPITRE I

DE PARIS A YOKOHAMA A TRAVERS L'AMÉRIQUE DU NORD ET
L'OCÉAN PACIFIQUE. — UNE DES CAUSES DE LA GUERRE:
LA PRESSE ET L'OPINION PUBLIQUE AUX ÉTATS-UNIS. —
ESPOIR QUE LE JAPON OUVRIRA L'EXTRÊME-ORIENT ET
ARRÊTERA L'EXPANSION RUSSE.

L'INTERVENTION du gouvernement japonais, au mois de
juillet 1903, dans le dialogue diplomatique engagé
par la Chine avec la Russie au sujet de l'évacuation
de la Mandchourie, promise mais non réalisée, par cette
dernière puissance, le renforcement de ton qui en
était résulté, n'avaient pas inquiété en Europe les
esprits, conquis par ceux qui niaient le péril jaune,
et indifférents à des événements qui se déroulaient si
loin, dans des pays encore inconnus, dont les noms
rébarbatifs ne peuvent être prononcés et retenus qu'au
prix d'un sérieux effort.

La rupture des négociations engagées directement

(1)

à ce sujet, entre le comte Lamsdorf et le ministre Kurino à Saint-Pétersbourg, le 5 février 1904, ne dissipa pas cette quiétude extraordinaire. Les personnages les plus hautement qualifiés ne crurent pas à la guerre, et donnèrent officiellement assurance qu'elle n'éclaterait pas.

Une correspondance d'État, publiée au mois d'avril dernier par le Département des Affaires Étrangères des États-Unis d'Amérique du Nord, apporte le trait le plus fort de l'optimisme dont bénéficiait, à cette époque, le Japon, et de la fourberie qu'il employait, sans scrupule, pour l'entretenir.

M. Griscom, ministre plénipotentiaire de cette puissance à Tokyo, a télégraphié à son gouvernement *le 6 février,* que le ministre des Affaires étrangères du Japon, le baron Komoura, avait annoncé la rupture des rapports diplomatiques avec la Russie, mais avait affirmé que la guerre ne serait pas déclarée avant le départ de Tokyo de la légation russe, et qu'aucun acte d'hostilité ne serait fait avant cette déclaration.

Or, la flotte de l'amiral Togo était partie de Sasebo le jour même, à la première minute peut-on dire : à minuit ; et un paquebot de la compagnie russe « *Est-chinois* », le *Moukden,* avait été capturé à Fousan, port coréen, la veille, dans l'après-midi.

L'auteur de ce livre, qui croit et écrit depuis 1895, qu'il y a un péril jaune, que ce péril est militaire, et qu'il est au Japon, attendait de jour en jour, depuis le mois d'octobre, l'explosion d'une guerre, rendue inévitable par la rancune profonde et tenace des Japonais, qui ne pardonnaient pas à la Russie d'avoir décidé la France et l'Allemagne à les contraindre de

(2)

restituer à la Chine la précieuse presqu'île de Port-Arthur, cédée par le traité de Chimonosaki (8 mai 1895).

La direction du *Petit Journal*, plus clairvoyante que les milieux officiels, reconnut l'évidence, et dès le 6 février une carte-télégramme de M. Cassigneul m'appelait rue Lafayette. Après une heure d'entrevue avec M. Cassigneul, MM. Prévet et Dutey-Harispe, il était convenu que je partirais pour l'Extrême-Orient, et suivrais la guerre comme correspondant militaire du *Petit Journal*. Le coup de tonnerre de la dépêche d'Alexcieff, relatant le guet-apens de Port-Arthur, dans la nuit du 8 au 9 février, puis le récit du second guet-apens commis à Chemoulpo à la même date, justifièrent immédiatement cette prévoyance.

Je partis le 13 février, et choisis, pour arriver plus rapidement, la route de l'Ouest, de Cherbourg à Yokohama, par New-York, Chicago, San Francisco et Honolulu, dont le parcours ne demande que 32 jours, et finit à deux heures de chemin de fer de Tokyo.

Je débarquai à Yokohama le 17 mars, en me félicitant de mon choix, qui m'avait permis une étude préliminaire extrêmement utile à ma mission, celle de l'une des causes les plus efficaces de la guerre : les excitations et les encouragements prodigués aux Japonais par l'opinion publique et la presse des États-Unis.

La voie d'Amérique, en effet, dans ces circonstances, n'était pas le chemin des écoliers et ne conduisait pas à l'école buissonnière. On va voir qu'elle pouvait être comparée, par un correspondant militaire, à la traînée de poudre dont l'inflammation a explosé une dynamitière, en joignant d'Hespérie en Hespérie, l'Extrême

(3)

couchant aux pays où ses habitants croient que le soleil se lève.

A bord du *Philadelphia*, trente-six passagers seulement, au lieu des quatre cents pour lesquels étaient accommodées les premières, figuraient assez bien un abrégé des diverses classes de la société américaine. Banquiers, gros industriels, propriétaires de grands magasins, ingénieurs, courtiers-acheteurs, un avocat, ont été tour à tour mes interlocuteurs.

L'avocat, bien connu à Paris, où il vient souvent pour d'importantes affaires, connaissant l'Europe et la France par des séjours réitérés et prolongés, et par des études faites sur d'autres documents que des journaux, était le seul qui ne fût pas passionnément anti-russe et pro-japonais.

« Ne vous fiez pas, disait-il, à la race mongolique. Elle est incapable d'altruisme. Elle dissimulera ses projets contre les Blancs aussi longtemps qu'il le faudra pour en assurer le succès : elle endormira notre méfiance à force de déclarations humanitaires ramassés dans les Écoles et les Universités de l'Ancien et du Nouveau continent. Elle promet de nous ouvrir toutes grandes la Corée, la Mandchourie et la Chine. Son protagoniste, le Japon, se donne pour son émancipateur prédestiné. Mais regardez ce qu'il fait chez lui. L'étranger ne peut pas y acquérir de propriétés nouvelles ; les garanties stipulées pour les anciennes sont battues en brèche depuis la revision des traités ; les codes à l'européenne sont lettre morte, tournés par des règlements et des circulaires intérieures, et violés par les juges indigènes, avec la complicité préétablie, quoique tacite, de leurs compatriotes. Un Blanc ne trouvera jamais un témoin pour établir son bon droit. Depuis dix ans on s'efforce de rendre l'air nippon irrespirable par les étrangers sauf pour les globe-trotters, qui apportent au Japon, bon an mal an une soixantaine de millions. Nous sommes dupes d'une façade. Mais derrière le Japon qu'on nous montre, est caché l'autre, le vrai, celui qui croit pouvoir congédier sommairement ses instructeurs, et entend les exproprier de ce qu'ils ont créé chez lui, en leur y rendant la vie impossible. Son perpétuel sourire a des dents et des dents voraces, au service d'une fringale qui ne peut pas attendre plus longtemps la cloche du dîner. Vous vous flattez peut-être qu'il travaillera pour vous ? qu'il se résignera au rôle utile, mais ingrat, d'une vrille, qui perce, dans le chêne, le trou pour une vis ? Ce n'est pas afin de s'effacer ainsi qu'il entretient une armée et une flotte de Grande Puissance ! Vous le trouverez devant vous, en Chine et dans le Pacifique occidental, assez fort pour vous défier ouvertement, et non plus pour vous contrecarrer sournoisement, comme vous l'avez vu aux Philippines, et failli le trouver à Hawaï. Tandis que la Russie n'a eu pour les États-Unis que des procédés amicaux. Elle leur a vendu l'Alaska ; elle a été parfaitement neutre pendant notre guerre de la sécession...

— Oui, mais depuis elle a changé », objectait un Israélite, propriétaire d'une grande maison de confection à New-York. « On a trouvé la preuve qu'elle était prête à soutenir l'Espagne contre nous, lors de la guerre de Cuba, et que l'attitude de l'Angleterre l'a seule empêchée de faire ainsi. Et puis, c'est un État du moyen âge, égaré dans la société du xxᵉ siècle ; un

(5)

anachronisme absurde ! Elle combat tous les principes de la politique des États-Unis. Elle a supprimé la liberté individuelle : un homme n'est pas maître de choisir une carrière pour ses enfants. Vous ne pouvez pas exercer certaines professions si vous n'appartenez pas à la religion orthodoxe. Nos livres, nos journaux, nos revues sont passés au caviar à l'entrée du territoire russe ; on y massacre encore les Juifs, comme on l'a fait à Kichinef ! »

— Et alors tout le monde faisait chorus. « Massacres de Kichinef » — « Société moyen-âgeuse » — « anachronique » — « autocrate descendu des fresques d'Égypte ou de Chaldée » — « champion de la vieille barbarie contre la civilisation » — s'entre-choquaient de toutes parts. On reprochait véhémentement à l'empereur Nicolas d'avoir catégoriquement répondu « Non ! » quand le secrétaire d'État Hay lui avait fait demander s'il accepterait la pétition votée par le Congrès américain en faveur des victimes des massacres de Kichinef et des Israélites de Russie.

Et on mettait en regard la liberté assurée à tous les cultes par la constitution japonaise. On opposait le règlement douanier russe qui oblige tous les importateurs à russifier leurs marchandises ; la différence voulue entre la largeur des voies ferrées russes ($1^m,60$) et celle des autres lignes européennes ($1^m,40$), au tarif des Japonais et à leurs règlements commerciaux.

Et, un jour, la conversation finit par cette observation de l'avocat new-yorkais :

« Quand il faudra faire la guerre, l'Europe s'apercevra avec étonnement que les États-Unis ont vingt-

(6)

cinq millions de jeunes hommes, âgés de 18 à 30 ans, qui se lèveraient au signal de Théodore Roosevelt. Nous enfoncerons la porte à coups de canon si on ne nous l'ouvre pas.

« Mais ne croyez pas la Russie barbare. Vous ne la connaissez pas. Elle fait des progrès merveilleux dans tous les domaines où vous croyez qu'elle ne veut pas s'aventurer. Dans celui de l'instruction et de la liberté religieuse, notamment. Il est défendu d'y parler politique et d'y vilipender le gouvernement. Cela épargne au peuple le poison de la « presse jaune ». Est-ce un mal? La Russie a conservé une aristocratie gouvernante et détentrice du pouvoir, il est vrai. Mais, dans notre démocratie, ne trouvons-nous pas une tendance à supprimer, pour la pratique de la vie, l'égalité inscrite dans nos lois, et à laisser usurper par l'argent les droits périmés de la naissance? »

Chacun gardait son opinion, comme il fallait le prévoir, car bien des éléments permanents déterminent notre état d'esprit, résistent, à notre insu, à la pression de l'évidence, et empêchent presque toujours que, de la discussion jaillisse la lumière, et moins encore la conversion d'un dissident.

En somme, ces propos révélaient un peu des dispositions probables du peuple américain dans le conflit russo-japonais et suggéraient le soupçon qu'un mot d'ordre avait été donné, mais que les *high educated classes* ne l'acceptaient pas aussi docilement que les *business's men* et les *merchants*.

La lecture des journaux de New-York précisa cette impression, en révélant les termes du mot d'ordre : la Russie a provoqué le Japon et le Japon est le champion du libéralisme et de la civilisation contre la tyrannie et la barbarie.

(7)

Ces journaux rendaient compte, 3 jours après le coup de l'amiral Togo sur Port-Arthur et de l'amiral Ourýou sur Chemoulpo, d'un meeting monstre tenu le 12 février par les Japonais de New-York, sous la présidence de leur consul général, M. Uchida, afin d'organiser la levée de vingt-cinq millions de francs, destinés à la souscription patriotique ouverte au Japon pour la guerre.

Les Américains étaient venus en foule, sans crainte d'enfreindre les usages des nations neutres en apportant une aide pécuniaire à celui des belligérants qu'ils préféraient.

Le consul général, d'ailleurs, les avait alléchés fort habilement, en déclarant que les donateurs de 500 francs recevraient une médaille du gouvernement japonais et ceux qui souscriraient 2 500 francs, une médaille spéciale. En Amérique, les armoiries, les décorations, tout ce qui établit des distinctions entre égaux, est extrêmement prisé.

L'incident le plus remarquable de cette soirée fut le discours de M. Alexandre Tizon, qui a été professeur de droit à l'Université impériale de Tokyo. Après avoir parlé « du soin avec lequel le Japon s'est préparé à confondre le *destructeur de la paix du monde* », il ajouta :

« Quelques personnes demandent ce qui arrivera si le Japon est victorieux. Je pense que la modération de ses demandes fera l'étonnement du monde, exactement comme la dignité de la procédure qu'il a suivie l'a recommandé à notre ardente admiration.

« Nous sommes libres de tout parti pris contre la Russie ; mais les sympathies de toute la nation sont du côté du Japon, parce qu'il a le droit pour lui. Mon meilleur vœu, pour lui et pour la Russie, est qu'une voix s'élève, dominant le monde entier, et faisant savoir à la Russie que « *Jusqu'ici, et pas plus loin* » a été intimé avec une telle autorité qu'elle doit forcément s'incliner et obéir. »

Cette manifestation oratoire a eu lieu après dîner. La « chaleur communicative » dont parla un jour lord Salisbury, la reconnaissance d'un ancien fonctionnaire, peuvent rendre compte des omissions, et des effusions lyriques de M. Alexandre Tizon.

Mais du 21 février au 27, date du départ du paquebot « China », de San Francisco pour Honolulu et Yokohama, les journaux achetés à Cleveland, à Chicago, Omaha, Ogden, San Francisco, ont répété la même musique, avec la ponctualité d'instruments d'orchestre, faisant leur partie, et répondant, de la flûte au tambour, aux appels de l'archet du chef. Voici, résumé, le thème sur lequel ils brodaient :

— L'ouverture de la Chine suivrait probablement la victoire des armées japonaises. La séquestration du vieil Empire jaune derrière une nouvelle grande muraille de prohibitions et de tarifs serait, au contraire, la conséquence du triomphe des Russes.

La politique commerciale du Japon a pour formule : « la porte ouverte ». Son tarif douanier est bas. La principale protection de ses produits manufacturés, contre la concurrence étrangère, est le bon marché de la main-d'œuvre. Le Japon désire, comme l'Angleterre et les États-Unis, réorganiser et civiliser la Chine, augmenter ses besoins et en faire un meilleur client pour les denrées fabriquées que les nations civilisées ont à vendre.

Une fois devenu le tuteur de la Chine, le Japon y

(9)

encouragerait l'ouverture des mines, la construction des chemins de fer, la production du thé, toute l'industrie, en général, sauf, bien entendu, celle qui pourrait vendre meilleur marché que lui. Or telle est la méthode que les États-Unis s'accordent, depuis longtemps, avec l'Angleterre, pour préférer. Une telle politique augmenterait le commerce de toutes les nations *progressives* : le Japon, l'Angleterre et les États-Unis, en particulier.

La Russie se propose d'employer la Chine, ainsi qu'elle fait de la Sibérie, pour son exploitation particulière, exclusivement, et aussi comme champ de recrutement et d'exercices d'armées indigènes préparées pour une attaque éventuelle de l'Inde. Au lieu d'une « porte ouverte », il y aurait en Chine, si la Russie en prenait possession, de nouvelles barrières élevées contre les nations étrangères, et la Chine serait bientôt séparée du reste du monde, sans autres points de contact avec lui que les ports de Hong-Kong, Changhaï et Macao.

La guerre actuelle n'est pas causée par l'échec des négociateurs japonais ; elle résulte d'un mouvement mondial que ne peuvent maîtriser les moyens ordinaires. La vieille et colossale Russie, *avec son insatiable boulimie de territoires,* arrive, au bout de son voyage vers les mers ouvertes qui baignent l'Orient de l'Ancien Monde, en face du Japon nouveau-né, qui sent enfin l'irrésistible pression d'une population trop nombreuse pour son sol.

Le conflit est inévitable. Ce n'est pas la ruée d'une horde de sauvages à l'assaut d'une vieille civilisation, sur et avec les ruines de laquelle ils veulent se bâtir de nouveaux foyers. *Le Japon est une civilisation nouvelle*, qui fraye de vive force une voie à sa destinée, et tend vers le grand tourbillon universel, avec la puissance instinctive des pousses végétales vers la lumière. L'Oriental occidental et l'Occidental oriental sont aux prises.

La transformation du Japon, régénéré après des siècles de réclusion et d'inactivité, *est encore embryonnaire,* mais elle a pourtant déjà accompli des merveilles. Actuellement, le Japon sent que, si cette civilisation, avec tout ce qu'elle représente pour le Monde, peut être greffée sur l'anémique Royaume-Ermite, si inefficace que soit, en dernière analyse, cette opération, il faut qu'elle soit faite par les Japonais, qui comprennent les Coréens et les Chinois mieux que ne le fait aucun autre peuple au monde —.

C'était presque la formule précise du rêve du secrétaire d'État Seward au temps de la guerre de Sécession. Nous l'avons trouvée plus loin en plein Pacifique, à Honolulu, à peu près au point où la marche des heures, au-devant les unes des autres, annule un jour, où Sunset se confond avec Sunrise, et où le long voyage de l'histoire autour de la Terre confronte les héritiers des civilisations primitives magnifiquement développées par eux, avec les inventeurs, endormis depuis des siècles, et qu'ils viennent, peut-être bien imprudemment, réveiller.

Le Journal *Pacific Commercial Advertiser* y a dévoilé le secret de la guerre russo-japonaise dans l'article suivant, dont je *n'ai supprimé* que cinq ou six lignes de remplissage ;

(11)

« La position de l'Angleterre, au regard de la politique extrême-orientale, excite la sympathie profonde des Américains. Quelque attitude que notre gouvernement juge convenable d'adopter dans la présente crise, cette attitude ne sera certainement pas hostile à la Grande-Bretagne, quoiqu'elle puisse demeurer platonique à l'heure actuelle et ne pas aller jusqu'à une alliance. Depuis des années il a été vu et senti que les intérêts moraux et matériels des deux pays sont, dans bien des cas, les mêmes, notamment quand il est question des rapports de la politique avec la liberté et le bon gouvernement de tous les peuples du monde.

« La Grande-Bretagne avait besoin que nous fissions prompte justice de l'Espagne, et elle a besoin de conserver la doctrine Monroe, qu'en fait, un homme d'État anglais, Canning, a le premier proposée.

« Nous, de notre côté, nous avons besoin qu'elle garde tout ce qu'elle possède de la surface de la Terre et ne nous opposons pas à ce qu'elle en acquière davantage, car nous savons, spécialement depuis qu'elle a offert une branche d'olivier aux Boers, que, partout où son pavillon flotte, les hommes sont libres, les lois sont justes, et l'administration est probe.

« Nous affirmons, dans la formule de notre propre patriotisme, les principes qu'elle a adoptés pour terrain. Notre constitution, nos lois, notre littérature, notre religion dominante, notre morale commerciale, notre langue et notre esprit national dérivent, comme les siens, de la même source anglo-saxonne, et il est naturel et inévitable que les deux peuples, branches jumelles du même tronc, doivent grossir côte à côte en harmonie.

« Éliminez la Grande-Bretagne, et les États-Unis restés seuls et isolés devront affronter les mêmes ennemis qui l'auront terrassée. N'étaient les dispositions des Anglais, il y aurait aujourd'hui une ligue commerciale du continent contre les États-Unis, que suivrait, peut-être demain, un pacte d'un caractère plus grave. La force de l'Amérique ne serait-elle pas aux côtés de l'Angleterre, si jamais celle-ci devrait faire tête, cernée comme César dans le Sénat ?

« *Une des grandioses possibilités de l'avenir est une alliance dans laquelle la Grande-Bretagne, les États-Unis et le Japon, se tenant à l'avant-garde stratégique du monde, diraient à toutes les nations : « La paix doit régner », et auraient derrière eux la puissance nécessaire pour donner force coercitive à ce décret. Les événements prennent cette direction. Pourraient-ils aboutir à un résultat qui détruise tout leur mouvement ? »*

Le Japon, qui ne peut pas attendre, essayait de monnayer la bonne volonté des États-Unis, et ceux-ci répondaient « Bé-é », comme le berger Agnelet à maître Pathelin.

Dans un article publié dans le numéro de février 1904, par le *Taiyo*, la plus importante des revues de Tokyo, le baron Kaneko, autrefois ministre de l'Agriculture et du Commerce, puis de la Justice, aux côtés du marquis Ito, préconisait une alliance économique entre le Japon et les États-Unis.

Omettant les convoitises de son pays en 1895 et les plans d'annexion des Philippines formés alors, il écrivait que le gouvernement américain trouverait dans un accord économique avec le Japon les moyens de mettre en œuvre les ressources des Philippines. Le climat brûlant de l'archipel rend impossible, aussi bien pour les Européens que pour les Orientaux, le travail intensif de jour et de nuit, des grandes usines modernes. Or, la nouvelle colonie des États-Unis produit surtout du sucre et du chanvre. Les sucriers américains redoutent la concurrence des produits philippins auxquels ne pourrait être opposée une barrière de tarifs. Double raison pour s'entendre avec le Japon. Celui-ci importe actuellement des mélasses de Java et de Bornéo, les raffine et vend ses produits en Corée, en Chine et dans les îles de la Sonde. Il pourrait se fournir au Philippines, continuer à servir la même clientèle, en concurrence seulement avec l'Angleterre et l'Allemagne, et rendre ainsi un double bon office à l'Amérique.

En outre les émigrants japonais seraient de bien meilleurs fermiers que les paresseux Philippins ou les poltrons chinois, qui fuient devant les maraudeurs et fatiguent la police de demandes de protection. Le sabre nippon garantirait les intérêts des placements faits par les capitalistes de l'Union.

Il faudrait amender, seulement pour les Philippines, la loi qui limite l'émigration asiatique dans les territoires américains, parce que cette loi ne concorde pas avec les besoins de l'Extrême-Orient. Et il faudrait aussi modifier la loi appliquée à la navigation côtière aux États-Unis, de façon que les navires japonais pussent entrer plus librement dans les ports philippins qu'ils ne peuvent le faire à San Francisco ou à Hawaï.

« Quand les lois auront été ainsi revisées, et les Japonais invités à venir aux Philippines », conclut le baron, « je ne doute pas qu'elles ne deviennent un pays plus riche. Et le profit ne sera pas exclusif aux Japonais ; il s'étendra aussi aux États-Unis. L'alliance américano-japonaise, sur le terrain commercial, partant des Philippines, pavera le chemin pour un progrès ultérieur du commerce de l'Extrême-Orient pendant le xxᵉ siècle, et ce progrès fera grand honneur à la fois au Japon et aux États-Unis. »

Le Congrès américain n'avait pas attendu cette invite pour prendre une décision plus conforme aux intérêts et aux habitudes des Yankees, gens peu enclins à laisser à d'autres le gain qu'ils peuvent empocher.

Le 22 février, le député Tawney avait déposé sur le bureau du Congrès un projet de loi étendant pour deux ans aux îles possédées par les États-Unis les lois qui régissent la navigation côtière dans les eaux américaines.

A la même session, un autre député déposait un autre projet de loi tendant à renforcer encore les dispositions en vigueur pour la restriction de la main-d'œuvre asiatique.

Les armateurs américains attendent de la loi Tawney une augmentation des constructions navales, une augmentation du fret, et aussi un changement de direction des voyageurs et des marchandises qui traversent le Pacifique nord. La concurrence anglaise serait écartée ; le projet de la Compagnie Hambourg-Amérique, d'établir une ligne d'Asie en Amérique, devrait attendre que le commerce oriental ait pris un développement plus grand. La marine marchande japonaise souffrirait moins, à cause de la proximité de ses ports d'attache et du bon marché de la houille et de la main-d'œuvre au Japon, mais elle recevrait néanmoins un coup sensible.

Et pendant qu'ils limitaient ainsi très nettement les terrains des affaires et du sentiment, les Américains continuaient à chanter la gloire du Japon, champion

de la civilisation et du progrès, et à le pousser aux
résolutions extrêmes.

D'innombrables télégrammes et lettres, de toutes
provenances, affluaient des États-Unis, excitaient les
Japonais à tout oser, et exprimaient l'étonnement
qu'ils attendissent si longtemps pour déclarer la guerre
à laquelle ils étaient parfaitement prêts et dont l'explosion surprendrait leur adversaire hors de garde.

Depuis, les Américains ont affirmé leurs sympathies
pour les Japonais en donnant, le 31 mars, une grande
fête commémorative du premier traité qui ouvrit le
Pays du Soleil Levant au commerce étranger, le 31 mai
1854, six mois après que le commodore américain Mat-
thew Galbraith Perry eut abordé, le 14 juillet 1853,
à Yo-ri-hama, et présenté au Shogoun une lettre auto-
graphe du président Fillmore.

Déjà le 14 juillet 1901, les Japonais avaient érigé,
sous le ministère Ito, un monument à la place même
où Perry avait débarqué, chez le peuple que le consul
général Uchida a nommé un jour : *la nation yankee
de l'Extrême-Orient*.

Comme conclusion à cette fête, les Américains fondè-
rent immédiatement, sous le nom de *Perry relief fund*
une société destinée à secourir les familles des soldats
japonais blessés ou tués dans la présente guerre.

Mais pendant qu'ils échangeaient des « *hurrahs* »
et des « *tiger* » contre des « *Banzai !* » (Vivat !) le
baron Kaneko et M. Tahashi, président de la Banque
du Japon *(Nippon Ginko)*, négociaient inutilement un
emprunt aux États-Unis. On aime, en Amérique, à
ne prêter ses dollars que moyennant les plus solides
garanties...

On publiait un rapport du consul d'Amérique à Niou-chouang sur la Mandchourie. Ce document laissait transparaître les motifs fondamentaux de l'ardente sympathie des Yankees pour le Japon.

Il exposait la richesse et la fécondité du sol et du sous-sol mandchouriens ; il détaillait les merveilles accomplies par les Russes en bâtissant des villes, éle-vées comme un décor de féerie qui serait solide, en moins de trois ans, à Dalny, à Port-Arthur, à Vladi-vostock et surtout à Harfin, où soixante millions ont été dépensés à construire une capitale.

Il expliquait que les ressources de la Mandchourie permettraient promptement à ce pays de se suffire à lui-même, et aussi de concurrencer, dans tout l'Orient, les farines américaines, le chanvre, la houille, le tabac des États-Unis ; que la Russie, établie dans cette contrée de Cocagne, et armée de ses règlements de douane et de chemins de fer, affirmait sa volonté de devenir une des puissances industrielles qui se dis-putent l'exploitation économique de l'Extrême-Orient.

Il concluait par ces lignes, qui résument l'idée à conserver de ce long développement :

« Une étude de l'état des choses à Vladivostok, Harbin et dans les autres districts n'est pas particulière-ment encourageante pour l'idée d'étendre le commerce américain en Mandchourie, pour tous les besoins aux-quels la Russie est préparée à fournir.

. . . .

« Si nous prenons, en outre, en considération le fait que le gouvernement russe, au moyen de subventions et de primes, et par l'entremise de ses banques et de ses chemins de fer, s'engage, en qualité de gouverne-ment, dans des entreprises de commerce et d'industrie,

2

et si nous calculons le bon marché de la nourriture, le bon marché et la valeur de la main-d'œuvre, et les vastes ressources minières que la Russie aura à sa disposition sur le Pacifique, *la question du marché mandchourien devient comparativement insignifiante, et nous nous trouvons nous-mêmes face à face avec le problème plus grand des marchés de l'Asie.* »

Voilà tout le secret de l'attitude des États-Unis dans le conflit russo-japonais. On aime les Nippons contre quelqu'un, et non pas pour eux-mêmes. Il vont percer un trou pour la plantation d'une vis, par d'autres mains, et pour la propriété d'un autre. Ils font le travail préliminaire de la grande entreprise d'accaparement du commerce de l'Océan Pacifique dont l'achat du Canal de Panama a été l'amorce.

Le Transsibérien est, pour la Russie, ce que serait probablement, pour nous, le Canal des Deux Mers.

Tracée à travers le vieux Continent, du détroit du Gibraltar au Pacifique, en face de deux autres immenses voies ferrées, posées à travers le Canada et l'Amérique du Nord, de l'Atlantique au même Pacifique, cette ligne noire, vouée aux véhicules du progrès pacifique, en attendant qu'elle remplisse sa fonction, aura fait juste l'office d'un boute-feu d'ancien canon, ou plutôt d'un conducteur électrique, dont elle a également l'apparence. Dès que le courant a pu la suivre, il a rencontré un autre courant, lancé du pôle opposé, vers l'Asie où le soleil est un emblème national, et l'étincelle fatale a jailli.

Mon itinéraire n'a pas touché l'Angleterre, alliée au Japon, comme on sait, depuis 1902. La campagne antirusse du *Times* est encore dans toutes les mémoires. D'autres encouragements ont été également adressés du Royaume Uni au Japon et pleinement appréciés. Entre autres, l'opération qui a accru la flotte mikadonale des deux cuirassés *Rivadavia* et *Moreno*, laissés pour compte par la République Argentine à la maison Armstrong, de Gênes; achetés grâce à un avis officieux donné, à temps, de Londres; et conduits par des équipages, en grande majorité anglais, à Yokosuka, où ils sont devenus le *Kassuga* et le *Nisshin*.

Mais il ne serait possible de traiter ce sujet qu'à l'aide de documents recueillis avant ou après ma mission, et ce livre n'est que le résumé de ce que j'ai vu et appris directement, au cours de la route, en m'en acquittant.

Je ne ferai qu'une exception, pour remettre sous les yeux du lecteur les principaux incidents et pièces diplomatiques propres à éclaircir, pour lui, les origines du conflit actuel.

CHAPITRE II

La Russie avait malheureusement donné barre sur elle en se faisant du Japon un ennemi irréconciliable, en alarmant pour leurs intérêts commerciaux les États-Unis et l'Angleterre, et surtout en négligeant de s'assurer les moyens militaires indispensables pour réduire la soif de vengeance du premier et la jalousie des deux autres à une animosité impuissante.

Depuis l'effondrement naval et militaire qui avait révélé au monde, en 1894 et 1895, l'inanité du colosse en baudruche gonflé par les Anglais au-dessus de la Chine, la Russie s'était mise en travers de la route triomphale au bout de laquelle les vainqueurs de Port-Arthur et de Weï haï Weï contemplaient la perspective féérique de l'hégémonie sur l'Asie orientale.

Associée à la France et à l'Allemagne, elle les avait contraints à renoncer aux plus chers articles du traité de Chimonosaki, ceux qui cédaient au Japon Weï haï Weï et sa banlieue, et toute la presqu'île du Liao-tong, moitié du Chin King, au sud d'une ligne tirée de Niouchouang à Kiou lien tcheng, sur le Yalou (17 avril 1895).

Le Mikado, obéissant à son tour au droit du plus fort qu'il venait d'exercer sans restriction contre la Chine, et s'inclinant devant la priorité de l'hypothèque européenne sur l'Extrême-Orient, avait consenti par un acte additionnel au traité du 8 mai 1895, à rétrocéder le Chin King à la Chine, moyennant une indemnité supplémentaire d'environ 130 millions de francs.

Les trois puissances avaient justifié leur intervention en déclarant que l'indépendance de la Chine serait en péril si les Japonais conservaient Port-Arthur, et en affirmant leur volonté de conserver à la Chine son intégrité.

Mais la Russie ne tarda pas à donner prise à l'accusation d'avoir travaillé tout simplement à faire place nette d'un rival pour se nantir elle-même du territoire en litige et de l'ascendant qu'il devait assurer à son possesseur.

Au mois d'août 1896, les journaux anglais, le *Times* en tête, divulguèrent le texte d'une convention conclue entre le comte Cassini, ministre de Russie à Pékin, et la Chine, pour la construction, à travers la Mandchourie, d'un chemin de fer qui relierait les sections du Transbaïkal et de l'Oussouri Méridional du chemin de fer Sibérien, et pour la location à la Russie de certains ports en Mandchourie et en Chine.

En effet, le 27 août 1896, un accord fut conclu entre le gouvernement et la Banque russo-chinoise, organisation autant politique que financière, constituée au lendemain de la rétrocession du Liao-Tong, et dont le Japon conçut ressentiment et vive inquiétude.

La Banque s'engageait à entreprendre de former une compagnie, qui devait être nommée Compagnie du chemin de fer Est-Chinois, et de construire une voie ferrée à travers la Mandchourie, de la ville de Tchita, dans la province du Transbaïkal, à un point de la ligne de l'Oussouri méridional.

Les clauses générales furent, en résumé :

Les porteurs de titres seront exclusivement Russes et Chinois ; l'écartement des rails sera l'écartement russe de cinq pieds (1 m, 60) ;

Le travail sera commencé dans les douze mois qui suivront la publication du décret impérial de ratification ;

Le chemin de fer devra être terminé en six ans ;

A l'expiration d'un délai de 80 ans, à courir de l'achèvement de la ligne et de l'inauguration de son ouverture au trafic, cette ligne et tout son matériel d'exploitation passeront, sans indemnité, au gouvernement chinois, qui ne sera responsable d'aucune des pertes que la compagnie pourra avoir supportées pendant cette période.

Le gouvernement chinois aura le droit, à l'expiration de la trente-sixième année à compter dè la livraison de la ligne au trafic, d'en prendre possession après un paiement stipulé, lequel paiement comprendra le coût actuellement acquis, en même temps que les dettes et les intérêts consécutifs. Tout surplus restant après le paiement des porteurs de titres devra être ajouté au capital (du coût) calculé et déduit du coût de la ligne que devra verser le gouvernement chinois.

En application de cet accord, le premier coup de pioche du chemin de fer Mandchourien fut donné en grande cérémonie, le 28 août 1897, à un point situé

sur la frontière orientale qui sépare les provinces de
Kirin et de Primorsk.

Le fait que Vladivostock, qui aurait été le terminus
oriental du railway, si la convention mandchourienne
n'avait pas donné Port-Arthur aux Russes, est fermé
par les glaces pendant plusieurs mois de l'année, était
la plus puissante raison qu'eussent les Russes pour
désirer un terminus loin dans le Sud.

Les clauses générales suivantes d'un arrangement
entre la Chine et la Russie furent conclues le 27 mars
1898 :

Étant nécessaire pour la protection de sa marine dans
les eaux de la Chine Nord que la Russie possède une
station qu'elle puisse défendre, l'Empereur consent à
louer à la Russie Port-Arthur et T'aï-lien ouan, en même
temps que les mers adjacentes. La durée de cette location sera de 25 ans, mais pourra être prolongée par
consentement mutuel.

Le commandement de toutes les forces militaires
dans le territoire loué par la Russie, et de toutes les
forces navales dans les mers adjacentes, aussi bien
que des fonctionnaires civils établis là, sera confié à
un haut fonctionnaire russe qui sera désigné par
quelque autre titre que gouverneur général. Toutes les
forces chinoises seront retirées du territoire.

Les deux nations sont d'accord que Port-Arthur
sera un port de mer réservé à l'usage exclusif des navires de guerre russes et chinois, et sera considéré
comme un port non ouvert pour tous les navires de
guerre et marchands des autres nations.

En ce qui regarde T'aï lien ouan, une partie du port
sera réservée exclusivement aux navires de guerre

russes et chinois, mais le reste devra être un port de commerce librement ouvert aux vaisseaux marchands de tous les pays. Port-Arthur et T'aï lien ouan sont les points du territoire loué les plus importants pour les besoins militaires des Russes. La Russie, en conséquence, aura pleine liberté de bâtir, à ses propres frais, des forts et des casernes et des travaux de défense à toutes les places où elle le désirera.

Le 28 mars 1898, les Russes occupèrent Port-Arthur.

Ainsi établie dans la vallée du Soungari et du Liao, et dans la presqu'île étendue entre la mer de Corée et le golfe de Pe-tché-li, la Russie pouvait, sans courir grand risque, laisser au Japon les coudées franches, et s'associer à lui, en Corée, comme elle le fit par les conventions du 28 mai-9 juin 1896, et du 13-25 avril 1898.

Vint la Jacquerie des Boxeurs et l'intervention combinée de toutes les puissances pour la réprimer.

La Russie, après avoir pris part à toutes les opérations dans le Tché-li jusqu'au mois de septembre 1900, retira tout à coup ses troupes et les envoya réprimer le soulèvement en Mandchourie, comme elle avait combattu le Jacobinisme français, en Pologne, en 1793 et en 1795.

Il convient de dire que les Boxeurs avaient à peu près totalement détruit les parties déjà achevées du chemin de fer et massacré tous les employés qu'ils avaient pu saisir.

La pacification faite, la Russie entama des négociations avec la Chine, et signa avec elle l'acte suivant, un peu avant la mort de Li Hung chang (1901).

« ARTICLE PREMIER. — La Russie consent à *rétrocéder* la Mandchourie à la Chine, le pays devant continuer à figurer sur la carte chinoise comme avant l'occupation russe et être administré par des fonctionnaires chinois.

« ART. 2. — L'accord du 27 août 1896 avec la Banque russo-chinoise est, par la présente, déclaré valable pour une durée indéterminée, et *la protection du chemin de fer transmandchourien et des sujets russes est garantie.*

« *S'il n'y a pas de nouvelles révoltes,* ET SI D'AUTRES PUISSANCES N'INTERVIENNENT PAS, les forces russes seront retirées graduellement comme suit :

« En 1901, des quatre sections du Sud de la province de Moukden, jusqu'à la rivière Liao (Sira Mouren), en même temps que la remise à la Chine du chemin de fer Changhaï-Kouan-Niouchouang ;

« En 1902, les forces qui resteraient dans la province de Moukden devront être retirées ;

« En 1903, on envisagera la possibilité de retirer toutes les forces des deux autres provinces de Kirin et de Haï-Loung-Kiang.

« ART. 3. — Les gouverneurs militaires des trois provinces devront, d'accord avec les autorités militaires russes, déterminer le nombre des troupes chinoises devant tenir garnison dans la Mandchourie, et les places où elles devront être stationnées, et la Chine ne devra pas augmenter ce nombre ou les faire avancer au delà de la limite décidée. *Excepté dans le territoire indiqué comme appartenant à l'administration du chemin de fer transmandchourien,* les gouverneurs devront se servir des troupes chinoises d'infanterie et de cavalerie pour faire la police, *mais ils ne pourront se servir d'artillerie.*

« ART. 4. — Le chemin de fer de Changhaï-Kouan-Niouchouang-Sin Min-Ting sera rendu à ses premiers propriétaires ; mais d'autres puissances ne pourront pas envoyer des troupes pour protéger la ligne qui, avec tout le terrain qu'elle occupe, ne devra être protégée que par des troupes chinoises.

« Les réparations et le maintien de la ligne devront être entièrement conformes aux clauses du traité russo-

(25)

chinois et à la convention sur l'emprunt du chemin de fer.

« *Sans la permission de la Russie, aucune prolongation du chemin de fer ou la construction de lignes secondaires ne seront pas permises* DANS LE SUD DE LA MANDCHOURIE ; il est également convenu de ne pas reconstruire le pont sur la rivière Liao, ni les terminus de la voie ferrée.

« Les dépenses faites par la Russie pour les réparations du chemin de fer Changhaï-Kouan-Niouchouang-Sin-Min Ting, et les frais faits pour son maintien seront remboursés. »

Le pont, que la Chine et la Russie s'engagent à ne pas reconstruire, franchissait le Liao à la hauteur de Moukden, et près de son emplacement les bonnes cartes, tenues à jour, indiquent l'emplacement de la gare, détruite par les Boxeurs. C'est à elle que s'appliquent les mots « les terminus de la voie ferrée » et l'engagement bilatéral de ne pas la rebâtir.

Elle joignait ce qu'on appelle, en Extrême-Orient, l'extension du chemin de fer Est-chinois, c'est-à-dire la grecque de Changhaï-Kouan à Sin-Min-Ting et Niouchouang, bifurquée à Kao-pang-tze, à la ligne transmandchourienne de Harbin à Port-Arthur, et par suite au grand tronc transsibérien.

Cette concession était évidemment destinée à rassurer les Anglais, dont la grande institution de crédit « *Hong-Kong and Changhaï Banking Corporation* » avait fait, à peu près, tous les frais du railway de Pékin à Changhaï-Kouan, les négociants de Tien-tsin, et le gouvernement chinois, sur le danger d'un détournement du commerce de la Chine septentrionale vers Dalny, et aussi d'un brusque coup de main russe sur Pékin.

(26)

Enfin, comme dernière précaution, la Chine consentait à neutraliser, dans le Lia Tong, une zone comprise entre deux lignes tirées : l'une, au Nord, de Niouchouang à Kiouliencheng ; l'autre, au Sud, de Poulantien à Pitzewo.

Quant aux Japonais, la Russie semblait les tenir pour quantité négligeable. Elle croyait satisfaire leurs besoins en les laissant immigrer par milliers dans tous les territoires sibériens ou mandchouriens, jusque dans ses grandes places de guerre de Port-Arthur et de Vladivostok. Leur commerce y faisait d'énormes progrès, et certaines de leurs denrées, la bière entre autres, évinçaient du marché tous les similaires.

Malheureusement, le tsar Nicolas II nomma l'amiral Alexeief vice-roi de tous les territoires russes compris entre le Baïkal et l'Océan Pacifique, et la politique de ce vice-empereur fut désastreuse. Inspirée par le plus pernicieux sentiment : le mépris de l'adversaire ; paralysée par une corruption telle, qu'elle était honnie dans ces pays où le pot-de-vin ne scandalise personne, elle résolut le difficile problème de justifier toutes les inquiétudes, sans avoir pris réellement les dispositions qui leur auraient donné un solide fondement, et s'être assuré, à temps, la force imposante dont l'action passive est, à elle seule, un porte-respect suffisant. Elle agitait, à grand bruit des épouvantails de flottes, d'armée et d'armement de forteresses, et ne tenait aucun compte des rapports d'agents au Japon qui auraient troublé sa sérénité.

Les Japonais, qui ont partout des espions, jusque dans le vent qui passe, savaient parfaitement toute l'inanité de ce décor diplomatico-militaire, les transmutations subies par les approvisionnements de toute nature ; et ne doutaient pas qu'au moment où il faudrait une éruption irrésistible, la montagne truquée ne vomirait qu'une souris.

Ils eurent le talent de chercher la querelle, et de la conduire avec tant d'astuce et de méthode, que l'appel à la force pût être imputé aux mauvais desseins et à l'intransigeance de celui qu'ils provoquaient doucereusement.

Le 28 juillet 1904, le baron Komura, ministre des Affaires Étrangères du Japon, ouvrit le débat en prescrivant par dépêche au baron Kurino, ambassadeur à Saint-Pétersbourg, de s'aboucher avec le comte Lamsdorf, ministre russe des Affaires Étrangères, à l'effet d'écarter des relations des deux Empires toute cause de malentendu dans l'avenir, et de lui remettre la Note Verbale suivante, destinée à servir de base à une entente entre la Russie et le Japon au sujet de leur action respective en Extrême-Orient.

« I. — Engagement mutuel de respecter l'indépendance et l'intégrité territoriale des Empires de Chine et de Corée, et de maintenir le principe des facilités égales pour le commerce et l'industrie de toutes les nations dans ce pays.

« II. — Reconnaissance réciproque des intérêts prépondérants du Japon en Corée et des intérêts spéciaux de la Russie dans les entreprises de chemins de fer en Mandchourie, et du droit du Japon de prendre en Corée, comme de la Russie de prendre en Mandchourie, telles mesures qui pourraient être nécessaires pour la protection de leurs intérêts respectifs dans les conditions où ils viennent d'être définis, sous le bénéfice néanmoins des stipulations de l'article I du présent arrangement.

(28)

« III. — Engagement réciproque, de la part de la Russie et du Japon, de ne pas entraver le développement de ces activités industrielle et commerciale, respectivement du Japon en Corée et de la Russie en Mandchourie, qui ne sont pas incompatibles avec les stipulations de l'article I de cette convention.

« Engagement additionnel, de la part de la Russie, de ne pas entraver l'extension éventuelle du chemin de fer coréen dans la Mandchourie méridionale, à l'effet de le relier aux lignes de la Chine orientale et de Chang-haï-Kouan.

« IV. — Engagement réciproque que, dans le cas où il serait jugé nécessaire d'envoyer des troupes, par le Japon en Corée, ou par la Russie en Mandchourie, à l'effet, soit de protéger les intérêts mentionnés dans l'article II de cet accord, soit de réprimer insurrection ou désordre calculés pour créer des complications internationales, les troupes ainsi expédiées ne dépasseront, en aucun cas, le contingent nécessaire, et seront retirées ensuite, aussitôt que leur mission aura été accomplie.

« V. — Reconnaissance, de la part de la Russie, du droit exclusif du Japon de donner conseil et assistance dans l'intérêt des réformes et du bon gouvernement en Corée, y compris l'assistance militaire nécessaire.

« VI. — Cet accord remplace tous les arrangements intervenus antérieurement entre la Russie et le Japon au sujet de la Corée. »

Cette « Note Verbale » fut remise le 2 août au comte Lamsdorf. Il répondit le 5 que le tsar l'autorisait à ouvrir des négociations avec le baron Kurino sur ce sujet.

Le comte réussit, le 9 septembre, à faire transférer les négociations à Tokyo, de façon que le baron de Rosen pût concerter avec l'amiral Alexeieff des contre-propositions, bien que M. Kurino eût fait remarquer qu'il doutait que l'amiral fût disposé à entrer en négociation avec le Japon dans un esprit conciliant, qui est de nécessité primordiale pour arriver à une entente satisfaisante.

Le 5 octobre, le baron de Rosen revenu de Port-Arthur le 3, remit au baron Komura des contre-propositions qui modifiaient celles du 2 août, surtout pour les articles V, VI et VII, qui étaient ainsi rédigés par les Russes :

« V. — Mutuel engagement de n'employer aucune partie du territoire de la Corée pour des usages stratégiques, et de n'entreprendre sur les côtes de Corée aucuns travaux militaires capables de menacer la liberté de la navigation dans les détroits de Corée.

« VI. — Mutuel engagement de considérer la partie du territoire de la Corée étendue au Nord du 30e parallèle comme une zone neutre, dans laquelle ni l'une ni l'autre des Parties contractantes n'introduira de troupes.

« VII. — Reconnaissance par le Japon que la Mandchourie et son littoral sont, sous tous les rapports, en dehors de la sphère de ses intérêts. »

Le Japon riposta, en rétablissant son texte primitif, et en y ajoutant les modifications suivantes :

« 1° En ce qui concernait la zone neutre, destinée à former tampon entre les deux États :

« VI. — Mutuel engagement d'établir une zone neutre sur la frontière Koréo-Mandchourienne, étendue sur . . . . (*un blanc*) kilomètres *de chaque côté*, dans laquelle zone neutre ni l'une ni l'autre des Parties contractantes ne devra introduire des troupes sans le consentement de l'autre Partie.

« 2° L'article VII russe était remplacé par :

« VII. — Engagement de la part de la Russie de

respecter la souveraineté et l'intégrité de la Chine en Mandchourie et de ne pas contrecarrer la liberté du commerce japonais en Mandchourie.

« VIII. — Reconnaissance par le Japon des intérêts spéciaux de la Russie en Mandchourie et du droit de la Russie de prendre telles mesures qui pourraient être nécessaires, afin de protéger ses intérêts, dans la mesure où ces intérêts n'excéderaient pas les stipulations de l'article précédent.

« IX. — Mutuel engagement de ne pas empêcher la jonction du chemin de fer coréen avec celui de l'Est chinois, quand ces chemins de fer auront été éventuellement prolongés jusqu'au Yalou. »

Les négociations continuèrent, d'amendements en contre-propositions et de contre-propositions en amendements, le Japon réclamant toujours « la porte ouverte » en Mandchourie, et ne consentant à considérer la question mandchourienne, comme exclusivement chinoise, que si la Russie, tout en donnant les mains à l'établissement d'une zone neutre épaisse de cinquante kilomètres, de chaque côté de la frontière Koréo-mandchourienne, reconnaissait que la Corée est en dehors de la sphère de ses intérêts.

Enfin las des lenteurs et des procédés dilatoires de la Russie, le gouvernement japonais rompit les négociations, rappela M. Kurino de Saint-Pétersbourg, remit ses passeports au baron de Rosen, et sûr de l'appui que lui vaudraient, aux États-Unis et en l'Angleterre, l'ostentation de ses efforts pour obtenir « l'ouverture » d'un pays qui n'avait jamais été fermé, et la garantie de la souveraineté et de l'intégrité de la Chine, sûr aussi qu'il pourrait, grâce aux démonstrations d'Alexeief, faire croire qu'il était menacé « dans son existence nationale », envoya la flotte des amiraux

Togo et Ouriou commettre les deux guet-apens de Port-Arthur et de Chemoulpo, dans la nuit du 5 au 6 février, avant l'heure, où il donnait aux représentants des puissances l'assurance qu'aucun acte d'hostilité ne serait fait avant une déclaration de guerre.

Après ces explications préliminaires on comprendra mieux la valeur de ce document, publié pendant le mois d'avril 1904, au Japon :

Le marquis Ito, un des fauteurs et des auteurs de la révolution de 1867-68 qui a aboli le régime féodal au Japon et lui a substitué un régime peu à peu développé en une monarchie constitutionnelle, le plus grand homme de son pays, dont il a maintes fois dirigé le gouvernement, et l'une de ses réserves, a écrit le 14 avril 1904 à un ami de New-York, la lettre suivante, que je traduis d'un journal anglais, le *Japan Daily Mail,* auquel elle a été communiquée :

« Tokio, 14 avril 1904.

« Cher Monsieur,

« En réponse à votre lettre du 17 février, permettez-moi tout d'abord de vous remercier très sincèrement pour la constante sympathie que vous avez témoignée à la cause de notre pays. Vos efforts amicaux, à l'occasion de la guerre sino-japonaise, sont encore frais dans ma mémoire et dans celle de tous ceux qui les ont connus. Et, en général, l'attitude sympathique de l'opinion publique dans votre pays est un grand encouragement pour nous dans notre foi qu'en combattant pour notre sécurité future et notre jouissance non troublée des fruits de la civilisation, nous combattons jusqu'à un certain point pour la cause commune de tous.

« Exactement comme vous le dites, la suprématie

de la Russie en Corée constituerait non seulement une menace constante pour l'existence même de notre empire insulaire, mais impliquerait aussi la destruction totale de nos intérêts commerciaux et industriels, déjà légitimement placés là *dans le passé, sans mentionner la perte d'un débouché naturel pour l'expansion de notre peuple.*

« La politique constante de la Russie dans cette partie du globe a continuement penché vers la monopolisation des ressources naturelles de toute contrée qu'elle conquiert et annexe. Sa politique en Mandchourie est une démonstration par l'évidence de l'affirmation précédente.

« De sorte que, en combattant pour nos propres intérêts, nous combattons en même temps pour le principe de « la libre concurrence absolue » dans ces marchés nouveaux du monde.

« Je suis vraiment très peiné que les négociations, conduites de notre côté avec une sincère *bona fides,* n'aient pas été couronnées du succès si ardemment désiré. Si le gouvernement russe avait été un peu plus inspiré de l'esprit de modération et de tolérance pour les légitimes intérêts d'autrui, les choses ne seraient pas venues à cette passe.

« Mais les choses étant ce qu'elles étaient, il ne restait d'autre ressource pour nous que d'essayer d'imposer par les armes ce que nous ne pouvions faire accepter par la raison. Et nous avions à agir ainsi avant qu'il ne fût trop tard, parce que la Russie augmentait continuement et rapidement les forces militaires qu'elle pouvait se procurer dans cette partie de son empire, de telle sorte que, avant longtemps la masse compacte de sa puissance de combat aurait rendu folle de notre part toute tentative de résister à sa marche sans scrupule devant elle.

« C'est pourquoi notre entreprise présente n'a été qu'un acte froidement prémédité pour la cause de la raison d'État.

« Et je suis bien réconforté de voir que vous, aussi

(33)

bien que l'opinion publique générale de votre pays, avez compris notre motif vu sous sa vraie lumière.

« Espérant que vous jouissez d'une santé aussi robuste que quand je vous ai vu la dernière fois à New-York, et espérant aussi *être à même de vous revoir dans un avenir peu éloigné ;*

« Je demeure,

« vôtre sincèrement,

« Ito Hiroboumi. »

Cette lettre laisse une impression de froid.

Néanmoins, on retrouve sans étonnement, sous la plume du marquis Ito, mais avec des précautions de style qui lui sont personnelles, le couplet tant chanté par la presse anglo-saxonne sur le Japon champion de la liberté commerciale.

Mais on remarquera que l'habile homme d'État n'a pas écrit les mots fatidiques : *open door* (porte ouverte), et qu'il s'est gardé d'articuler quoi que ce soit qui ressemble à un engagement liant le Japon d'assurer, en cas de victoire, la « *fair competition all round* (la libre concurrence absolue), non seulement en Mandchourie, mais dans la Corée, qui est aussi un « des nouveaux marchés du monde », et qu'il a bien soin de ne pas renommer à côté de la Mandchourie, dans ce passage de sa lettre.

C'est peut-être lui qui négociera le traité final, car il est au Japon comme la galère Salaminienne à Athènes, et le successeur des Shogouns.

La faute commise par la Russie en réoccupant le sud de la Mandchourie, après un simulacre d'évacuation, et en transformant le consul de Niouchouang en administrateur du territoire de cette ville, port ouvert, où l'on a vu toute la susceptibilité des intérêts américains, garantissait d'avance au marquis Ito l'adhésion à la politique japonaise d'un public qui ne demandait que des raisons spécieuses pour justifier sa passion anti-russe.

Personne ne remarqua que demander « la porte ouverte » en Mandchourie c'était réclamer l'abandon à autrui de la meilleure part, sinon de la totalité des fruits d'une entreprise colossale, dont celui qui l'avait osée ne garderait que les frais et l'entretien à payer.

On ne remarqua pas non plus que la Chine est, jusqu'à nouvel ordre, indépendante, et n'a jamais sollicité la protection du Japon.

On ne s'avisa pas non plus que la Russie en acquiesçant aux prétentions japonaises au regard de la Corée et de la Chine, aurait rompu l'équilibre des forces en Extrême-Orient, enrichi le Japon sans coup férir, et créé un précédent fort gênant pour tous les peuples blancs possessionnés dans le Pacifique occidental, Allemands, Français, Américains et Anglais.

Et l'habile organisation des moyens de propagande par la presse aidant, la prétention du Japon de lutter contre la Russie pour son existence comme nation, pour son honneur, et pour la liberté du commerce et de l'industrie en Extrême-Orient, fit jurisprudence !

LIVRE SECOND

CHAPITRE I

PREMIER CONTACT AVEC LE JAPON. — ATTITUDE DES ANGLAIS
ET DES AMÉRICAINS A L'ÉGARD DES JAPONAIS. — MALAISE
DE LA POPULATION AU JAPON. — RÉGIME IMPOSÉ AUX COR-
RESPONDANTS MILITAIRES. — PRÉCAUTIONS PRISES PAR LE
JAPON CONCERNANT LES NOUVELLES DE LA GUERRE.

LE paquebot *China* devait quitter San Francisco le
26 février à trois heures de l'après-midi. Mais,
quatre heures avant de quitter le Palace Hotel, au moment où je mettais à la poste ma première lettre au
Petit Journal, j'appris que le commandant avait reçu
l'ordre de décharger sept cents tonnes de *corned beef*,
destinées à Port Arthur. Pareil chargement, confié au
Korea, appartenant aussi à la *Pacific Steam Navigation C°* avait été déchargé à Nagasaki au moment de
la déclaration de guerre, et saisi par les Japonais.
Les Russes voulaient éviter le renouvellement de cette
mésaventure. D'où un retard de 24 heures, qui me
permit une très agréable visite de la plus belle ville
que j'aie vue dans l'Amérique du Nord.

Le respect des lois de la neutralité était tout à fait
étranger à cet incident. Nous avons embarqué le len-

demain tout un contingent de réservistes rappelés au
Japon. L'appontement du *China* était encombré de
milliers de compatriotes de l'amiral Togo, profitant de
leur congé du samedi après-midi, pour faire la conduite à ceux qui retournaient au pays. Ils n'avaient
pas osé amener des troupes d'enfants soufflant des
chants patriotiques dans des accordéons et des flûtes
de fer-blanc. Les *K'hotdjin* (barbares) auraient ri !...
Mais ils avaient un orchestre, qui gagnait loyalement
son argent... Et les bannières violettes, grandes comme
des draps de lit, de sociétés bouddhiques, foisonnaient.
Leurs longs bambous à nœuds jaunes et noirs, formaient un taillis mouvant dans le colossal hangar, où
le hourvari formidable de ces gens à larynx atteint
d'une démangeaison chronique de vivats donnait déjà
l'illusion d'une marée d'équinoxe. L'enthousiasme
devint de l'épilepsie quand un aide-vétérinaire de
réserve, en grand uniforme, et des gants blancs gla-
cés aux mains, saisit une de ces étoffes, balancées à
portée du pont, et la baisa avec une effusion de fer-
veur dévote. Un orateur, il y en a toujours au moins
un dans les cohues japonaises, lui adressa une allocu-
tion. Ce fut la fin : des acclamations frénétiques l'in-
terrompaient à chaque membre de phrase, presque à
chaque mot ; on n'entendait que des notes isolées de
l'hymne national « *Ki mi ga yo* », joué consciencieu-
sement « *rinforzando* » par l'orchestre. Quand la dernière amarre fut amenée et que le beau grand bateau,
commençant son abatée, s'éloigna du quai, tous les
Nippons sautèrent sur les caisses éparses autour d'eux,
agitant leurs chapeaux et achevant de s'égosiller à
crier d'interminables « *Banzai !* ». L'onde sonore

nous parvenait encore, vague et murmurante, quand ceux qui l'envoyaient n'étaient plus pour nous qu'une masse confondue avec celle du hangar.

Les Anglais et les Américains avaient coté ce spectacle, avec une froideur dédaigneuse, fort intéressante pour un observateur.

Elle ne se démentit pas pendant toute la traversée. La demi-douzaine de Japonais installés en première fut laissée parfaitement isolée. Tous parlaient anglais, un ou deux parlaient français : néanmoins personne ne fit un pas vers eux, ou n'esquissa un geste qui les autorisât à faire ce pas eux-mêmes vers les Caucasiens. Seul, un missionnaire méthodiste, plein de zèle pour la vigne du Seigneur, évangélisa, le dimanche, les Nippons logés en seconde et en troisième, assista aux évolutions militaires, sans armes, exécutées par eux sur le pont de ce navire anglais, et entretint leur ardeur martiale par des allocutions, dans un japonais extraordinaire, salué, néanmoins, d'enthousiastes « *Banzai !* », eu égard, sans doute, à la bonne intention de l'orateur !

A Honolulu, j'eus une nouvelle preuve de la passion consciente qui animait tous les Japonais en faveur de la guerre et ramenait au drapeau ceux qui avaient, pourtant, cherché fortune à l'étranger. Pendant que le *China* entrait dans la passe du port, un nageur, venu d'un demi-kilomètre cria à ses compatriotes, groupés sur l'avant, une phrase dont je n'entendis que le mot « *Rio-joun-Ko* ». Voyant les Nippons enthousiasmés, j'allais m'informer, quand à côté de moi, un de ceux-ci répondit à un Anglais, en battant des mains : « *Patata is taken* (Patata est pris). Dans une bouche japonaise, incapable d'articuler nos syllabes, *Port Arthur* devient Pa-ta-ta !

Nous avions à bord deux des consuls, récemment nommés en Mandchourie par les États-Unis : M. Cheshire, destiné à Moukden, et M. Davidson, envoyé à Antong. Je rencontrai de suite celui-ci, avec lequel j'avais entretenu des rapports très cordiaux depuis Chicago, et lui fis part de la nouvelle. Elle l'égaya moins que moi, qui n'y ajoutais pas foi, et c'est très sérieusement, qu'il me répondit : « *Airy rumours only. London rumours. No matter !* » (Ce sont des rumeurs aériennes. Des bruits de Londres. Rien au fond). J'ai jugé sérieux et réponse aussi intéressants que l'aventureuse pleine-eau du Japonais.

La conversation continua, sur la résistance de Port-Arthur, et un gentleman, qui accompagnait M. Davidson, me tint le curieux propos suivant : « L'attaque de Port-Arthur ne nous a pas tous surpris en Amérique. Elle a été annoncée devant moi, à la réception du premier janvier, à la Maison Blanche ! »

Le télégramme précité, du ministre Griscom, a dû y être pris pour un « *bon billet !* »

Malgré la passivité des escadres russes de Vladivostock et de Port Arthur, les Japonais, qui, avec raison ne laissent au hasard « rien de ce qu'ils peuvent lui enlever par conseil et par prévoyance », gardaient avec vigilance l'entrée de la baie de Tokyo.

Le *China* arrivé le 16 mars, au coucher du soleil, en vue du phare de Nippon saki, y fut stoppé, et toute la nuit enveloppé de la nappe lumineuse projetée sur la passe par le fort de Fuso. Le lendemain, à sept heures, un remorqueur, dignifié, par une « flamme » de guerre, en aviso, vint nous chercher au mouillage. Il nous pilota, avec force zig-zag, entre des dortoirs de torpilles, sans réveiller aucune de ces dangereuses endormies, et sans qu'un faux coup de barre nous ait procuré l'ennui de les coudoyer. Il nous fit passer entre les collines fortifiées de Yokosuka, l'arsenal créé par l'ingénieur français Verny, puis développé par notre éminent directeur des constructions navales, M. Bertin, et trois forts bâtis sur des îlots, et merveilleusement détachés sur le ménisque de la mer pour servir de « tonneaux » à l'obus d'un pointeur primé, ou de pelote à la torpille d'un émule de Dubocq, le héros de Cheipou (1883).

A 10 heures nous mettions le pied sur le quai de Yokohama ; le courrier français de l'Oriental Hôtel nous débarrassait des brimades de la Douane, et une demi-heure plus tard je serrais la main de Muraour, propriétaire dudit hôtel, et un vieil ami de 1895, qui fit immédiatement porter au télégraphe ma dépêche d'arrivée au *Petit Journal*.

Ma première sortie, dès que j'eus terminé mes premières lettres, confirma l'impression de surprise que j'avais éprouvée le matin quand le service de santé, les pisteurs d'hôtels et les croque-voyageurs de tout acabit avaient envahi le *China*. Le sans-gêne agressif, l'importunité impudente étaient les mêmes qu'en 1900 et en 1894. Mais on ne voyait plus transparaître de ces faces le rayonnement de l'orgueil satisfait et sûr du lendemain. Médecins et douaniers oubliaient même d'être tracassiers !

Dans les rues, que j'avais toujours vues si mouvementées, à cette heure où banques et magasins européens vont être fermés, la circulation était maigre.et les passants préoccupés. Les traîneurs de pousse-pousse, grands lecteurs et commentateurs de journaux, grâce à leurs abondants loisirs, et grands haïsseurs de *K'todjin* (barbares) — Ce sont les Blancs, nous tous, sans nulle vanité), — n'ajoutaient ni ricanements grossiers, ni échantillons d'argot insolent à leurs offres de service.

Des gamins coiffés jusqu'aux oreilles, de casquettes d'école, jouaient au soldat, ou agitaient des drapeaux de papier et criaient « *Nippon Banzai !* », pour mon édification, sans doute. Des marmots fixés par des cordons sur le dos de leurs mères, dormaient tranquillement sous des képis trop galonnés et trop empanachés... Mais les hommes, en les croisant, ou du pas des portes, regardaient sérieusement ces vanités et semblaient les jauger à leur juste mesure. La préoccupation, l'inquiétude même, et la fatigue étaient lisibles dans leurs traits. Ils n'avaient pas figure de vainqueurs. Ni sons de « shamisen » (guitare japonaise) ni chansons de guerre ne sortaient des logements. Peu ou pas de clients dans les boutiques. Il n'y avait rassemblement que devant les étalages d'images et de cartes postales reproduisant les premiers incidents de la guerre. Personne n'achetait : chaque feuille coûtait dix sen (cinq sous de France) et chaque image 1 fr. 50 ! Le cercle de badauds ne devenait foule que quand un européen achetait. Le soir, dans les rues des théâtres et des maisons de thé, des enfants et des braillards, plus ou moins désintéressés, promenaient des lanternes et des bannières, sous le nez des Européens et leur criaient « *Banzai !* » aux oreilles en s'accrochant au pousse-pousse... Mais la conviction n'y était pas. Tout ce monde sentait la gravité de l'entreprise où le pays s'était engagé, la gêne causée par le ralentissement du commerce, et, en présence des tristesses de l'heure vécue, en appréhendait de plus cruelles des heures à vivre...

Nous étions vingt-deux correspondants militaires, dont deux Français seulement, à bord du *China*. Nous avions appris à San Francisco, et mieux encore à Honolulu, que le gouvernement japonais, après avoir promis d'autoriser les journalistes à suivre ses armées, ne tenait pas cet engagement, et avait « *bottled up* » (mis en bouteille), suivant la pittoresque métaphore yankee, les premiers accourus sur la foi de sa quasi invitation. Ils se morfondaient dans un hôtel de Tokyo, auquel le rang auguste de ses propriétaires avait fait donner le nom de *Teikoku Hôtel* (Hôtel impérial). Néanmoins, les 20 Anglais et Américains allèrent rejoindre leurs compatriotes. Quand à nous, peu enclins à nous laisser boucher dans un domicile, même de verre ; sûrs que les Japonais ne font cas que de ceux qui savent leur opposer une attitude indépendante, ferme et digne, nous restâmes à l'Oriental hôtel, à Yokohama, à portée des paquebots, qui apportent des nouvelles, et emportent les correspondances que leurs auteurs ne désirent faire lire qu'aux véritables destinataires. Les Japonais ont adhéré à l'Union Postale Universelle ; mais s'ils ont des boîtes aux lettres, des facteurs, des timbres humides et toute une collection de timbres-vignettes, ils n'ont pas encore compris que le respect des lettres est la caractéristique des peuples vraiment civilisés.

(43)

Une visite à notre ministre de Tokyo, le lendemain de mon arrivée, m'apprit dans quelles conditions j'aurais à m'acquitter de la mission confiée par le *Petit Journal*.

Il me communiqua la « *notification* n° 3 », publiée par le Ministère de la guerre, le 10 février.

Les deux premiers articles prescrivaient aux correspondants désireux de suivre les opérations des armées japonaises, de justifier dûment au Ministre représentant leur nationalité qu'ils étaient bien investis d'une mission par un journal de leur pays.

Chaque correspondant était autorisé à emmener un interprète, engagé, présenté par lui avec sa garantie personnelle, à l'appui de la demande que l'interprète devait adresser au Ministère (art. III).

L'engagement d'un domestique était permis, sous réserve des mêmes conditions (art. IV).

Les autorités se réservaient le droit de faire choisir, si elles le jugeaient nécessaire, une personne comme correspondant-adjoint pour plusieurs journaux (art. V).

Un permis spécial était délivré aux correspondants agréés (art. VI) ; ils étaient attachés à un *Kôto Shireiboun* (bureau de commandant supérieur) (art. VII) ; astreints au costume européen (!) avec, sur le bras droit, une bande ou brassard haut de deux pouces (cinq centimètres), portant à l'encre rouge les noms du journaliste et de son journal (art. VIII) ; à porter toujours leur permis sur eux, pour le montrer à toute réquisition (art. IX).

« Art. X. — Toute infraction aux règles et aux ordres du Kôto Shireiboun aura pour sanction le retrait du passeport militaire.

« Art. XI. — Aucune correspondance, ni professionnelle, ni privée, ni épistolaire ni télégraphique ne sera expédiée sans avoir été examinée au préalable par l'officier commis par le bureau du Commandant supérieur. Aucune correspondance contenant des chiffres ou des signes de convention ne sera expédiée.

« Art. XII. — L'armée et ses officiers accorderont autant que les circonstances le permettront, aux cosrespondants militaires un traitement convenable et les facilités nécessaires à leur mission, et pendant la campagne, en cas de nécessité, leur fourniront des rations d'officiers et, à leur requête, le transport dans des vaisseaux ou des véhicules.

« Art. XIII. — Toute violation par les correspondants des lois criminelles et militaires, toute divulgation de secrets militaires seront justiciables de la cour martiale. »

En vertu de ces dispositions, je dus communiquer à M. Harmand mon traité avec le *Petit Journal*. Il eut la bonté de le lire de la première ligne à la dernière, évidemment pour pouvoir présenter et soutenir ma demande de suivre les armées en campagne avec l'autorité que donne une certitude absolue que son compatriote était dûment commissionné et outillé pour le faire.

Trois jours plus tard, le 22 mars, je recevais l'avis que ma requête était accordée, avec un passeport général qui devrait être complété et précisé au moment du départ, par l'addition du nom de l'armée à laquelle je serais attaché. Des renseignements officieux m'apprirent que je serais compris dans le deuxième convoi, que le premier n'était pas parti encore, et ne partirait pas avant un mois. Les journalistes qui le formaient attendaient au Teikoku Hôtel depuis le mois de décembre !

L'hostilité mal déguisée par l'apparente correction des règlements précités ne m'étonna pas longtemps. J'en trouvai l'origine en faisant appel à mes souvenirs de la guerre sino-japonaise, et surtout à son incident le plus remarquable : la prise de Port-Arthur par le maréchal Oyama, les 20 et 21 novembre 1894, après deux batailles, dont la première dura quatre heures, et la seconde environ huit. Assistaient à l'opération MM. Creelman, correspondant du *World,* de New-York ; Villiers, correspondant du *Standard* et du *Black and White,* de Londres ; Cowen, correspondant du *Times* ; de Guerville, correspondant du *New York Herald,* et Villetard de Laguérie, correspondant du *Temps.*

En entrant dans Port-Arthur, le 22, dès le fin matin, nous trouvâmes la ville dans le tragique désarroi d'un viol nocturne. Maisons enfoncées, cadavres de femmes, d'enfants, de vieillards, semés partout, tous frappés à la tête par l'entaille nette du sabre, le plus souvent en deux morceaux, séparés, mais restés côte à côte ; le port plein de noyés, dont les vagues clapotantes agitaient en appel de secours les bras restés étendus ; les caniveaux des rues rouges de sang figé ; çà et là des coulées de fumée noire, coupant les rues d'une bande de crêpe ; et le silence des solitudes, si poignant au plein soleil, au milieu d'une agglomération chinoise, aux maisons serrées comme les alvéoles d'un gâteau de guêpe.

Nous y restâmes trois jours, et le 25 au matin, à dix heures, nous recevions permis de retourner à Hirochima par le *Nagato marou.* Divers incidents retardèrent notre départ jusqu'à 5 heures et nous permirent d'assister à l'incendie d'une maison, auquel personne ne prit garde, surtout pour l'éteindre.

Je restai à Hirochima pour visiter l'île sainte de Myadjima, qui en est voisine. En arrivant à Yokohama, je lus les journaux et j'y vis, avec la plus pénible surprise, un article de la « Japan Gazette » dans lequel le rédacteur en chef, M. Tennant, sur la foi de MM. Creelman, Villiers et Cowen, accusait les Japonais d'avoir froidement massacré, pendant cinq jours, tout ce qui avait passé à portée du fil de leurs sabres, bêtes et gens. Aussitôt je me mis en route pour l'office de *Japan Gazette.* Chemin faisant, je rencontrai Villiers, lui fis part de mon étonnement, de ma volonté formelle de rétablir la vérité et lui demandai la raison de cette manœuvre. Il me répondit : « My dear boy, nous avons voulu empêcher la ratification par le Congrès américain du projet de revision des traités qui mettrait fin à l'extraterritorialité des citoyens des États-Unis au Japon. » Je lui répondis que ce n'était pas une raison suffisante à mes yeux pour essayer d'imposer au monde la légende des « Port-Arthur atrocities » et entrant à la « Japan Gazette », j'affirmai à M. Tennant la vérité, à savoir que le massacre avait accompagné et suivi la bataille, mais ne s'était pas prolongé au delà du 22 au matin.

M. Tennant prit des notes, m'affirma qu'il reproduirait ma protestation, et je partis pour un voyage d'études que je voulais faire pendant l'entr'acte militaire.

A mon retour, je lus la « Japan Gazette » et trouvai ma déposition absolument travestie en confirmation du récit, faux de point en point, que j'avais voulu faire rectifier.

Une seconde visite à M. Tennant était plutôt contre-indiquée. Je me bornai à lui écrire une protestation rectificative en français, le requérant de l'insérer telle qu'elle, à peine d'être traduit devant le tribunal consulaire.

Il s'exécuta, en laissant défigurer ma copie par de grotesques fautes, mais il l'inséra, et coupa ainsi net, par la racine, le chiendent qu'il avait planté.

Grâce à cela, purent assister à la campagne contre Weï haï weï, outre moi, MM. Cowen, pour le *Times*, Ganesco pour le *Figaro*, Lalo pour l'*Illustration*, et Smith, pour le *San Francisco Chronicle*.

Mais le coup était porté. Depuis lors, M. Tennant s'est tué d'un coup de pistolet. Que Dieu ait son âme. Néanmoins c'est à lui et à MM. Creelman et Villiers que les correspondants militaires doivent le traitement de la nation la moins favorisée que les Japonais leur ont infligé jusqu'à présent.

D'autres épices assaisonnaient cette vengeance, un plat, pourtant, que les Japonais ne troqueraient pas avec Jupiter, contre le nectar et l'ambroisie. Ils satisfaisaient le besoin d'égarer l'opinion universelle sur l'état et les ressources véritables du Japon ; de toujours raconter les premiers, quand ils ne pourraient réussir à raconter seuls, les incidents de la guerre, de façon à profiter pleinement de la partialité anglo-saxonne, qu'ils savaient acquise, et de la docilité avec laquelle la presse de tous les pays adopte et publie les télégrammes des journaux de langue anglaise.

Nous avons tous su, par nos journaux respectifs, que nos télégrammes arrivaient, invariablement, après les nouvelles distribuées aux agences d'informations par les diverses légations ou ambassades japonaises. Nous nous sommes informés et nous avons appris par quel circuit passaient les informations que le gouvernement mikadonal voulait bien laisser arriver jusqu'au public universel et jusqu'à ses propres nationaux. C'était un cercle ouvert à Tokyo et fermé à Tokyo. Et on va voir qu'il fallait être sur place et connaître choses et gens pour ne pas être emprisonné dans ce cercle et réduit à l'état d'instrument inconscient d'une politique trop réaliste.

Nous connaissions les incidents de la guerre quand ils étaient heureux ou pouvaient être présentés comme tels, après une préparation.

Cette « préparation » était faite en vase clos, au ministère de la Guerre, et avec toute la lenteur que les Japonais apportent au travail. Un rapport militaire ou naval subissait de ce chef, de trois à quatre jours de retard. Une fois bien épluché et paré, il était télégraphié à Londres, à l'ambassadeur Hayashi, qui est une sorte de ministre des Affaires étrangères détaché du Japon en Europe, et à M. Takahira, chargé de fonctions analogues à Washington.

Ces deux gentlemen distribuaient cette manne aux divers plénipotentiaires et consuls des deux mondes, puis à l'agence Reuter et informaient Tokyo, par les câbles, de la fin de cette opération.

Alors le ministère de la Guerre communiquait la nouvelle aux journaux de la capitale. Ceux-ci mobilisaient une équipe de typos ; on composait fébrilement, à qui sera le premier prêt, un « gogaï » (extra) et une heure ou deux plus tard, les rues de toutes les villes du Japon qui possèdent un journal retentissaient de sonnailles tin-

tinabulant à la place des hanches de maigres éphèbes, le front ceint d'un cordon rouge et blanc, les jambes mi-cachées par un caleçon de cotonnade blanche et le torse pavoisé d'un surtout qui aurait fait croiser les cornes à la vache la plus placide, et dont le drapeau national fournissait généralement le dessin et les couleurs.

Et comme si pareille précaution ne suffisait pas encore à maîtriser l'opinion universelle, le gouvernement japonais, complétant sa savante et minutieuse préparation de la guerre, entretenait de véritables ministres sans lettres de crédit, en Amérique et en Angleterre. Le baron Kaneko, le prince Foushimi, sous prétexte d'étudier l'Exposition de Saint-Louis, et le baron Suyematsu, sous couleur de négociations financières, semaient constamment la « bonne parole » c'est-à-dire les nouvelles trop bonnes et les déclarations endormeuses, aux États-Unis et en Angleterre.

La Russie a payé, et paie encore bien cher, la négligence qui la prive d'un moyen d'action aussi puissant, et la laisse exposée à tout les à-coups d'affolements, toujours possibles quand une campagne de presse est organisée comme les Anglo-Saxons savent le faire, et quand la victime n'oppose à l'agression que l'inertie et le silence.

En témoignant un égal mauvais vouloir aux correspondants militaires, d'ailleurs, ni elle ni le Japon ne paraissent avoir conscience qu'ils ont violé et violent, dangereusement pour eux-mêmes, une des garanties les plus indispensables à la vie internationale. Deux armées qui combattent ont charge du crédit de leurs pays. A l'heure actuelle, ces pays, quels qu'ils soient, doivent compter au reste de l'univers, des sommes qui leur ont été prêtées, car tous ont une dette, et cette dette est cotée sur tous les marchés des fonds publics. Cette cote dépend évidemment de la valeur du nantissement qui répond des intérêts et du capital. Victoire ou défaite accroissent ou diminuent ce nantissement, et du même coup augmentent ou restreignent la fortune des créanciers des États belligérants. Les journalistes qui sont envoyés pour voir ces victoires ou défaites, ne sont donc pas des badauds sanguinaires ou des gogos gêneurs. Ils sont les témoins nécessaires à tout duel, les représentants de confiance de ceux dont jouent l'argent les soldats qui jouent leur vie sur le champ de bataille.

Le Japon, qui avait annoncé, dès le début des hostilités, qu'il accueillerait favorablement les représentants des journaux étrangers dans ses armées, se donnait, en les mettant en charte privée, sournoisement, dans un hôtel de sa capitale, la physionomie fâcheuse d'un gouvernement qui a deux paroles très différentes : l'une qu'il donne, l'autre qu'il tient; l'une destinée à créer l'impression avantageuse d'une valeur sûre d'elle-même, l'autre à éviter la mise à l'épreuve de cette valeur.

Il eût été possible de proclamer dans tout l'archipel, comme dans les pays envahis, l'état de siège. Mais le bâillon imposé à la presse anglo-saxonne eût attiré l'attention sur celui qui gêne, en tous temps, les journaux japonais. Et puis, le courant des voyageurs qui tous les ans laissent sur le sol altéré du Japon, une couche fertilisante d'environ soixante-cinq millions de francs, le dixième du revenu total de l'Empire, aurait été arrêté net.

Cette dernière considération était d'une importance telle, que pour attirer de nouveau ce Pactole, détourné naturellement, dès le début des opérations de guerre, un véritable appel fut lancé dans le monde entier, aux gens désireux de s'amuser, avec garantie du gouvernement.

Les maires des grandes villes les plus favorisées par l'afflux régulier des globe-trotters, Kobe, Kyoto, Nagoya, Tokyo, Yokohama, Nagasaki, Osaka, ont signé la circulaire suivante :

« En réponse à des demandes de renseignements trop nombreuses pour qu'il puisse y être répondu individuellement, et avec l'espoir de corriger quelques-unes des impressions erronées qui existent dans les pays lointains, nous, maires des principales villes du Japon, désirons donner l'assurance que les conditions normales règnent d'un bout à l'autre de l'Empire du Japon pendant la guerre, et qu'il est en aussi bon ordre que le Japon pendant la paix. Les hommes d'affaires et les voyageurs qui désirent visiter notre pays ne rencontreront aucune difficulté et ne seront exposés à aucun danger. Les moyens de communication ordinaires par terre et par mer ne sont pas et ne peuvent pas être interrompus. Le Japon et ses eaux territoriales ne sont pas dans la zone des hostilités ; et la position et les avantages de notre armée assurent le Japon contre une invasion. »

Mais les globe-trotters sont restés chez eux. Ils savaient que l'entrée de la baie de Tokyo était barrée par des torpilles : l'affectation japonaise elle-même à ne laisser entrer les paquebots que sous escorte établissait l'existence du danger.

Les paquebots des Messageries Maritimes, au lieu de suivre la route normale par la mer Intérieure et le détroit de Chimonosaki, contournaient l'île Chiko-Kou par l'est, et allongeaient de 45 milles marins leur route de Changhaï à Kobé.

En outre, tout le monde sait qu'un pays en état de guerre est forcément dans la zone des hostilités, car il ne saurait prétendre à la certitude de la victoire.

Le gouvernement surchauffait ce peuple en lui imposant des manifestations, qui ne lui laissaient pas oublier qu'il a la gloire de se mesurer pour la première fois avec une puissance blanche, et surexcitaient en lui de mauvais ferments de rancune et de jalousie contre tous ceux qui lui ont enseigné les rudiments de la civisation moderne.

Un étranger, habitant Yokohama depuis 20 ans, fut meurtri à coups de sabots par une bande d'étudiants venus de Tokyo à Kawasaki, dans le courant du mois d'avril.

Moi-même je fus lapidé à un tournant de rue noire, en rentrant chez moi le soir du 14 avril, et blessé à la tête par deux coups de pierre. J'avais eu une discussion de tarif avec un pousse-pousse, et commis l'imprudence de montrer mon passeport militaire au poste de police. Ma qualité de Français avait suffi pour me concilier le traitement de la nation la plus favorisée. Qui aime bien, châtie bien.

Je refusai de porter plainte, et me bornai à déclarer à la police, qui s'était bien gardée d'intervenir et de me protéger, que j'avais été traité comme un simple Port-Arthur, que je faisais de ces procédés le cas qu'ils méritent, et la prévenais que je saurais me protéger moi-même.

Le gouvernement japonais pouvait se permettre tout

et profitait largement de la latitude qui lui était laissée.

Un fait entre mille.

Le 1ᵉʳ juillet 1904, le *Japon Daily Mail*, le leader journal anglais du Japon, a publié ce petit entre-filet :

« La police de Kazacho nous informe que le *Asahi*, le *Ko Kumin* et le *Yorodzou* ont été poursuivis sous l'inculpation d'avoir publié un rapport concernant l'attaque de Port-Arthur par l'armée de terre, sans la permission des autorités, *et nous* requiert de nous interdire à nous-mêmes de publier une traduction du rapport donné dans les journaux sus-mentionnés ».

Et le *Daily Mail* a obtempéré, et les interprètes des Européens aussi, ce qui fait que j'ai mis le mien à la porte, n'entendant pas payer qui me trahit.

Et voilà le cercle japonais ! Et voilà sa fermeture ! Et les Anglais nous parleront encore de leur vénération pour la liberté de la presse, palladium des libertés publiques ! Et il continueront à propager la légende du Japon-Terre de Chanaan des susdites libertés !

LIVRE TROISIÈME

QUATRE MOIS D'ATTENTE AU JAPON

CHAPITRE I

CHINOIS ET JAPONAIS. — INTRIGUES DES JAPONAIS EN CHINE.
— PROPAGANDE ANTI-RUSSE. — ENCOURAGEMENTS ANGLAIS
À L'ÉTABLISSEMENT DE LA TUTELLE JAPONAISE EN CHINE ET
EN CORÉE. — POLITIQUE MILITAIRE DU MARÉCHAL OYAMA
DANS LES PAYS CHINOIS ENVAHIS PAR LES JAPONAIS. —
ORDRE DE MÉNAGER LA POPULATION LE PLUS POSSIBLE.

J'AI attendu pendant quatre mois, du 22 mars au 15
juillet, la réalisation de la promesse d'être attaché
à l'une des armées en campagne.

Une audience que j'obtins du maréchal Oyama, chef
d'état-major général, le 1er avril, n'avança pas mes
affaires. Aucune considération particulière ne devait
faire fléchir la règle générale adoptée à l'égard des
journalistes étrangers. Quand le convoi des premiers
confrères arrivés fut parti, le 6 avril, le malaise aug-
menta, et le malin plaisir de nos tourmenteurs également. Ils pouvaient, sans craindre de provoquer un
coup de tête, répondre invariablement avec le même
sourire : « Nous ne pouvons vous donner aucune date
définie », à chacune de nos visites. Il y avait eu un

lâcher de correspondants. Là suggestion qu'un second lâcher suivrait probablement était irrésistible, et conseillait la patience. Nous étions amorcés comme goujons qui ont commencé à mordiller le ver ! Et nous sommes restés, opposant un trésor de patience à une politique dont le découragement et l'usure financière étaient évidemment les moyens.

« Que faire en un gîte ? » Observer et travailler sur ces observations, me suis-je dit. C'est un remède plus efficace que la songerie contre les atteintes de la nostalgie et les coups d'air du « vent du retour ».

Les sujets ne manquaient pas à mon choix, et j'ai pu consacrer mes loisirs à étudier les rapports des Japonais avec les Chinois ; la machine militaire créée par les Japonais et les procédés par lesquels ils la maintiennent en bon état ; le caractère des ressources financières du gouvernement mikadonal, tout en suivant du rivage, où ce n'était pas ma grandeur qui me retenait, les opérations militaires développées sur tout le littoral de la mer Jaune.

L'attitude des Chinois et des Japonais les uns à l'égard des autres est un des faits les plus intéressants de la crise actuelle. Les premiers continuent à nommer les seconds des « imitations d'hommes » et à avouer, dans l'intimité, qu'ils les aiment modérément ; les seconds paraissent avoir oublié la haine de 1894-1895, et traitent en frères, au moins quand un étranger les voit, les « Nankins » empressés à apprendre et à parler le japonais. J'ai vu une manifestation typique de ce système quand le prince chinois Pou-Loun, en route pour Saint-Louis, où il a été commissaire général de la section de son pays à l'Exposition, est arrivé à Tokio.

Des voitures de la cour sont venues à sa rencontre à la gare de Shinbashi. Pour lui spécialement, on avait préparé, suivant le rite, une vaste caisse, en forme de chaise à porteurs, verte, et timbrée, sur quatre faces, d'une broderie d'or figurant le caractère « longue vie et bonheur ».

Il a logé au palais de Shiba. Il a été fêté à la cour et par les ministres. Et quand il est parti par le *Gaelic* pour San Francisco, le 31 mars 1904, le personnel, au grand complet, du consulat général de Yokohama et de la légation de Tokio mêlait ses plumes de paon et ses boutons versicolores aux chapeaux à haute forme des représentants officiels de la cour et du gouvernement nippons.

D'un canot, stationné dans le port, on a tiré des pièces d'artifices, dont l'explosion mettait en liberté des emblèmes de tout ce que la civilité extrême-orientale fait un devoir de procurer ou de souhaiter à un hôte. J'ai vu entre autres, une « mousmé » japonaise, à laquelle la brise prêtait des attitudes et des saluts d'une vérité bien amusante. On n'aurait pas fait plus pour un personnage chargé d'une mission importante. Peut-être en avait-il une, ce jeune prince Pou-Loun, qui m'a salué d'une façon si courtoise et si aimable, quand j'ai essayé de le photographier sur la passerelle du *Gaelic*... En tout cas, rien n'en a transpiré. Il ne faut donc retenir que le fait d'échange de gracieusetés, et d'avances caractérisées du Japon à celle qu'il nommait, il y a dix ans encore, « l'ennemie héréditaire » et dont il n'avait pas oublié l'invasion au temps de Koublaï-Khan (treizième siècle).

En Chine même, le mouvement signalé, il y a trois

ans, continue et s'étend. On a écouté et entendu quelques-uns des conseils donnés par Tchang-T'Che-Tong, vice-roi du Hou-Kouang, dans « l'Exhortation à l'étude » (Kien-Hio-Pien).

On envoie au Japon des jeunes gens étudier la civilisation occidentale et l'assimiler déjà filtrée par un peuple jaune également.

Le comte Okouma en dirige quelques-uns à Oua-seda. Il y en a quelques milliers à Tokio. Ils ont un cercle dans le quartier de Honcho, tout à côté des tranchées du Métropolitain, actuellement en construction.

Le plus grand nombre se prépare à entrer à l'École militaire des Cadets, porte un uniforme, et figure assidûment aux grandes parades sur le Champ-de-Mars de Aoyama, aux grandes manœuvres et aux grandes revues qui les terminent.

Le Japon actuel a commencé ainsi, en Europe, il y a trente-six ans.

L'armée de 25 000 hommes que Tchang-T'Che-Tong entretient dans le Hou-Pé est commandée encore par un officier allemand, mais tous ses subordonnés sont Japonais, en attendant le futur recrutement chinois.

Yuan-Chilh-Khaï commande, dans le Tché-Li, une troupe de même importance numérique, commandée aussi par des Japonais.

Il n'y a pas lieu de s'étonner que la nouvelle de la surprise de Port-Arthur ait été fêtée à Pékin et qu'au début les Chinois se soient montrés très favorables au Japonais. La classe marchande voit en eux les libérateurs de l'Asie, le « Messie » qui émancipera la race jaune. Néanmoins, elle n'a pas réussi à déterminer un changement politique. Le monde officiel s'est ressaisi après la déclaration de neutralité et y conforme exactement sa conduite, non toutefois sans certaines velléités, sur lesquelles les intéressés ont les yeux largement ouverts.

Ainsi, des croiseurs chinois surveillent les côtes du Chantoung, du Tchéli et de la Mandchourie. Une ordonnance impériale a fixé les produits qui doivent être considérés et traités en contrebande de guerre et a compris, dans la liste, au grand mécontentement des Anglais et des Américains de Niou-Chouang, le son (*bran*) et les tourteaux de pois, une des richesses de la Mandchourie occidentale. Mais l'impératrice douairière, alarmée par on ne sait quel motif, a manifesté un moment l'intention de se retirer de nouveau dans l'intérieur, comme en 1900, et il a fallu l'intervention du corps diplomatique pour la faire revenir sur sa décision.

La Mandchourie est actuellement divisée en deux régions : les vallées du Sira-Mouren et du Soungari, où les Russes sont les maîtres, et le Cho-Kou-Reï-Ko, ou Liao-Hsi, partie bordée des Kinghanes, à droite et à gauche du chemin de fer de l'Est Chinois, de Hsin-Min-Ting à Chang-Haï-Kouan. C'est dans ce Cho-Kou-Reï-Ko ou Liao-Hsi, que la Chine entend maintenir une zone neutre. Ce soin est confié au général tartare Bagyok-Kou, qui a été un des subordonnés de Soung-Te-Tcheng, en 1895, et battu avec lui, par les Japonais, à Haï-Tcheng, à Niou-Chouang et a Tien-Chouang-Taï.

Au commencement du mois de mars 1904, Youan-Chilh-Khaï, vice-roi du Tché-Li, voulut lui envoyer 2 000 hommes de renfort. Aux termes du traité de

Pékin (1901), il ne le pouvait qu'après avoir informé le commandant du corps international qui occupe Tien-Tsin, Takou et Chang-Haï-Kouan, c'est-à-dire le général le plus ancien dans ce grade. Il se trouva, qu'à cette date, cette charge échéait au général Lefèvre, chef du contingent français. Cet excellent officier, dont je n'ai entendu que des éloges, exerce la plus exacte vigilance et sait tout ce qu'il doit savoir.

Il apprit que Youan-Chilh-Khaï, autorisé à faire passer 2 000 hommes, en acheminait 14 000. Immédiatement, il lui remontra officiellement que si le commandement chinois dégarnissait ainsi Chin-Ting-Fou et Pao-Ting-Fou, les Boxers allaient avoir beau jeu contre le chemin de fer de Pékin à Han-Kéou, et qu'il allait, lui, Lefèvre, prendre des mesures en conséquence. Youan comprit, et Bagyok-Kou ne reçut que 2 000 hommes. A ce moment, les journaux indigènes et anglais faisaient remarquer au Japon, que le corps chinois gardien de la zone neutre pourrait, si les Russes l'y contraignaient par leur conduite, leur susciter de très graves embarras en cas de revers.

Bagyok-Kou maintient son monde en haleine, comme s'il faisait la guerre. Il fait construire des casernes, donner des alertes, exécute des tournées continuelles.

Il est très pro-Japonais. Il déclare qu'il marchera de bon cœur avec les Nippons, si ceux-ci reconnaissent qu'ils viennent de Chine, et qu'ils doivent tout leur passé à la Chine. Ceci prouve que Bagyok-Kou a mérité son bouton de rubis de docteur ès sciences militaires, car c'est l'exacte vérité.

Mais il demande l'impossible. Les Japonais viennent

de fêter, il y a un an, à grand bruit, le cinquantenaire du traité imposé au Chogoun en 1854, par le commodore américain Perry, et de proclamer, à la face du monde, que cet événement a été l'ère du Japon moderne.

Une chose ne peut pas être à la fois elle-même et son contraire, une copie de l'Europe et une copie de la Chine... Il est trop tôt pour une alliance. Mais on cherche à déterminer une action parallèle.

Pendant que le baron Kaneko endormait les Américains d'Amérique en leur garantissant que jamais le Japon n'aura la Chine pour alliée, et qu'il ne se propose nullement de la réduire à l'hilotisme industriel, commercial et militaire, on suivait en Extrême-Orient d'autres inspirations.

Les images japonaises, dont j'ai envoyé à Paris de nombreux spécimens, exposés dans la devanture du *Petit Journal*, étaient répandues à profusion dans toute la Chine, avec des légendes en caractère purement chinois, magnifiant l'héroïsme et la chevalerie des champions japonais et ravalant à la lâcheté l'infériorité des Russes.

D'autres, avertissaient les populations du traitement réservé à ceux qui ne se défendent pas contre eux par les soldats du tsar blanc.

Et des voyageurs, venant de l'intérieur de la Chine, racontaient unanimement, qu'ils avaient vu les Chinois se presser par centaines, autour de ces placards, bons pour une « plazza de toros », et commenter avec animation, les hauts faits d'un peuple qu'ils dédaignaient il y a dix ans, assez pour n'avoir pas même su qu'il avait failli réussir à les réduire en esclavage.

Ces Japonais, dans lesquels les Américains s'obstinent à voir les champions des principes du christianisme, entretiennent en Chine des missionnaires du Shinto. On en a rencontré, courant les sentiers qui tiennent lieu de routes, porteurs d'immenses drapeaux couverts d'inscriptions rappelant aux Célestes leur ancienne valeur, et suivis de centaines de catéchumènes *habillés à la japonaise.*

De tous les coins de cette immense arène arrivent les mêmes bruits alarmants que personne ne voulait prendre au sérieux en 1899 et 1900... La turbulence des Boxeurs reparaît. Elle prend la même forme, si grave en Chine. La populace pille les Monts-de-Piété, dépôts sacrés d'ordinaire, auxquels on ne touche que quand tout espoir d'un sort meilleur est écarté au moins momentanément.

Et c'est le moment où paraissent au Japon des encouragements du genre de ceux qu'on va lire, empruntés à un article publié dans la revue japonaise *Taiyo* le 1ᵉʳ mai 1904, sous la signature H. S. Jefferys, M. A. (Mission association) et le titre « *Les Caractères chinois au Japon* ».

« La destinée manifeste du Japon est évidente pour l'observateur le plus superficiel. Elle est d'enseigner aux Chinois et aux Coréens ce que les Japonais eux-mêmes ont appris des nations occidentales. Si le Japon est vainqueur dans la guerre actuelle, il sera libre de répandre en Chine les énergies dont il a fait avec succès l'épreuve en Corée.

« Supposons que, non seulement la Russie, mais les autres puissances *nominalement chrétiennes* achèvent le démembrement de la Chine qu'elles projettent depuis longtemps. Comment ce pays pourra-t-il être gouverné, si ce n'est par un peuple employant aux relations la langue qu'il écrit lui-même?

. . . .

« Il y a quelques années, celui qui écrit ces lignes était à Hankéou (Chine). Il y rencontra un Japonais, gradué d'une université anglaise, qui lui dit que le vice-roi très éclairé de Wou-Chang, Tch'ang t'che Tong, dans son zèle pour l'instruction, employait en grand nombre des maîtres d'école indigène à traduire en Chinois des livres étrangers, et que ces maîtres trouvaient que si ces ouvrages avaient été dès auparavant traduits en japonais, le travail eût été déjà à moitié fait pour eux. Ils pouvaient faire usage des mêmes idéogrammes avec cette grande utilité.

. . . .

« Dans le seizième rapport annuel, 1903, de la société pour la diffusion de l'instruction chrétienne et générale parmi les Chinois, à la page 33, nous trouvons ces mots :

« *Nous sommes actuellement face à face avec ce qui n'est rien moins qu'une invasion japonaise de la Chine. Ce n'est pas tout à fait une invasion par l'épée ; c'est une invasion par la plume.* » — « *La campagne a commencé. Dans les écoles et les collèges de la Chine, dans l'armée et dans la police, oui, même dans les temples, les émissaires du Japon sont à l'œuvre.* »

Et encore à la page 43 :

« Nous ne faisons aucune opposition à ce que les Japonais se dévouent à répandre les idées modernes, dans les intérêts du progrès du monde et de la civilisation occidentale. Au contraire nous comptons sur la coopération et l'aide efficace des meilleurs des Japonais, et ceux qui lisent nos publications savent que nous avons déjà cité et recité les Japonais, comme exemple à suivre, aux Chinois. »

On ne sait pas ce que les Américains espèrent tirer

des ruines que fera le typhon qu'ils accumulent. Mais ils peuvent se vanter de semer abondamment le vent, assez abondamment pour récolter au moins une tempête !

Un gamin, d'une famille noble, disait un jour de mai 1904, dans une école : « Après les Russes, ce sera le tour des Américains... »

De son côté, le gouvernement japonais ajoutait des actes publics, officiels, destinés à être connus du monde entier, et à donner à la Chine des gages qu'elle pût, au besoin, invoquer.

Le maréchal Oyama, pendant qu'il était encore chef d'état-major général, a fait distribuer une « instruction » spéciale aux officiers et aux soldats des armées japonaises qui tiennent actuellement la campagne. Le maréchal leur rappelle qu'ils ont à combattre un ennemi puissant, *établi dans un pays ami,* et qu'ils doivent pratiquer *la déférence la plus entière pour toutes les manières, coutumes et usages* que pratiquent les Chinois.

Il prescrit le respect des vieillards des deux sexes ; il ordonne de traiter avec bonté et politesse les enfants et les femmes, et de se conformer fidèlement à tous les règlements des localités occupées.

Le maréchal avertit, en outre, les Japonais que beaucoup des interprètes employés par les Russes sont des espions à la solde du Japon. Il insiste énergiquement sur l'importance de bien faire comprendre aux populations au milieu desquelles la guerre est faite les raisons pour lesquelles elle est faite.

Le point sur lequel il insiste le plus, sur lequel il revient à plusieurs reprises, est le droit de réquisition.

Il recommande de ne jamais l'exercer arbitrairement, sous quelque prétexte que ce soit.

Déjà, en 1894, après la prise de Kin-Chou, le 6 novembre, le maréchal Oyama avait porté à l'ordre de la seconde armée une proclamation inspirée du même esprit, à la fois politique et humanitaire. Il garantissait aux Chinois la libre possession et jouissance de tous leurs biens, moyennant soumission à l'ordre de choses existant.

Les Chinois ne se piquent ni de chevalerie, ni même d'idéalisme ; ils acceptèrent d'emblée une domination qui, quoique japonaise, ne les maltraitait pas plus que ne l'avaient fait les délégués des Fils du Ciel, et même leur garantissait plus de liberté en les protégeant contre la soldatesque et les mandarins. Et le maréchal frappa deux buts de la même pierre : il conquit l'admiration du monde civilisé pour sa sagesse et son humanité, d'ailleurs réelle et bien sincère, et aussi la liberté de ne penser qu'à l'ennemi des avant-postes, avec la certitude de recruter autour de lui et à l'arrière-garde, sur place, tous les transports, tous les services ancillaires d'hommes et de bestiaux nécessaires à une armée.

Il alla plus loin. A Kin-Chou et à Talien-Wan avaient été trouvés d'importants magasins de riz, les uns militaires et publics, les autres privés. Les soldats japonais ne voulurent pas manger ce riz. Ils n'acceptent que le produit de leurs rizières… et ce n'est pas la charge la moins onéreuse imposée par une guerre au budget nippon. Vendre ouvertement ces approvisionnements eût créé imprudemment une équivoque. On se tira habilement d'embarras.

5

De grandes marmites furent installées en pleine rue,
le long du yamen du Taotaï, devenu le quartier général, et toute la journée elles fumaient, pleines de riz,
que les cuisiniers avaient l'ordre de distribuer, et distribuaient, en effet, aux Chinois. Ceux-ci affluaient à
la provende gratuite, avec l'absence de toute vergogne
qui les distingue éminemment. On put vendre le riz de
prise.

Les Chinois cependant, ne furent pas, à ce moment,
considérés comme des frères.

L'heure du baiser Lamourette n'avait pas sonné.
Celle de l'assouvissement des vieilles haines vibrait
encore. Certains Japonais ne pouvaient prendre leur
parti d'avoir à ménager les *botzou,* terme méprisant,
étendu des bonzes aux Chinois.

Une nuit, un interprète, venant de Pitzewo, heurta
l'huis d'une maison de quelqu'un des Kinkiaten ou
Chinkiaten qui se succèdent sur la route. Il demandait
seulement l'hospitalité. Mais il la demandait peut-être
haut, et le sabre qu'il tenait en main achevait de
créer un malentendu... Le Chinois interpellé prit peur,
saisit une fourche de fer et mit l'interprète au bout.
Le maréchal ne put se dispenser de le condamner à
mort, et le pauvre Chinois fut décapité, en catimini,
sans témoins étrangers, avec le propre sabre de sa victime.

Plusieurs fois, des coolies, qu'on avait eu le tort de
laisser armés, assaillirent en bandes des domiciles de
bourgeois, réputés riches, de Kin-Cheou. Le maréchal
ne pouvait pas faire pendre un de ces coquins. L'heure
de l'égalité entre jaunes, de l'aurore du panjaunisme,
n'avait pas sonné encore. Ils furent tous sommés de

déposer leurs sabres... Ils obéirent, ou désobéirent, ou n'entendirent pas... Mais le massacre de la nuit qui suivit la bataille de Port-Arthur, du 21 au 22 novembre, ne s'est pas fait tout seul. Et si ce ne sont pas les coolies, porteurs de sabres qui l'ont commis, ce sont les soldats, enragés de n'avoir pu joindre un ennemi haï profondément et depuis de longues années...

Dans un cas comme dans l'autre, le maréchal Oyama avait promis plus qu'il ne pouvait tenir. Il ne faut pas l'honorer moins parce que ceux à qui il voulait communiquer son humanité ne l'ont pas comprise et lui ont préféré les vieux errements *samouraïs*... Un officier m'a montré du sang séché sur la lame de son sabre. Ce n'était pas un coolie : il était capitaine au 1er d'infanterie, 1re division.

Cette fois, peut-être, le maréchal Oyama sera mieux compris et mieux écouté. Il a les moyens de l'être, puisque, comme généralissime il est chargé d'appliquer sa propre circulaire. La route a été longue depuis 1894, et ceux qui l'ont parcourue ont assez vu d'horizons élargis et nouveaux pour concevoir une nature différente de la nipponne... Les Japonais visent, non ouvertement mais réellement tout de même, ce qu'ils visaient déjà en 1895 : mettre la main sur la Chine, et, sous couleur de l'initier à la culture occidentale, lui imposer leurs caporaux, sergents et contre-maîtres et trouver là, pour la vendange annuelle de leurs écoles et de leurs universités, qui produisent les déclassés à la tonne, le consommateur bien payant qui leur manque dans l'archipel du Soleil-Levant.

Pour réaliser ce rêve, ils ont besoin de certaines neutralités complaisantes et de certains concours. Ils ont les neutralités, plus que complaisantes, en Angleterre et en Amérique.

Les concours leur viendront des Chinois, quand on aura réussi à leur persuader que le Japon ne veut que « l'indépendance » et « l'intégrité » de la Chine.

Voilà pourquoi il est extrêmement habile de faire expliquer aux Chinois l'objet de la guerre, de leur apporter de l'argent au lieu de leur en prendre. Ils ne perdront rien à attendre... Et le subtil Japonais y gagnera de passer pour l'émancipateur prédestiné des peuples jaunes, leur porte-parole et l'interlocuteur né des puissances blanches en Extrême-Orient.

Les Américains et les Anglais, provocateurs de ce profond bouleversement d'un monde qui pouvait paraître aussi mort que les solitudes lunaires, feront bien de relire une fable de La Fontaine, où le bonhomme nous narre ce qu'il advint au cheval « s'étant voulu venger du cerf... ».

CHAPITRE II

L'ARMÉE JAPONAISE. — L'ARMÉE FÉODALE. — L'ARMÉE MODERNE. — SA COMPOSITION. — LA VIE ET LE TRAVAIL DES OFFICIERS. — L'INSTRUCTION DES SOLDATS. — LA CULTURE DU PATRIOTISME A L'ÉCOLE ET DANS LES FAMILLES.

L'ARMÉE actuelle est une création des hommes de Meïdji, et date réellement de la restauration du Pouvoir Impérial (1868). Cela ne signifie pas qu'antérieurement le Japon n'avait pas de système militaire, mais qu'il en avait un autre, fondé sur d'autres principes. Seuls, de tous les Jaunes, et peut-être parce qu'ils sont des Malais d'origine, et non de purs Jaunes, comme les Coréens et les Chinois, les Japonais ont le tempérament combatif et les habitudes militaires.

Sous leurs premiers Empereurs, le service militaire était obligatoire pour tous les adultes. Au moyen âge, il devint moins lourd. Les provinces payèrent leur tribut en chevaux ; le chef de l'armée était à la tête du « Département des chevaux de droite et de gauche », et un adulte sur trois seulement était assujetti à répondre à l'appel en cas de guerre. Il n'y avait pas de troupes permanentes.

Quand les clans de Gengi et de Heike eurent usurpé l'autorité et réduit l'Empereur à n'être plus qu'une idole, le régime féodal apparut, et avec lui, la tenure militaire, le fief, et le soldat de profession, le *samourai*.

Le sol était divisé en souverainetés locales, régies par des « kougé » et des « daïmios », grands feudataires, tenus de fournir des contingents déterminés à leur suzerain le « Taïkoun » ou « Chogoun », et s'acquittant de cet impôt féodal avec des vassaux, auxquels ils inféodaient des terres, à condition que de père en fils, ils porteraient les armes autour de la bannière et de l'armet de leur seigneur. La dynastie Tokungawa (1592-1868) porta ce système à sa perfection, et en mourut, en tant que dynastie, car ce furent ses plus puissants feudataires, les Satsouma, les Chochiou et les Tosa, qui la renversèrent, et rétablirent l'Empereur dans ses pleines prérogatives en 1867 et 1868. C'est la nouvelle ère japonaise, Meïdjï, le Renouveau.

Immédiatement, le nouveau régime commença d'organiser un système de défense nationale à l'imitation de ceux que pratiquaient les États blancs. On procéda lentement, par étapes, et cette sagesse a produit l'institution la plus solide qu'il y ait actuellement au Japon. Tous les anciens samourais qui purent y trouver place entrèrent dans l'armée et dans la marine, et leur constituèrent d'emblée un état-major de première valeur. La conscription fut établie. L'Armée de terre séparée de l'Armée de mer ; chacune dotée de son organisme administratif et technique spécial, peu à peu, d'année en année, avec une méthode dont les tâtonnements était plus apparents que réels. Si bien qu'en la trente-quatrième année de Meïdji, l'armée avait passé de 56 000 hommes répartis en six corps, qu'elle comptait en 1894, à 160 000 hommes répartis en 12 corps ou divisions sur le pied de paix.

La Garde Impériale forme, comme jadis en France,

et actuellement en Allemagne, une division à elle seule.

Chaque division comprend, règle générale, deux brigades d'infanterie, fortes, chacune, de deux régiments, un régiment d'artillerie, un régiment de cavalerie, un bataillon du génie, un bataillon de Commissariat ou d'Intendance.

Mais il y a des exceptions. La Garde a deux régiments de cavalerie, les nᵒˢ 13 et 14 ; elle a également deux bataillons du génie, deux bataillons spéciaux d'Intendance, et trois régiments d'artillerie, les nᵒˢ 13, 14 et 15. Elle est tout entière cantonnée à Tokyo.

Le 1ᵉʳ corps, caserné à Tokio et à Marashino, a trois régiments de cavalerie, les nᵒˢ 1, 15 et 10.

Le 2ᵉ corps, caserné à Sendaï, Konodaï, et Shimoshidzou, a quatre régiments d'artillerie de montagne, les nᵒˢ 1, 16, 17 et 18.

Les sièges de divisions sont Tokyo, 1ʳᵉ ; Sendaï, 2ᵉ ; Nagoya, 3ᵉ ; Osaka, 4ᵉ ; Hiroshima, 5ᵉ ; Koumamoto, 6ᵉ ; Asahigawa, 7ᵉ ; Hirosaki, 8ᵉ ; Kanazawa, 9ᵉ ; Himedji, 10ᵉ ; Marougamé, 11ᵉ ; et Kokoura, 12ᵉ.

Un corps d'artillerie de forteresse existe, et est réparti dans tous les ports, par sections et compagnies ; il y a des garnisons spéciales dans les îles de Formose et de Tsouchima, et un corps des chemins de fer, à Tokyo.

Mais, le train des équipages manque. Il est suppléé, en temps de paix, par la cavalerie, et en temps de guerre par des régiments de coolies.

Cette lacune et la faiblesse de la cavalerie, qui n'a que 15 régiments, sont de véritables et sérieuses infériorités.

(71)

Les 48 régiments d'infanterie sont armés d'un bon fusil, dont le magasin contient 5 cartouches sur un chargeur à semelle de cuivre du calibre 6 millimètres et demi, et d'un petit sabre-baïonnette, qui est plutôt une contenance et un accessoire indicatif de profession qu'un outil offensif et défensif.

L'artillerie a remplacé ses vieux canons de bronze Uchatius par des pièces d'acier combinées au moyen de mille emprunts aux étrangers par le général Arisaka.

La gendarmerie forme un corps spécial.

Le trait distinctif de cette armée est un esprit de discipline et de conscience professionnelles des plus remarquables, partagé par tous, du maréchal au simple soldat. Il est héréditaire, on peut dire national. Chacun commande et obéit, selon son rang, sans contrainte apparente, et fait de son mieux ce qu'il a à faire.

Aussi les Japonais disent-ils que « le succès, à la guerre, dépend plutôt de l'esprit des soldats que de leur masse, et qu'en combattant les Russes ils n'ont pas besoin de s'inquiéter du nombre de baïonnettes que ceux-ci leur opposeront. »

Tout est prévu pour l'entretenir. En temps de paix, l'officier jusqu'au grade de colonel, vit pour ainsi dire à la caserne, et cette présence quotidienne sous les yeux des soldats, sans effacer la différence d'origine, qui est infranchissable, entre noble et non noble, la réduit à un ascendant moral, précieux complément de l'autorité de grade, en passant sous le niveau d'une obéissance exemplaire aux obligations du devoir militaire.

En dehors des heures d'enseignement ou de surveillance, l'officier se tient dans un « club », imité de l'Allemagne, et compris dans les bâtiments de la caserne. Il y prend ses repas et emploie ses loisirs en lectures ou en études qui perfectionnent son savoir, et dont la bibliothèque régimentaire lui fournit tous les éléments, sous forme de livres originaux et de traductions faites expressément pour cet usage dans les bureaux de l'État-major général.

Ils ne sont pas plus que leurs collègues des autres armées, à l'abri des tentations du plaisir et de la dissipation. Ils y cèdent également. Mais jamais leur travail professionnel ne souffre de ces faiblesses. Ils ne se divertissent que quand il est terminé, et ne se mettent pas en bombance quand ils savent que le service réclamera très prochainement toute leur activité.

Le souci cuisant de l'avancement, la hantise du « tableau », paraissent leur être inconnus. Néanmoins, la « camaraderie » entre eux n'existe pas, et ils se surveillent aussi étroitement, aussi utilement pour les supérieurs et grands chefs, que s'ils poursuivaient la conquête d'une inscription au choix, ou le remplacement du nom d'un compétiteur par le leur.

Le recrutement amène dans les casernes une immense majorité de paysans et montagnards, robustes et bien portants, de taille moyenne, en général. Le contingent des villes est si mauvais que pour certaines, Nagoya, par exemple, les commissions de révision ne peuvent accepter plus de 5 pour 100 des conscrits.

En outre, la pauvreté du budget japonais ne permet pas d'incorporer toute la population militarisable. La loi a donc multiplié très libéralement les dispenses, et en gratifie, outre les soutiens de famille, tous les candidats aux professions qui nécessitent des études longues et suivies. Les villes sont ainsi ménagées, la bonne qualité des soldats assurée, et, finalement, tout le monde paraît trouver son compte à cet arrangement.

Le recrutement est régional, et la constitution tactique des divers corps a été mise d'accord avec les indications fournies par la géographie de sa circonscription. Ainsi Sendaï (2ᵉ) et Foukouoka (12ᵉ), qui recrutent dans des régions alpestres, ont presque exclusivement de l'artillerie de montagne. Nagoya (3ᵉ) dans une contrée accidentée est surtout forte en infanterie.

L'école du soldat est avant tout pratique. On ne l'ahurit pas avec les légendaires dissertations sur la différence entre la « ligne de tir » et la « ligne de mire », source inépuisable de quiproquos et de pataqués pour maints caporaux et sergents, ni de théories inaccessibles sur « la hausse ». On lui apprend par la pratique à mettre ses balles dans la cible aux diverses distances. On développe chez lui, par le tir individuel. le sentiment de sa responsabilité, de sa valeur dans l'ensemble dont il est une unité.

Depuis dix ans, en prévision des mouvements qu'ils pourraient avoir à exécuter, on les a exercés pratiquement à l'assaut. Sur les champs de manœuvre ils franchissaient, en se faisant la courte échelle, des murs hérissés de pointes de bambous ; ils traversaient des fossés larges et profonds pontés de poutres rondes ; ils gravissaient à la course des tranchées, parapets raides, fossé et contre-escarpe compris. Surtout, ils apprenaient à combattre en tirailleurs, à courir, à s'arrêter, à faire, avec la petite bêche à main qu'ils ont tous sur leur sac, un trou devant eux, à en tasser la terre en butte protectrice, à se coucher à l'abri et à tirer posément les cartouches de leur chargeur.

L'instruction des artilleurs, des soldats du génie, de l'intendance, du corps sanitaire est également pratique, terre à terre, bornée à la connaissance infaillible, presque machinale, des mouvements à exécuter en bataille. Comme le soldat ne peut pas devenir officier, cette simplification est possible et ne choque personne.

En même temps que je voyais mettre en œuvre cette méthode militaire sur le Champ-de-Mars de Aoyama à Tokyo, je me rendais compte de la préparation anté-régimentaire donnée dans les écoles aux sujets du Mikado.

Les Japonais ont lu dans les livres européens, que le maître d'école allemand a été le véritable vainqueur de la guerre de 1870.

Leur esprit pratique et terre à terre a traduit cette pensée en indication, pour un peuple ambitieux, de façonner les hommes, dès leurs premières années, à toutes les habitudes de la vie militaire. Et ils se sont mis à l'œuvre.

Ils ont de ces fêtes scolaires que nous nommions, il y a quelque vingt ans, des « Lendits » mais ni le tennis ni le foot-ball n'en font les frais : garçons et filles y prennent part suivant la mission que les Japonais reconnaissent à leur sexe.

Les petits hommes s'exercent au rôle de blessés et de brancardiers, exactement comme nos soldats pendant les grandes manœuvres du service sanitaire.

On forme les rangs en haie double ; à un coup de sifflet, le second rang se disperse sur la pelouse et se couche, pour jouer les blessés. Le premier rang court aux brancards et, au pas accéléré, va relever l'un après l'autre, coucher avec toutes les précautions requises sur la sangle, et transporter à la tente qui figure l'ambulance de campagne, les petits camarades qui, parfois, poussent la conscience jusqu'à gémir pendant le trajet, au pas libre, rythmé de leurs porteurs.

Les petites filles apprennent le métier de *nurses* (infirmières) par le même procédé.

Au coup de sifflet, les garçons désignés s'allongent dans l'herbe, et les petites *mousmés,* munies de petits paquets, analogues au pansement individuel dont est pourvu chaque combattant japonais, accourent, appliquent une compresse sur un front soi-disant éraflé par une balle, pansent un bras ou une jambe traversée, tamponnent une poitrine supposée perforée. Et tout ce petit monde, en jupon court et jambes nues, coiffé d'un bonnet blanc trop semblable à celui de nos cuisiniers et pâtissiers, joue son rôle avec un sérieux imperturbable, conscient que ce n'est pas pour rire, même quand aucun blanc n'est spectateur.

Les « bataillons scolaires », tombés en France sous le ridicule, ont trouvé asile au Japon.

Les enfants « pivotent », marquent le pas, s'alignent en se numérotant, font des maniements d'armes et de tir réduit… Et ce « Lendit » les amuse au moins autant que l'autre passionnait nos enfants sur les gazons du bois de Boulogne.

En temps ordinaire, on leur offre dans la cour de l'école, pavoisée du drapeau national, une autre récréation martiale. Formés en deux bandes, ayant l'une un fanion japonais, l'autre un fanion russe, ils se battent

avec des bâtons à deux boules qui rappellent les hal-
tères de l'ancien gymnase Amoros. C'est une récompense d'être « Japonais » et les punis sont condamnés
à être Russes. Et les horions pleuvent dru, si dru, que
les blessures ne sont pas rares. — Hors de l'école, on
continue, et il est arrivé que dans ces jeux, un petit
« Russe » a été grièvement frappé par un « Japonais »,
trop convaincu que « c'était arrivé ».

La surexcitation entretenue par ces pratiques est
intense. D'autant plus que la police, omnipotente au
Japon, ne laisse pas se refroidir l'enthousiasme. L'enfant trouve au foyer d'autres exercices militaires.

Quand un soldat de son quartier part, après une
permission, si courte soit-elle, tous ceux dont le tour
est venu, lui font cortège jusqu'à la gare. En avant,
une ou plusieurs immenses bannières de sociétés bouddhiques ; aux côtés du « héros », ses proches ou ses amis ;
derrière lui, tout le quartier, en service commandé.

Parfois une musique marche devant... Si la nuit est
tombée, chacun porte une lanterne. Et gare aux
absents ! Il leur faudra se justifier, puis payer l'amende !

De même quand un réserviste part, chacun endosse
ses plus beaux habits, et c'est une fête, même si celui
qui s'en va est l'unique gagne-pain de la famille, et
laissera derrière lui la plus noire misère.

Le Japon est devenu, depuis dix ans, une caserne,
et le peuple le plus militariste du monde, puisque le
plan d'éducation nationale prend l'enfant dès ses premières années pour en faire plus sûrement un soldat.

CHAPITRE III

Ressources financières du Japon. — Les ressources de
la classe productive. — Dépenses prévues pour la
guerre. — Armements et défenses réalisés. — Emprunt étranger et emprunt intérieur. — Graves conseils du marquis Ito.

Pour bien faire la guerre, il ne suffit pas d'avoir « du
nerf », des soldats et une population belliqueuse, il
faut posséder « le nerf de la guerre ». Sans lui, les
bras, les jambes, les poumons des plus vaillants et des
plus vigoureux soldats, valent juste des pièces orthopédiques, et les fusils, les canons, les cuirassés, torpilleurs et torpilles, les petites machines en zinc, qui font
la joie de nos enfants et la tranquillité de leurs parents.

Or, il semble bien que le Japon ne soit pas abondamment pourvu de ce « nerf » et qu'il ne soit pas
capable de suffire à la formidable consommation de
millions que nécessitera l'entretien, jusqu'à son achèvement, de la présente guerre.

Je n'ai pas, certainement, la prétention de débrouiller
l'écheveau, emmêlé à dessein, des recettes et des dépenses japonaises. Ceux qui gouvernent ce pays, depuis
que les Américains l'ont ouvert de vive force aux étrangers, ont pris toutes les mesures nécessaires pour posséder seuls le secret de leur *embrouillamini* et ne le
transmettre qu'à des continuateurs parfaitement sûrs
de leurs traditions. Le chiffre *vrai* de la dette japonaise,

soit étrangère, soit nationale, ne peut pas être obtenu. Il faut se contenter d'approximations, et d'approximations difficilement localisables, car pour éviter que des fuites ne se produisent, et ne poussent ces approximations dangereusement près de la vérité, on a fait entrer dans le « système » telles grandes maisons de banque et telle grande compagnie de navigation, auxquelles on a assuré, en les incorporant au mobilier de l'État, qu'elles dureraient autant que lui.

Mais, d'autre part, si peu réellement représentatifs et contrôleurs que soient les membres de la Diète japonaise, il ne faut pas proclamer soi-même qu'ils ne sont que des ombres... japonaises, et ne les réunir que pour discuter une question de sauce, celle à laquelle les contribuables seront mangés, parce que les contribuables pourraient se fâcher. L'obéissance ici est parfaitement passive ; mais les dirigeants savent que cette passivité a une limite et à quel endroit elle gît.

Le paysan japonais peut vivre du rendement de 400 *tsoubo* de terre (1 tsoubo = 3^{m2},306). En général, il loue à terme très long, 500 ans, 900 ans, aux gros propriétaires, *daïmios, Kouyé, yoronin*, les anciens grands feudataires des temps féodaux, qui n'ont perdu, lors de la révolution de 1867-1868, que leurs droits régaliens et leur exploitation syndicale de l'État. L'agriculteur a donc une sorte de fiefs assurés contre un retrait arbitraire. Sa vie est ainsi affranchie de certaines craintes, et il se sent, dans une certaine mesure, indépendant.

Dans certaines régions, comme la plaine au Nord de Tokyo par exemple, ces terriens ont pu former une manière de classe : les *chakoucho* (fermiers). Les fortunes de 25, 80 et 100 000 francs y sont entretenues par la soie, le thé et le riz. C'est la Beauce japonaise. Les enfants vont à Tokyo, à l'Université. Il y a des annexes, tout le long de la côte du Pacifique *(Tokkaido)*, autour de Nagoya, Chidzuoka, Kyoto, Himedji, Hiroshima ; autour du lac Biwa ; dans le *Hokurakudo*, ce *Tokkaïdo* de la mer du Japon, de Niigata à Maïzuru.

Cette classe, la seule qui ait au Japon quelques analogies avec notre bourgeoisie, forme le corps électoral responsable, celui que des intérêts certains rendent défiant des casse-cou.

C'est avec lui qu'il faut compter, et que l'on compte, tout en sauvant les apparences.

Mais, au Japon, on a une façon de compter qui ne fera pas école, espérons-le, et qui ne fait pas entrer en ligne, à leur place, et avec leur vraie valeur, les nécessités auxquelles il faut satisfaire et les facultés contributives de la nation. Déjà en 1894-95, après avoir évalué les dépenses de la guerre de Chine à 200 millions de *yen* (environ 600 millions de francs), on reconnut, lors du règlement définitif de 1897, qu'elles avaient atteint un milliard soixante-seize millions, soit sept *yen* par jour et par soldat mis en campagne, en groupant globalement tous les frais encourus.

Cette fois, en considérant l'importance beaucoup plus grande de l'effort à faire ; le tonnage et le nombre supérieurs des navires de guerre et des transports ; l'enchérissement des denrées ; l'augmentation des subventions aux compagnies affrétantes, nécessaires pour qu'elles puissent faire face sans se ruiner, à la crue du prix des bateaux achetés ou loués pour remplacer leurs unités prêtées, et du taux des assurances maritimes, on évalua le coût de la guerre, en prenant pour base 10 *yen* par jour et par soldat, à *un million six cent mille yen* par jour, et à un total général de *cinq cent soixante-seize millions de yen*. (Le yen vaut 2 fr. 54 en moyenne.)

Cela indiquait une prévision de cent soixante mille soldats levés, et de trois cent soixante jours de campagne.

La flotte est partie de Sasebo le 6 février 1904. La campagne dure donc depuis cinq cent dix jours, et les grandes opérations vont seulement commencer, sur le terrain où les Russes voulaient amener les Japonais, c'est-à-dire dans la vallée du Soungari, où ils seront, eux à cheval sur leur chemin de fer, tandis que leurs adversaires auront à dos et loin, la mer, où les coupe-gorge qu'on nomme défilés, dans les montagnes du Chin-King.

Au lieu de cent soixante-seize mille hommes, il a fallu mobiliser quarante et un mille marins et quatorze corps d'armée, avec toutes leurs réserves, forts, chacun, au bas mot, de vingt mille hommes. (Je dis : au bas mot, car le *Résumé statistique de l'Empire du Japon*, publié, comme tous les ans, en janvier, ne contient aucun renseignement, aucun chapitre sur l'armée de terre. C'est une précaution tout à fait symptomatique ! Heureusement il m'est possible de boucher cette lacune.)

Le Japon avait donc sur pied, en juillet 1904, au minimum, deux cent quatre-vingt mille soldats de terre et quarante et un mille marins. Au total 321 000 hommes. Il en a aujourd'hui 600 000.

En acceptant pour bonne l'évaluation des dépenses

à 10 yen par jour, on donne une dépense quotidienne de 15 000 000 de francs ; et mensuelle de 550 000 000 de francs.

La Diète japonaise a voté, pour la guerre, un crédit extraordinaire de 576 millions de yen, soit 1 430 millions de francs.

En prenant simplement pour base l'évaluation qu'elle a adoptée elle-même, on voit qu'à la fin du mois de juillet 1904 les dépenses de la guerre devaient atteindre, au plus bas mot, sans tenir aucun compte des imprévus, 1 444 500 000 francs, c'est-à-dire excéder de quatorze millions et demi les crédits assurés.

L'EMPRUNT ANGLO-AMÉRICAIN

Ce résultat avait été prévu par le gouvernement mikadonal, et il avait dépêché, en Angleterre, le baron Suyematsu, gendre du marquis Ito, en Amérique le baron Kaneko, déjà nommé plus haut, et dans ces deux contrées M. Takahashi, directeur de la Banque Nationale du Japon, pour préparer les voies à un emprunt et le négocier.

Leurs démarches aboutirent après le passage du Yalou, et le 11 mai, la Gazette officielle du Japon publia l'ordonnance relative à cet emprunt, montant à 250 millions de francs, et réalisé à New-York et à Londres.

En voici le résumé :

L'intérêt sera de 6 pour 100 par an (art. II). Le principal de l'emprunt sera racheté, à sa valeur portée sur les titres, le 5 avril de la 44ᵉ année de Meidji

(5 avril 1911). Le gouvernement pourra le racheter, en totalité ou en partie, à partir du 5 avril de la 40e année de Meidji (5 avril 1907), en annonçant l'opération six mois à l'avance dans les journaux, et un mois d'avance le nombre des titres à racheter. En cas de rachat partiel, ce rachat sera fait aux succursales de la Yokahama Specie Bank à Londres et à New-York (art. III).

L'intérêt de l'emprunt sera payé le 5 avril et le 5 octobre de chaque année, pour les six mois précédents, y compris le mois du paiement (art. IV).

Les titres ne seront pas enregistrés avec les coupons attachés, et leur valeur nominative sera établie en monnaie anglaise : il y aura deux types : l'un de cent livres, l'autre de deux cents livres sterling respectivement (art. V). L'équivalence des monnaies anglaise et américaine sera de quatre dollars quatre-vingt-sept cents pour une livre sterling (art. V).

Les coupons échus et les titres de l'emprunt auront cours forcé en Douane au taux de deux shellings et un demi-penny pour un yen (art. VI).

Le paiement du principal et des intérêts de l'emprunt sera assuré par une première hypothèque de 60 pour 100 sur le revenu des Douanes Japonaises (art. VII).

Le prix d'émission sera de 93 livres et 10 shellings pour une valeur nominative de cent livres (art. VIII).

Les versements seront faits en quatre mois, de mai à août de la 37e année de Meidji (1904) (art. IX).

Les intérêts de la première demi-année seront payés le 5 octobre suivant.

Cette opération financière a produit au Japon un émoi profond, perceptible malgré la secrétivité exceptionnelle de son peuple.

La sympathie anglo-saxonne a été jugée, à ce maigre prêt, à peine suffisant pour maintenir la valeur des monnaies en circulation au taux, très avantageux pour les prêteurs, de l'émission et de l'intérêt. Et, surtout, ou n'a su aucun gré aux « alliés » officiels et officieux, de l'humiliation infligée par la main-mise sur les Douanes, qui relègue, pour un temps ? l'ambitieux et orgueilleux Japon au rang de la Chine ou de la Turquie.

EMPRUNT INTÉRIEUR JAPONAIS.

Il fallait riposter immédiatement par une manifestation qui rétablît le crédit national, ébranlé au dehors, en prouvant que le Japon aurait pu se procurer sans sortir de ses limites, l'argent qu'on lui faisait payer si cher.

Une grande réunion de banquiers a été convoquée à Tokyo. Elle a tenu plusieurs séances, dont la dernière le 28 mai ; jour où a été définitivement acquise la conquête de l'isthme de Kinchou.

Il y a été décidé que la somme empruntée serait cent millions de yen (254 millions de francs, au taux actuel, du yen 2 f., 54).

Le prix d'émission sera 92 yen ; les titres seront de vingt-cinq, cent, mille, et cinq mille yen, et porteront intérêt à 5 pour 100. La période de remboursement sera de 7 ans.

(84)

L'émission sera faite par la Banque du Japon (Nippon Ginko) et ses succursales, du 10 au 16 juin. On versera 2 pour 100 en souscrivant ; cette somme sera considérée comme le premier versement ; le reste sera recouvrable de juillet 1904 à mars 1905, à raison de 10 yen par mois.

Aucune tentative d'étendre l'emprunt au dehors ne sera faite, et aussitôt que les deux cent cinquante quatre millions demandés seront souscrits, les guichets seront fermés.

Les banquiers convoqués ont aussitôt souscrit un peu plus du tiers de cet emprunt. Voici leurs demandes, telles que les publiait le 29 mai le *Jiji Shimpo*.

La 15ᵉ *Banque*, 10 millions de yen ; *Mitsoubishi*, 5 millions de yen ; *Specie Bank*, 5 millions ; *Crédit Foncier du Japon*, 5 millions ; 1ʳᵉ *Banque*, 3 millions ; *Banque Impériale de Commerce*, 1 million ; 100ᵉ *Banque*, 1 million ; 27ᵉ *Banque*. 500 000 yen ; d'autres maisons moins importantes à 1 555 000 yen.

En tout 37 055 000 yen.

A Osaka, la Banque *Yasouda* et la 3ᵉ Banque, avec la 22ᵉ *Banque*, à Kyoto, ont décidé de souscrire pour 1 280 000 yen.

Les deux Banques d'Épargne d'Osaka ont accepté de souscrire pour 960 000 yen.

Total d'ensemble : 39 295 000 yen, avant l'ouverture des guichets au public.

Il ne faudrait pas conclure de ce fait que les 61 millions restants à recouvrer accourront aux caisses de la *Nippon Ginko* comme moutons au bercail.

Au début de la guerre, on a émis un emprunt patriotique de cent millions de yen. Il a été couvert quatre fois.

Mais dès la perception du second quart, au mois de mai, les mécomptes ont apparu. Tel qui avait souscrit vingt yen, en offrait cinq..., et parfois moins. Comme pour le don patriotique de 1789, l'emballement avait sacrifié les boucles d'argent des souliers, c'est-à-dire leur équivalent au Japon, où l'on ne porte ni souliers, ni boucles, en général ; mais, quand il avait fallu attaquer les réserves du présent et engager l'avenir, on avait repris son sang-froid... Cela ne diminue en rien le patriotisme des Japonais. Il est incontestable. Mais cela prouve que la situation économique de leur pays est mauvaise ; qu'ils le savent ; et qu'ils suffisent difficilement à payer des impôts, augmentés de 70 pour 100, pour soutenir une guerre dont personne ne peut calculer la durée approximative. Ils prévoient, en outre, qu'après la paix, ils seront condamnés à augmenter encore leurs armements, déjà écrasants, s'ils ne veulent pas perdre, d'un coup, tous les sacrifices supportés depuis trente ans, pour acquérir l'outillage militaire et naval des Grandes Puissances.

D'ailleurs, les hommes d'État les plus célèbres du pays ont été consultés. Ils ont compris que, peut-être, il eût été possible d'obtenir des conditions moins onéreuses, si on avait pu attendre, mais, aussi, qu'on ne pouvait pas attendre.

A Paris, un billet de cent yen, payé ici 258 francs, valait 205 francs le 15 avril. Le yen descendait de 2,58, taux qu'il avait le 17 mars, à 2,54 et menaçait de tomber encore plus bas, malgré les efforts des Banques au Japon. Il fallait à tout prix, assurer la monnaie nationale contre le risque de guerre, même s'il fallait, pour cela, payer une prime au taux de guerre.

Rien que pendant le mois d'avril, il a été exporté du Japon 15 629 377 yen d'or, soit 39 698 637,58, et l'encaisse or, qui garantit la valeur des billets de banque nationaux, n'a pas cessé de décroître, depuis le mois de décembre 1903, de 118 millions de yen à 78 !

Aussi le marquis Ito, Président du Conseil Privé, et, certes ! le premier homme d'État du Japon depuis trente-sept ans, n'a pas fait un discours d'optimiste quand son tour est venu de prendre la parole, devant les Banquiers réunis à la résidence officielle du comte Katsoura, premier ministre, et devant le comte Inouye et le comte Matsoukata, également convoqués.

Il a dit catégoriquement, et le compte rendu résumé de sa harangue, de deux heures, a été publié avec son assentiment :

« Pendant la durée des négociations diplomatiques qui ont précédé la crise, j'ai entretenu, jusqu'au dernier moment, un sincère désir, et espéré ardemment, qu'il pourrait être possible d'éviter la guerre, dans la mesure où on le pouvait sans nuire au prestige et aux intérêts de notre pays. Même aujourd'hui je regrette que mes désirs et mes espérances n'aient pas pu être réalisés.

« Le Japon a été obligé de prendre les armes, d'abord pour sa propre défense et conservation, et secondement pour le maintien du principe de la liberté d'action et de l'égalité des chances pour tous et du respect dû à la souveraineté territoriale des autres nations.

« *Quant aux conséquences probables de la guerre, j'essaie de rassembler de diverses sources des données suffisantes pour former un jugement exact et précis sur ce sujet. Je regrette que, en dépit de mes meilleurs efforts, je n'aie pas encore été capable d'arriver à aucune conclusion définie, et je crains que chacun, en dehors de moi, soit exactement dans la même situation où je me trouve.*

« Quoi qu'il en soit, afin d'obtenir le succès final dans la guerre, il est évident qu'une coopération cordiale et harmonieuse doit exister entre les autorités chargées des pouvoirs politiques, les hommes qui défendent vaillamment l'honneur de notre drapeau, et vous, Messieurs, des classes plus riches de la nation, sur lesquels repose le devoir de fournir à ces hommes le nerf de la guerre. *C'est pourquoi ma plus vive espérance est que vous ne marchanderez pas votre appui de tout cœur à ceux qui sont au pouvoir, et qu'ainsi vous mettrez à même nos forces opérant sur les champs de bataille de poursuivre la guerre avec une énergie exclusive, et libre de tout souci et de toute inquiétude relatifs aux moyens financiers.* »

Ce sont là de graves paroles, et elles prouvent que le gouvernement japonais a été bien inspiré en faisant appel au concours d'un homme que tout le monde ici considère comme les Athéniens jadis considéraient la galère salaminienne, ou les soldats de Napoléon : la Garde Impériale.

. . . .

Il a insisté encore, en termes plus pressants sur cette nécessité de ne pas donner à l'armée d'inquiétudes relativement aux ressources nécessaires à la conduite de la guerre.

« .... Vous êtes assemblés ici, Messieurs, pour délibérer sur la meilleure méthode de lui fournir les moyens, de sorte qu'elle soit en état, toujours, comme elle l'a été, *de regarder droit devant elle, et de combattre avec la conscience que toutes choses derrière elle marchent sans secousse, et ne nécessitent aucune attention inquiète de sa part.*

« ... Il y a beaucoup de gens en ce monde qui, sans posséder eux-mêmes les ressources nécessaires, sont toujours prêts à faire obstruction aux entreprises d'autres plus heureusement doués qu'eux en capacités intellectuelles ou économiques. Ce n'est pas cette ligne de conduite que je conseillerais à nos compatriotes de suivre. Fermement résolu comme il l'est, à donner force de loi à la reconnaissance due à ses prétentions légitimes, le Japon se contenterait également de ce qui est son dû et de sa propre mission, et ne doit jamais hésiter un moment à reconnaître franchement et avec l'esprit le plus large les prétentions légitimes et les intérêts des autres nations...

« Je serai extrêmement heureux si mes vues peuvent avoir contribué à vous apporter une aide quelconque pour résoudre le problème dont on attend de vous la solution. »

Les sous-entendus de ce discours n'ont pas été perdus. Tout le monde sait que le parti éternisé au pouvoir depuis 1867, nommé Sat-cho-to, du nom des trois clans Satsouma, Chochiou et Tosa qui le composent, a fatigué et fatigue de plus en plus une partie de la nation, qui trouve les charges militaires et administratives écrasantes, et orienterait volontiers son activité vers le commerce, l'industrie et la mise en valeur de toutes les ressources du pays.

On sait aussi que, depuis juillet 1895, un parti nombreux et puissant prêchait l'alliance avec la Russie, et l'établissement d'un système politique et commercial en Extrême-Orient exactement contraire à celui que les Anglo-Saxons essaient d'y faire prévaloir.

L'avenir n'est à personne ; mais il démontrera peut-être, et prochainement, que le marquis Ito n'a eu d'autre tort que celui de ne pas tenir le gouvernail au moment où a été donné le coup de barre décisif vers l'alliance anglaise.

(89)

La taxe sur les propriétés bâties des étrangers.

On avait essayé, auparavant, de créer au Trésor des ressources supplémentaires, en frappant de taxes plus élevées les étrangers établis au Japon et détenteurs de maisons, d'usines, d'entrepôts et de fortunes importantes, les seules du Japon, sauf les rares exceptions des Shimadzu, Furokawa, Mitsoui, Odawara et quelques autres. Mais l'opération était plutôt délicate.

Le 4 août 1896 la France a signé avec le Japon un traité qui a mis fin à un régime en vigueur depuis l'entrée des Portugais dans ce dernier pays au XVIᵉ siècle, et en vertu duquel tous les étrangers établis sur son sol jouissaient de droits spéciaux, dont le plus précieux était de ne relever que de leur législation nationale, appliquée par leurs consuls. C'était l'extra-territorialité.

Depuis 1854, surtout, Américains, Anglais, Français, en avaient profité pour venir créer tout le mouvement de fabrication et d'échanges, tous les grands centres d'import et d'export, dont le Japon est si fier. Le gouvernement local les y avait encouragés, en leur consentant des baux à perpétuité et un tarif de 0,28 sen par *tsubo* (équivalent à $1^m,80 \times 1^m,80$), également à perpétuité.

Quand le Japon se fut donné le suffrage universel, un Parlement qui vote le budget, et un Code composite, fait de pièces et de morceaux pris un peu partout, même en France, et non surtout en France, comme on l'admet trop aisément, il réclama la revision des traités qui consacraient son infériorité à l'égard des Blancs, ses éducateurs. L'Angleterre et les États-Unis s'empressèrent de la lui accorder (juillet 1894), au grand mécontentement de leurs nationaux, et la France suivit le mouvement à regret, et en prévoyant d'avance quelle direction on lui donnerait et vers quelle fin il serait acheminé.

Notre ministre, M. Sinkiewicz, frère de l'auteur de « *Quo Vadis* », essaya, en conséquence, de sauver tout ce qui pouvait être sauvé des créations de nos nationaux. Et bien qu'il ait été rappelé avant la signature de l'acte définitif, les parties essentielles de son projet furent maintenues, notamment les deux articles suivants :

« ART. 3. — Les Français au Japon et les Japonais en France ne seront contraints, sous aucun prétexte, à subir des charges ou à payer des taxes, impôts, contributions ou patentes, sous quelque dénomination que ce soit, autres ou plus élevés que ceux qui sont ou seront perçus sur les nationaux ou les ressortissants de la nation la plus favorisée.

« Ils ne seront astreints à aucun service obligatoire, soit dans les armées de terre ou de mer, soit dans les gardes ou milices nationales. *Ils seront exempts de toutes contributions imposées en lieu et place du service personnel*, DE TOUS EMPRUNTS FORCÉS ET DE TOUTE AUTRE CONTRIBUTION EXTRAORDINAIRE DE QUELQUE NATURE QUE CE SOIT.

. . . .

« ART. 21. — Les divers quartiers étrangers qui existent au Japon seront incorporés aux communes respectives du Japon et feront dès lors partie du système municipal du Japon.

« Les autorités japonaises compétentes assumeront en conséquence toutes les obligations et tous les devoirs municipaux qui résultent de ce nouvel état de choses et les fonds et biens municipaux qui pourraient appartenir à ces quartiers seront, de plein droit, transférés auxdites autorités japonaises.

Lorsque les changements ci-dessus indiqués auront été effectués, *les baux à perpétuité en vertu desquels les étrangers possèdent actuellement des propriétés dans les quartiers seront confirmés, et les propriétés de cette nature ne donneront lieu à* AUCUNS IMPOTS, TAXES, CHARGES, CONTRIBUTIONS OU CONDITIONS QUELCONQUES AUTRES QUE CEUX EXPRESSÉMENT STIPULÉS DANS LES BAUX EN QUESTION. Il est entendu toutefois qu'aux Autorités consulaires dont il y est fait mention seront substituées les Autorités japonaises. »

Voilà, semble-t-il des textes précis, sur lesquels il est impossible de fonder une chicane ? Quelle erreur !

La question de la *nation la plus favorisée* était résolue d'avance. Il n'est fait à aucune un traitement plus avantageux qu'aux autres, par les traités signés lors de l'abolition de l'extraterritorialité. Tous leurs ressortissants ont perdu leur législation particulière et sont soumis désormais également à la juridiction et aux lois administratives japonaises.

Il fallait trouver dans ce dernier recueil un moyen d'annuler les clauses formelles des actes reviseurs. Il a suffi de ne pas édicter de « service militaire personnel » pour les étrangers ; pas « d'emprunt forcé », et pas de « contribution extraordinaire », mais de faire en sorte qu'ils soient quand même contraints de payer ce qu'on voulait leur faire payer.

On pensa d'abord à l'article marchand le plus vendu

par le Japon, la soie. On tenta d'imposer aux acheteurs le paiement d'une prime lors de la conclusion de toute affaire. La réplique ne se fit pas attendre : on menaça d'imposer à la soie japonaise un droit d'entrée supplémentaire, et les « soyeux » nippons protestèrent si haut, que le projet mal venu fut retiré.

En 1904, on a trouvé, pour alimenter le trésor en prévision de la guerre, la « taxe de consommation ». Le Parlement l'a votée pour tout le pays, l'Empereur l'a sanctionnée, et elle a été déclarée en recette à partir du 1er avril. On n'a touché ni à la soie, par crainte de représailles, ni au sel, parce que les pauvres gens auraient été trop surchargés. Mais on a frappé les tissus de laine et soie, de laine, de fil et de coton. Ils payaient auparavant un droit de douane de 15 pour 100 *ad valorem*. Désormais, ils paieront, le surplus, 10 pour 100, à titre d'impôt de consommation. Tous les étrangers se sont récriés contre cette violation trop ingénieuse de textes du sens le moins équivoque. On leur a répondu que ces taxes ne seraient pas maintenues, qu'elles étaient temporaires. Le mot « extraordinaire » n'a pas été prononcé, on comprend pourquoi. Mais les intéressés ont bien senti qu'il serait très dangereux de laisser établir un précédent qui préparerait la prescription de leur droit, et ont saisi les divers consuls d'une protestation en forme. Des négociants avaient reçu des cargaisons, expédiées de bonne foi d'Europe ou d'Amérique, sous le régime du droit de 15 pour 100, mais arrivées au Japon après le 1er avril. La douane leur a intimé d'avoir à prendre livraison, après paiement préalable du droit surajouté de 10 pour 100, faute de quoi elle vendrait les marchandises afin d'éviter l'encombremement de ses magasins. Aux réclamations, elle a répondu par le conseil de récupérer le déboursé en majorant d'autant le prix de vente. Mais les marchés ont été conclus sans prévision d'une pareille aventure, et évidemment les douaniers étaient en gaîté quand ils suggéraient que leurs compatriotes, qui prennent et paient si difficilement leurs commandes, consentiraient à cette modification si désavantageuse de leurs contrats.

Les Anglais et les Américains souffrent doublement dans leurs intérêts et dans leur affection, car leurs amis nippons leur ont appliqué impartialement ce traitement de « la nation la moins favorisée ». Ils se consoleront peut-être en pensant qu'ils contribuent à battre les Russes...

L'impôt sur le revenu et les patentes ont été également augmentés, et une crue de 70 pour 100 a été notifiée aux étrangers. On a trouvé même, ou, du moins, on croit avoir trouvé le moyen d'annuler l'article 21, en incorporant le produit des locations d'immeubles dans l'établissement de la cédule de l'impôt sur le revenu. Pour ce faire, on a séparé la maison du terrain sur lequel elle est bâtie. Celui-ci reste taxé à 12 sen de yen par *tsoubo* ($1^m,80 \times 1^m,80$) dans le quartier du Bluff (la Colline) et 28 sen par tsoubo dans la partie maritime de la concession européenne. Mais on a frappé d'une taxe de 0,56 sen par tsoubo le rez-de-chaussée, de 0,39 sen par tsoubo le premier étage, et de 0,28 sen chaque tsoubo d'étage élevé au-dessus d'eux, sur ce terrain, protégé par le taux de « rent » garanti à perpétuité dans le traité. C'est le « house-tax », qui confond en lui l'impôt gouvernemental et l'impôt municipàl, représente le double de l'ancienne taxe, et est ainsi supérieure à la grande « rent ».

Comme les maisons indigènes n'ont presque jamais d'étage, on a pu, sans crainte, édicter avec une impartialité apparente, une mesure qui ne frapperait que les étrangers.

Ceux-ci ont protesté unanimement et saisi de leur protestation le tribunal arbitral de La Haye.

Mais en attendant les Japonais ont évalué eux-mêmes le revenu des maisons, les ont taxées unilatéralement, et exigé, à peine de saisie, le paiement provisoire.

La maison Jardine Mateson et Cⁱᵉ et la Hong-Kong Changhaï Banking Corporation, ont subi le premier choc. Elles se sont laissé saisir, après avoir eu soin de vider leurs coffres-forts, et de n'y laisser que la somme due au fisc, dont les agents se sont retirés avec le plus aimable « *Saïonara* » (« au revoir »).

Le tribunal de La Haye a statué le 21 mai 1905. Il a déclaré fondées, et conformes aux textes des traités, les réclamations élevées, à l'abri du texte français, le plus net et le plus clair de tous, par la France, et, à ses côtés, par l'Angleterre et l'Allemagne, bénéficiant de la « clause de la nation la plus favorisée ».

Le Japon qui tire vingt millions de yen de la taxe immobilière, et comptait, par ce procédé, en tirer le double, devra ou chercher cette ressource ailleurs, ou consentir, après négociation, des avantages aux intéressés et à leurs gouvernements, pour compenser le sacrifice consenti, s'il l'est.

Un impôt de 270 pour 100 a été établi sur les tabacs

importés, et, par conséquent, sur les étrangers qui les consomment. Les cognacs et autres alcools, également consommés par les seuls étrangers, ont été taxés à 100 pour 100... C'est dans cette voie que le Japon cherchera, et peut-être trouvera?

LA RÉCOLTE DU RIZ

Une fatalité naturelle vint ajouter à la gêne de la population japonaise la menace d'une insuffisance dans la récolte du riz.

La période dite du *nioubaï*, du 10 juin au 15 juillet, fut particulièrement chaude et sèche. Or ce *nioubaï* est la saison pluvieuse, régulière au Japon comme dans tous les pays sub-tropicaux et tropicaux.

Au moment où elle commence, on ameublit, à la fourche, la vase molle et profondément détrempée des rizières ; on déplante, par touffes, le riz semé, en gazon, dans des pépinières, et on le replante, également par touffes, en lignes droites, à environ trente centimètres d'écart. Un coup de plantoir dans la boue, un coup du petit fouet de feuilles vertes, un autre coup de plantoir... et à une autre. Travail incomparablement moins dur que le labourage, même en Chine ! Auquel femmes ou enfants suffisent, et qui permet au cultivateur de saisir, au vol, les quelques heures de temps favorable que chaque jour, ou chaque semaine, fournissent toujours, et d'assurer sa moisson.

Après quoi, c'est affaire au *nioubaï*. Il faut au riz : le pied dans l'eau, la tête dans le feu, comme au palmier, et beaucoup de fumure. L'engrais humain, le guano de poisson, la poudre de tourteaux de pois servent. Les paysans, dans la boue jusqu'aux jarrets, vont, de touffe en touffe, déposer leur compost. Mais il faut qu'il pleuve au moins tous les jours quelques heures, et que le ciel reste nuageux, pour arrêter les feux du soleil et les transformer en chaleur diffuse.

La terre japonaise, faite de débris volcaniques et de roches primaires menuisées par les eaux sauvages, est aussi friable que du sable d'encrier ou du sablon de cuisine. L'eau la traverse comme un crible. Une heure après une averse torrentielle, en été, le sol est sec.

Or, en 1904, depuis le 15 juin, le régime a été particulièrement beau. Un ciel bleu, parfaitement pur, un soleil flamboyant ; trente degrés à l'ombre et cinquante au plein soleil, dans les coins où n'arrivait pas la brise.

Dans les montagnes de l'intérieur, les torrents, les cascades, etc., sont à sec. Dans les plaines, on ne voyait, la première semaine de juillet, que paysans pompant dans les fossés les dernières gouttes d'eau sauvées de l'évaporation sous le pavé des feuilles de nénuphar. Les puits baissaient et tarissaient partout... et la consigne la plus sévère interdisait aux journaux de souffler mot de la sécheresse et de permettre la composition d'un tableau d'ensemble. Mais il y a toujours possibilité de tourner ces barrages ridicules, car la censure ne peut pas empêcher de voyager et de regarder par les portières des wagons !

Heureusement, le samedi 9 juillet, le régime cyclonique, qui emportait les urnes de la pluie sur le Kourosiwo et la mer du Japon, qui n'en ont pas besoin, a brusquement changé et l'eau est tombée, pendant qua-

7

rante-huit heures, avec deux ou trois éclaircies de trois heures chacune. Mais ce n'était qu'une tempête, une fausse joie. Elle a empêché le débarquement des lettres du *Coptic* arrivé de San Francisco. Et ailleurs, la fertile plaine d'Utsunomiya a été inondée par le débordement des rivières Kinu et Watarase, ce qui n'améliorera pas les rizières ; la plaine de Shidzuoka a éprouvé le même fléau ; et on a signalé de tous les points du Japon des dégâts analogues ; et depuis le matin du 11', il ne plut pas et le temps parut retourner au beau.

La récolte de 1903 avait été magnifique, exceptionnelle.

La moyenne normale, calculée officiellement, est de quarante millions de *kokou* de riz (le *kokou* vaut 180 litres 3 907) et de vingt millions de kokou de blé par récolte annuelle.

L'an d'avant, 1902, les Japonais n'avaient récolté que 37 millions de kokou, et dû acheter en Corée, en Chine, et en Indo-Chine pour cinquante-deux millions de yen de riz.

En 1903, ils ont récupéré leur avance, en récoltant 46 475 038 kokou de riz. Des gens qui connaissent admirablement le pays et de vieille date, m'ont affirmé que, sans cette récolte de Terre Promise, la guerre n'aurait pas éclaté...

Or en consultant un tableau officiel des récoltes de riz de 1893 à 1903, j'y vois que deux bonnes années ne se sont suivies qu'une fois et que six sur dix des rendements annuels ont été inférieurs aux besoins de la population : quarante millions de kokou.

Voici ce tableau :

1893.	. . .	37 267 418 kokou
1894.	. . .	41 859 047 —
1895.	. . .	39 960 798 —
1896.	. . .	36 240 351 —
1897.	. . .	33 039 293 —
1898.	. . .	47 387 666 —
1899.	. . .	39 698 258 —
1900.	. . .	41 466 734 —
1901.	. . .	46 914 434 —
1902.	. . .	36 947 091 —
1903.	. . .	46 475 038 kokou.

Le gouvernement a pris immédiatement ses précautions. Pour nourrir les soldats et marins, qui ne veulent manger que le riz national, il a monopolisé toute la récolte du riz et a frappé cette céréale d'un maximum.

Des statistiques récemment publiées, établissent que le Japon a acheté depuis octobre 1904, huit cent mille tonnes de riz.

Déjà pendant que j'attendais un ordre de départ, je voyais constamment dans le port de Yokohama de grands voiliers à quatre mâts, battant pavillon français et venant de Saïgon, chargés de riz.

Cette importation a certainement continué, accélérée plutôt que ralentie, et une charge nouvelle a été ajoutée à celles sous lesquelles pliait déjà en juillet 1904, la population japonaise.

CHAPITRE IV

Heureusement pour elle, la gloire militaire lui fournissait assez souvent l'occasion de s'étourdir en promenant des drapeaux, des lanternes, et en criant à plein gosier des chansons patriotiques et des « *Banzaï !* » (vivat !)

La narration complète des opérations sur terre et sur mer du 6 février au 25 juillet 1904, emplirait à elle seule, et encore sans être plus développée que les rapports officiels, un volume tout entier.

Je me bornerai donc à la résumer de façon à rendre intelligible le récit des événements dont j'ai été moi-même le témoin, par mes yeux et mes oreilles.

Aussitôt après la rupture des relations diplomatiques avec la Russie, le Japon prouva, en prenant l'offensive, quel était celui des deux adversaires qui réellement avait nourri de mauvais desseins contre l'autre.

La « *Gazette Officielle* » avait publié d'ailleurs, au moment même ou M. Kurini rompait avec le comte Lamsdorf, le tarif complet des soldes de guerre des armées de terre et de mer (5 février 1904). Toute la mobilisation était prête, et on le fit bien voir.

La flotte, composée de 8 cuirassés, 8 croiseurs cuirassés, 15 croiseurs protégés, 15 destroyers, 78 torpilleurs, 4 avisos, 1 croiseur porte-torpilles, 12 canonnières et 5 garde-côtes, partit de Sasebo à minuit, juste entre le 5 et le 6 février.

Dans la nuit du 8 au 9 elle attaqua, au mouillage au pied de Houan Kinshan (la montagne d'or) l'escadre russe, qui, a-t-on dit, n'avait pas reçu la dépêche adressée par le baron de Rosen pour avertir l'amiral Alexeieff de son départ de Tokyo, et dont les états-majors fêtaient l'anniversaire de la femme de leur amiral Starck.

Le *Cezarewitch*, la *Retvisan*, les deux plus beaux cuirassés furent grièvement avariés par des torpilles, le *Pallada*, excellent croiseur cuirassé, eut le même sort. Heureusement les torpilleurs japonais n'osèrent pas risquer le tout pour le tout en se lançant à corps perdu au milieu des bateaux ennemis, et en redoublant leurs premiers coups heureux. Les navires avariés purent rentrer dans le port ; la *Retvisan* fut convertie en batterie flottante à l'entrée du goulet où elle dut s'échouer, et au lieu d'enlever par un coup de surprise, la citadelle et l'escadre ennemies, l'amiral Togo dut se résigner à essayer de les détruire en détail par le bombardement ou de les prendre par blocus.

Le 8 février, après-midi, son subordonné l'amiral Ouriou avait réussi à contraindre à sortir du port neutre de Chemoulpo le croiseur protégé *Varyag* et la canonnière *Koreetz*, qui, eux n'avaient fait aucun acte de belligérants et avaient même laissé débarquer le 5 février tout un corps de Japonais à la portée de leurs canons. Le *Varyag* écrasé par le nombre, revint au mouillage criblé de coups et fut explosé par son équipage. Le *Koreetz* eut le même sort, ainsi que le transport *Soungari*. Les survivants de ce désastre furent recueillis à bord du croiseur français *Pascal*, du croiseur anglais *Talbot,* du croiseur italien *Elba*. L'attitude du capitaine américain du croiseur *Viksburg* empêcha les représentants des autres puissances neutres de faire respecter par les Japonais les lois de la neutralité, dans les eaux coréennes, et le droit des gens en matière de déclaration de guerre.

De nouvelles attaques furent tentées contre Port-Arthur le 14 février, le 25 février, le 10 mars sans plus de succès. Les Japonais ne s'engageaient pas à fond et les Russes, grâce à la Retvisan qui, réellement, a sauvé Port-Arthur pendant ce premier stade du siège, réussirent à les repousser.

Pendant ce temps, ils développaient leur plan sur un autre terrain.

Il était plus large que celui de 1894. Mais pour les opérations du début, tout au moins, des emprunts pouvaient être et ont été faits à ce dernier.

Tout d'abord la Corée fut saisie, et le monde civilisé put juger immédiatement la valeur des revendications japonaises au sujet de ce pays.

Le ministre plénipotentiaire japonais à Séoul, M. Hayashi et le général Yi Tchi-yong, ministre des Affaires Étrangères de Corée, signèrent à Séoul, le 23 février 1904, le traité suivant :

« I. Le gouvernement de l'Empire de Corée afin de conserver les relations amicales actuelles entre le

Japon et la Corée, et pour établir fermement la paix de l'Orient, consent à être guidé par les conseils du gouvernement du Japon dans l'amélioration de son système administratif.

« II. Le gouvernement japonais agissant de bonne amitié entreprend d'établir la famille impériale de Corée sur une base ferme.

« III. Le Japon garantit l'indépendance et l'intégrité territoriale de la Corée.

« IV. En cas de danger résultant de l'invasion par une tierce puissance, ou de troubles domestiques menaçant la paix de la famille Impériale ou l'intégrité de la Corée, le Japon prendra de promptes mesures contre de pareils dangers, pendant que la Corée prêtera la plus complète assistance qui soit en son pouvoir au gouvernement japonais pour l'exécution de telles mesures.

Le gouvernement du Japon peut, afin de mettre ces mesures à exécution, occuper telles places en Corée qu'il pourrait être jugé nécessaire pour des motifs de stratégie.

« V. Ni l'une ni l'autre des parties contractantes ne devra, sans rechercher le consentement de l'autre, conclure avec une tierce Puissance, un traité en antagonisme avec les objets du présent accord.

« VI. Les détails nécessaires à la mise en pratique de cet arrangement seront arrêtés entre le représentant du Japon et le ministre des Affaires Etrangères de Corée. »

Armés de cet acte, les Japonais alléguant la présence de Cosaques pour garder la grande concession forestière Bezobrasoff entre les sources du Touman et celles du Yalou, sous prétexte de défendre la Corée contre l'invasion d'une tierce puissance, la prirent pour base d'opérations contre la Mandchourie, en attendant qu'ils pussent continuer l'imitation de leur stratégie de 1894, en débarquant une armée sur les côtes du Liao-toung.

De la fin de février au 10 mars, la 12ᵉ division, la 2ᵉ et la Garde Impériale débarquèrent successivement à Chemoulpo et à Tchinampo, sur l'estuaire de la rivière de Phyong-yang.

A mesure qu'ils envahissaient le territoire de leur allié involontaire, les Russes, menacés, justifiaient cette invasion en envoyant des troupes pour défendre les approches de la frontière mandchourienne.

Malgré le froid, la neige et les alternatives de dégel et de regel qui faisaient des chemins déjà mauvais de la Corée d'épouvantables fondrières, la brigade Mitchenko rencontra les Japonais à Andjou, et les Cosaques furent balayés comme paille par l'infanterie et l'artillerie.

Une nouvelle attaque à Chong-djou ne fut pas plus heureuse, et au mois d'avril, les têtes de colonne de la 1ʳᵉ armée, commandée par le général Kouroki, arrivaient à Ouidjiou sur le Yalou, et prenaient leurs dispositions pour franchir ce fleuve.

Sur mer, les armes japonaises avaient été moins heureuses. Le tsar avait rappelé l'amiral Starck et lui avait donné pour remplaçant dès les premiers jours de mars l'amiral Makaroff, une des gloires de la marine russe.

Celui-ci avait trouvé l'escadre du Pacifique dans l'état de prostration ou l'avait jetée le guet-apens foudroyant de la nuit du 8 février, aggravé encore par une récente tentative de leurs adversaires.

Le 24 février, afin d'affranchir les convois de transports militaires de toute crainte de capture ou de pire malencontre, et de rendre possible un débarquement direct sur les côtes du Liao-toug, qui aurait permis de tourner les défenses du Yalou et d'épargner aux troupes de Kouroki la pénible traversée de la Corée, l'amiral Togo avait essayé d'imiter la tactique des amiraux américains Sampson et Schley contre la flotte de l'amiral espagnol Cervera à Santiago de Cuba, et « d'embouteiller » l'escadre russe en coulant de vieux bateaux chargés de mortier de chaux hydraulique liquide dans le goulet qui relie Port-Arthur à la mer.

Des volontaires s'étaient présentés pour repéter l'exploit du lieutenant Hobson, et les torpilleurs avaient convoyé cinq vieux cargos, le *Boushou*, le *Bouyou*, le *Hokokou*, le *Jinsen* et le *Tenshin*. Mais leurs équipages les avaient abandonnés trop tôt, si bien qu'ils étaient allés sombrer ou s'échouer sur les rochers au pied de Houan Kin et du cap Liao tish'an, loin et à l'écart de la passe qu'on espérait boucher. L'opération avait coûté 1 567 000 francs, un tué et cinq blessés, et n'avait bénéficié qu'à la Compagnie de navigation *Nippon yusen Kwaisha*, propriétaire des bateaux coulés dont elle toucha le prix.

Makaroff réagit énergiquement contre la dépression des courages et rendit aux navires russes l'habitude de sortir du port et de montrer à l'ennemi leurs pavillons et leur artillerie. Il devint si gênant, que l'amiral Togo essaya de détruire Port-Arthur par un bombardement dirigé de la baie du Pigeon. Mais le *Foudji* et le *Yashima* qui y furent employés ne réussirent qu'à dépenser pour cinq cent mille francs de gros projectiles et à détériorer les âmes de leurs canons de trente centimètres. Togo revint alors à son premier projet d'imiter Hobson en obstruant la sortie de Port-Arthur.

Le 27 mars, le capitaine de frégate Hirosé conduisit

une nouvelle flotte de quatre gros transports le *Fou-kouï*, le *Yoneyama*, le *Iyahito*, et le *Chiyo* jusque sous les embrasures de Houan Kin shan. Les Russes ne les attendirent pas passivement. Ils lancèrent leurs destroyers et firent jouer leur artillerie moyenne. Les transports japonais furent coulés avant l'entrée du chenal. Un seul le *Yoneyama* y pénétra, mais fut explosé sur le côté méridional le long de la Queue de Tigre. Hirosé fut emporté par un obus, au moment où il descendait du *Foukouï* sur lequel il était remonté pour chercher un ami.

Malheureusement, le 14 avril, au cours d'une sortie, et à la fin d'un engagement avec la flotte de Togo, le cuirassé *Petropawlosk*, que montait l'amiral Makaroff, accompagné de son ami le peintre Vereshagin, et à bord duquel servait le grand-duc Cyrille, heurta une ou plusieurs torpilles sous-marines, sauta et sombra avec l'amiral et presque tout l'équipage, sauf le grand-duc et quelques officiers et matelots.

Ce fut encore un de ces hasards qu'on ne saurait porter ni à l'actif d'un belligérant ni au passif de l'autre, et qui furent invariablement contraires à la Russie. Jamais Port-Arthur n'avait eu plus besoin de la vigilance et de l'entrain confiant en l'avenir et contagieux, d'un amiral énergique.

Les Japonais, dissimulant impénétrablement comme toujours, et on ne peut que les louer de l'avoir fait et leur envier la chance d'avoir pu le faire, semaient des histoires de ventes de plans aux Russes et d'actes de trahison contre leur pays par des officiers du plus haut gradé. On citait même des noms, et des faits précis, et je me souviens que tout le monde, y compris moi-même a été dupe de cette habile manœuvre, qui a permis de préparer à loisir, sans faire soupçonner autre chose que les hésitations et les tâtonnements d'une improvisation devant l'ennemi, la reproduction à peu près littérale du plan de 1894.

Yamagata avait franchi le Yalou le 27 octobre et Oyama avait débarqué à Pitzewo le même jour, pour conquérir l'un par le Nord, l'autre par le Sud, la presqu'île de Liao tong. La même opération fut refaite, et les Russes ne paraissent pas avoir soupçonné qu'elle le serait, car ils n'avaient pris aucune mesure militaire en conséquence.

LE PASSAGE DU YALOU

On trouve le Yalou sur la carte d'Asie en suivant le 40° degré de latitude Nord, lequel passe, en Europe, au milieu de l'Italie et de l'Espagne.

L'estuaire jalonné par deux îles, forme un chenal, accoté de deux immenses plages vaseuses, où la marée marne à peine assez pour faire flotter des jonques. Ce chenal se bifurque et finit à distance de deux villes dont les noms reviendront souvent désormais : Tatong, sur la rive droite, ou chinoise, Yongampho sur la rive gauche, ou coréenne.

Jusqu'au jour de l'ouverture de Yongampho, les vapeurs de mer desservant ces lointains parages, mouillaient dans le chenal, à 6 kilomètres de terre, devant Tatong. Seuls pouvaient passer ceux qui portaient le nom significatif de « *Mosquito flottila* », et venaient généralement de Chefou, couvrant en 22 heures les 85 milles (126 kil.), qui séparent les deux ports. Impossible pour les autres soit d'approcher davantage de Tatong, soit de remonter plus haut le chenal, qu'une barre rend infranchissable pour une cale jaugeant plus de un mètre soixante centimètres. A la montée comme à la descente du Yalou, il fallait transborder toutes les marchandises à Tatong, en amont ou en aval de la barre. Cette circonstance entretenait la prospérité de Tatong, et c'est pourquoi les Russes ont obtenu de l'empereur de Corée l'ouverture d'une position d'où ils pourraient diriger une concurrence contre le monopole des Chinois, et où les bois, descendant de leur grande concession forestière, entre les sources du Touman et du Yalou, débarqueront dans des entrepôts à eux.

En remontant le Yalou, on trouve à environ 13 kilomètres, et sur la rive droite, San-toa-lan-tao, où des Chinois avaient une station de *likïn*, douane intérieure, à laquelle jonques et radeaux devaient venir accoster et payer le droit d'entrée ou de sortie.

A ce point, le Yalou se coude droit au Nord et passe 5 kilomètres plus haut au village de Mao Keoui-shan, dont le nom retentira souvent aussi par la suite, car il est le terminus assigné à l'embranchement de Transmandchourien étendu du Liao au Yalou.

On devait commencer à construire cette ligne au printemps de 1904, si la guerre n'avait pas éclaté. On savait que les 120 premiers kilomètres, jusqu'à Feng houang tcheng, ne devaient pas nécessiter de grands efforts, et on se promettait de pousser l'ouvrage sans relâche jusqu'à la jonction avec la grande ligne. La défense de Port-Arthur n'eût rien perdu à cet utile accomplissement.

OUIDJIOU ET L'EMBOUCHURE DU YALOU.

(109)

A environ dix kilomètres en amont sur la rive droite toujours, on trouve Antong, à 28 kilomètres de la barre Tatong-Yongampho, par conséquent. A cet endroit, commence une chaîne d'îles et de bancs, qui divisent le Yalou en deux bras d'importance inégale, dont l'oriental, qui longe la rive coréenne, a monopolisé le nom de Yalou river.

Antong date, à proprement parler, de l'occupation japonaise en 1895. Depuis cette révélation de son importance, des rues larges, des maisons d'aspect solide et confortable ont remplacé les champs de millet d'autrefois. Le mouillage est toujours encombré de jonques, et de petits vapeurs du type des caboteurs des côtes chinoise et coréenne, qui viennent charger directement, pour éviter les ennuis du transbordement à Tatong Kao.

Antong n'exporta jusqu'à présent que des bois, du millet et des cocons, quelques cuirs et du minerai. Mais le passage des rails du Transmandchourien, pour rejoindre Ouidjiou, en fera certainement une place de commerce considérable.

En remontant au Nord, deux villes se font presque face : Kiou lien tcheng, sur la rive mandchourienne; Ouidjiou sur la coréenne. Le Yalou mesure entre elles, un peu moins de trois milles : une lieue en chiffres ronds.

A une demi-lieue en amont de Ouidjiou, le fleuve termine un coude en forme de grand U très évasé, commencé à l'intersection du méridien 125°,10', et déterminé par de gros bastions de la chaîne mandchourienne des Chan yan alin. Entre eux glissent cinq petits cours d'eau perpendiculaires au Yalou.

Mais le soulèvement duquel ils sourdent est adossé

au massif de Motienlieng coupé par la vallée du Aï-
gaoua. Massif et vallée sont, eux aussi, coupés par la
première palissade mandchourienne, qui part de Tcha-
raï maoula, au Nord de Tatong Kao, passe au Sud de
Feng houang, à Okomen (men = porte en chinois), re-
joint l'arête des Chan yan alin à la source du
Houn-Ho, et englobe, en suivant la ligne faîtière, tout
le bassin de Moukden.

Pour utiliser les cinq petits cours d'eau tributaires du
coude du Yalou, il faut remonter à Tcho-san (125°,40'
longitude) ou seulement à Tjyeng Syeng (Changsong),
(125°,10') situé seulement à 42 milles au Nord-Est de
Ouidjiou (67 kil. 578).

A Tjyeng Syeng, le Yalou subit un étranglement.
De neuf cent vingt mètres environ, il passe à 550 de
large ; mais son courant est très rapide, et sa profondeur varie de 4 à 10 mètres.

De plus, la montagne borde immédiatement la rive
droite, les routes remontent les vallées perpendiculaires et aboutissent à un fond de sac, fermé par la
palissade mandchourienne, la position de Feng houang
et les hauts massifs qui bordent le Motienlieng.

Le centre de la position était donc la partie du fleuve
comprise entre Autseshan et Nyangnyang, et Sukuchin,
et longue d'à peu près 43 kilomètres et demi. Les deux
villes, coréenne de Ouidjiou et mandchourienne de
Kioulien tcheng se font face, à peu près à égale distance des deux extrémités : il y a 24 kilomètres de
Kioulien à Sukuchin, 19 kilomètres de Kioulien à
Nyang-niang.

Le Yalou est large là de près de huit kilomètres,
grâce à l'appoint de la rivière Aï, 24 kilomètres plus

haut. Il est assez étroit, et son fonds assez relevé par un seuil, pour qu'on puisse le passer à gué aux basses eaux. C'est ce qu'avaient fait les soldats de Yamagata, quand, le 27 octobre 1894, ils eurent à prendre Kiou-lientcheng défendu par les Chinois. Mais au printemps, à la fonte des neiges, le gué était noyé, et la position n'avait de valeur que par l'étranglement du fleuve.

Devant Ouidjiou, il est encombré d'îles, qui toutes auraient pu fournir de très forts avant-postes, si les Russes avaient conservé les trois petites canonnières dont ils ont naufragé une et fait prendre les deux autres le lendemain de la bataille.

Entre Sukuchin et l'embouchure de l'Aï s'étend l'île Kulido, séparée en deux. Le bras oriental, latéral à la Corée, est guéable aisément. Le bras occidental, plus profond, la sépare d'une pointe montueuse, marquée par les deux lignes de collines de Housan et de Yul-chaouen.

Devant Ouidjiou, s'étend la grande Keumchongdo, coupée en deux par le grand bras du Yalou, et séparée de la côte coréenne et de la côte mandchourienne par deux courants assez rapides dont le Coréen est guéa-ble, mais le Mandchourien est profond de plus de deux mètres.

Elle est séparée de Kiouliencheng par les trois mor-ceaux de Cheun song do, couverte de villages, boisée, mais dominée, à l'Est par les hauteurs de Housan et de Yulchaouen, de l'autre côté du Aï, et au Nord par les hauteurs de Makao et de Yushukao.

Le grand bras du Yalou les sépare de l'île Kiou, qui fait face à Antoug, et est pris en enfilade par les col-lines d'Antseshan.

.Les Russes occupaient donc une position formidable, car à Kioulien même, ils dominaient le Yalou de 60 mètres, et des hauteurs de Housan, Yulchaouan, Makao, Yushukao et Antseshan, ils pouvaient balayer à coups de shrapnels les îles, qu'ils avaient eu soin de raser de leur végétation, et aussi rompre à coups de canon les pontons et les pontonniers à mesure qu'ils les aligneraient.

Mais, avec leur imprévoyance habituelle, les Russes n'avaient réuni que vingt mille hommes et 48 canons, contre trois divisions japonaises ; la 12ᵉ, général Inouye, la Garde impériale, général Hasegawa, la 2ᵉ (Sendaï) général Nishi, sans parler de détachement de la 1ʳᵉ division, général Foudjoui ; en tout 80 000 hommes et cent quarante-quatre canons de campagne et de montagne, plus la flottille de l'amiral Hosoya.

Un détachement russe gardait Sukuchin ; un fort corps occupait Antong, appuyé de batteries sur Nyang niang et Antseshan ; un détachement était posté à Housan et Yulchaouan ; le centre occupait Kioulien, Makao, Yushukao, avec ligne de retraite vers le plateau de Hohmoutang, où étaient massées les réserves, au point de rencontre des routes venant du Aï, de Kioulien et de Antong, rejoindre le grand chemin de Fenghouang-cheng, route mandarine de Séoul à Pekin par Liao yang.

Le général Kouroki employa sa flottille à débarquer au Sud de Ouidjiou de gros canons de 0,140, qui écrasèrent les Russes dans Kioulien-tcheng et Makao, sans que ceux-ci pussent répondre, n'ayant que des pièces dont les fusées retrouvées accusaient une portée maxima de 8 kilomètres. Kouroki fit également couvrir d'obus et rendre intenables, par les canons à longue portée de ses bateaux, Antseshan et Antong ; il fit décimer les tirailleurs et les cosaques par les Hotchkiss et les Maxim des torpilleurs et des chaloupes canonnières, faufilées dans les chenaux des îles.

Le 27 avril au matin, pendant que la grosse artillerie de Ouidjiou occupait largement Kioulien, la Garde passa à gué le bras coréen devant Kulido, pendant que la Seconde division faisait de même et s'établissait dans Keumchongdo. La Garde délogea à coups de fusil, protégée par la grande batterie de Ouidjiou, les Russes de Housan (colline du Tigre), pendant que ses camarades de Sendaï chassaient les Russes de Cheunsongdo.

Le 28, à l'aurore, la Garde se jeta dans les bateaux, franchit le bras mandchourien de Koulido, et occupa Housan, d'où elle délogea un poste de 30 Russes qui gardait Yulchaouen.

Pendant ce temps la Sendaï tenait en échec l'ennemi et l'empêchait de revenir occuper Cheun song do ; on voyait, paraît-il, les Russes se mettre, enfin, à creuser des tranchées sur Makao et Yushukao.

Le 29, la 12ᵉ division jeta son pont à Sukuchin et vint s'établir dans le triangle où était déjà la Garde. Celle-ci avait ponté le bras entre Koulido et Housan pendant que la grande batterie de Ouidjiou tirait régulièrement sur Kioulien, et que la flottille écartait l'ennemi des îles et de la rive droite du Yalou de concert avec la Sendaï.

Le 30, la 12ᵉ division acheva de traverser dès l'aurore et vint, par un mouvement de flanc qui aurait pu lui coûter cher, mais que rien ne contraria, prendre position sur le bord du Aï, en face des positions de Makao et de Yushukao, que les Russes se hâtaient de couvrir de tranchées.

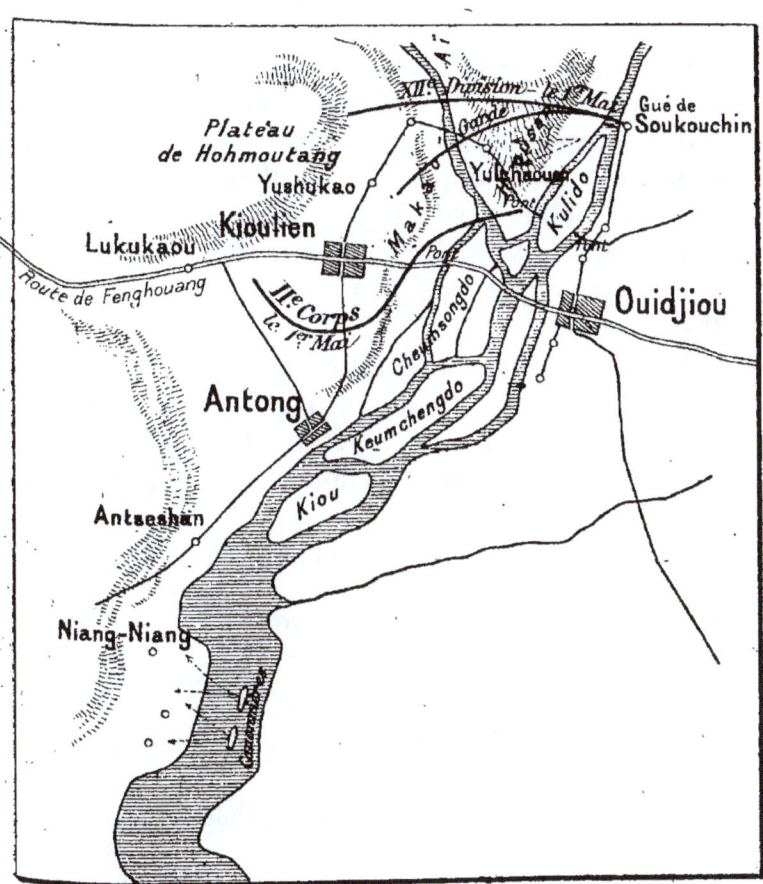

LE PASSAGE DU YALOU.

Pendant ce temps, la Sendaï occupait Cheun song do, et tout le reste de la Garde et de la 2ᵉ division passait sur le pont de Kulido et venait occuper la colline

(115)

du Tigre, d'où les canons, croisant leurs feux avec ceux de Ouidjiou, écrasaient Kioulien.

Le lendemain 1er mai, sous la protection des feux des canons de 0,140 de Ouidjiou et de l'artillerie de marine, la 12e division passa le Aï, avec de l'eau jusqu'aux aisselles et tourna par le Nord Makao et Yushukao ; la Garde franchit l'Aï plus bas, avec de l'eau jusqu'à la ceinture, marchant droit sur Kioulien ; la Sendaï passa au même point, et se glissant entre Kioulien et Antong marcha sur Hohmoutang. Les Russes, pour n'être pas coupés, replièrent toute leur aile droite sur Hohmoutang.

Là vinrent également les défenseurs de Makao et de Yushukao. Il y fut fait une héroïque défense. Deux batteries d'artillerie russe perdirent presque tout leur effectif. Mais il fallut céder au nombre et se mettre en retraite sur Fenghouang.

Une mauvaise lecture de télégramme avait donné à croire que le général Kouropatkine avait été blessé et le général Khachtalinski tué, et un autre général blessé. Ces nouvelles n'ont pas été confirmées.

On croit savoir que les Japonais ont perdu 1 000 hommes, dont 300 seulement dans l'attaque du plateau d'Hohmoutang.

Le 8 mai, ils se sont emparés de Feng houang cheng.

Des Chinois de la contrée ont raconté que la retraite des Russes avait été désordonnée. Il est pourtant certain que le sang-froid ne les abandonna pas, puisqu'à Hohmoutang, cernés et forcés de se rendre au nombre de 300, ils brisèrent au préalable les culasses des 28 canons que les Japonais prirent.

Les mêmes Chinois disent qu'un poste russe ouvrit le feu sur les fuyards et en tua ou blessa 300 par erreur. Les pertes totales des vaincus sont évaluées à 3 500. Dans ce nombre figurent 40 officiers. Les Japonais avouent seulement deux officiers. D'habitude, la proportion est plus forte, et elle n'a sa vraie valeur que du côté des Russes.

L'effet moral de cette victoire, préparée avec le soin minutieux que les Japonais apportent à tout ce qu'ils font, surtout avec le soin d'être toujours supérieurs en nombre et en moyens militaires à leur ennemi, a achevé de consolider en Extrême-Orient la croyance que les Russes n'avaient pas en Mandchourie plus de 72 000 hommes au début de la guerre, et qu'ils comptaient sur les alliés de toutes leurs guerres : l'espace et le temps, en s'assurant qu'ils valent une flotte et une armée.

Ils ont reçu de cruels démentis coup sur coup par la tentative de blocus de Port-Arthur, le débarquement des Japonais à Pitzewo, et l'occupation du chemin de fer à Poolantien (Port Adams) au Nord de l'isthme de Kinchou-Taï lien ouan.

TROISIÈME BLOCADE DE PORT-ARTHUR

Immédiatement, l'amiral Togo fit procéder à une nouvelle tentative de murer la flotte russe dans Port-Arthur, sinon définitivement, au moins assez longtemps pour permettre le débarquement d'une armée, qui assurerait l'aile gauche de Kouroki, isolerait Port Arthur et en préparerait le siège.

Les Russes avaient eu le temps de construire un barrage de grosses poutres pour arrêter les torpilleurs.

Les Japonais avait réuni huit bateaux marchands appartenant à la Compagnie Nippon Yusen Kwaisha :

Le *Mikawa* jaugeant 1 967 tonnes.

Le *Sakura*	—	2 978	—
Otaru	—	2 547	—
Sagami	—	1 926	—
Totomi	—	1 952	—
Asagao	—	2 464	—
Edo Marou	—	1 724	—
Aïkoku	—	1 781	—

Ces huit bateaux, tous vapeurs de gros échantillon, furent mis sous le commandement du capitaine de vaisseau Hayashi. Plus de deux mille volontaires s'étaient offerts à servir sous ses ordres, ambitieux de mériter les honneurs et la statue qui ont été accordés au commandant Hirosé, tué le 24 mars, dans la seconde tentative faite par lui pour imiter Hobson, le héros américain de Santiago de Cuba.

Il y eut probablement encore des demandes d'engagement écrites avec le sang, comme précédemment... On se contenta de choisir environ 200 hommes, qui furent répartis, à raison de 25 par bateau, sur la flottille.

Celle-ci fut mise sous la protection d'une force militaire comprenant :

La canonnière *Akagi* (capitaine Fujimoto) ; la canonnière *Chokaï* (capitaine Iwamura) ;

Les escadrilles des destroyers : n° 2 (capitaine Ishida) ; n° 3 (capitaine Tsuchiya) ; n° 4 (capitaine Nagaï) ; n° 5 (capitaine Mano) ;

Les escadrilles de torpilleurs : nº 9 (capitaine Yajima) ; nº 10 (capitaine Otaki) ; nº 14 (capitaine Sakuraï), cette dernière diminuée du *Kasasagi* et du *Manazuru*.

Flottille de transport et escorte quittèrent Hayang à la tombée de la nuit le 2 mai et firent sur Port-Arthur la route qui leur avait été assignée d'avance. Mais, vers onze heures du soir, un coup de vent du Sud-Est souleva la mer, sépara et éparpilla les navires qui se perdirent de vue.

Le commandant Hayashi, ne voulant rien risquer sans certitude de succès, donna l'ordre de virer de bord. Mais ses signaux ne furent pas aperçus ; on continua de marcher et à 2 heures du matin on arriva vers l'entrée du goulet de Port-Arthur.

Les puissants projecteurs électriques russes inondèrent de lumière les assaillants, et un feu violent accueillit le torpilleur 14, envoyé en reconnaissance.

Le lieutenant de vaisseau Sosa, qui commandait le *Mikawa marow*, crut que les autres bloqueurs étaient entrés dans le goulet, fit machine en avant à toute vitesse, suivi du *Sakura*, commandé par le lieutenant Shiraïse. Ils tombèrent dans le barrage, mais le rompirent, et sous une grêle de gros et de petits projectiles, s'enfoncèrent avant dans le chenal, mouillèrent leur ancre et se coulèrent, le *Sakoura* près du rocher qui jalonne, au pied du phare, à bâbord, l'entrée du goulet.

Le *Totomi* (lieutenant Honda) se jeta sur le musoir au pied de Houang Kin shan ; la violence du choc dévia son avant vers l'Ouest et il coula, presque exactement en travers du passage.

Le *Edomarou* arrivait derrière, au milieu d'une pluie de fer, et entouré de volcans d'eau que faisait jaillir l'explosion des torpilles. Au moment de mouiller l'ancre, le lieutenant Takayagi reçut une balle dans l'estomac. Son camarade Nagata le remplaça séance tenante et coula le bateau.

L'*Otaru* et le *Sagami* entrèrent également et furent coulés dans le chenal.

L'*Aikoku* heurta une mine sous-marine à cinq encablures du phare et coula instantanément, avec le lieutenant Uchida, son second, le mécanicien en chef Aoki et 8 matelots.

Le *Asagao* eut une avarie de gouvernail et alla s'échouer au pied de Houang Kin, où il fut explosé.

Le dessin ci-joint, découpé dans le journal *Asahi* de Tokyo, donne, d'après les Japonais, la position occupée par les épaves, et en même temps la géographie physique qu'ils attribuent actuellement au goulet de Port-Arthur.

Il a été impossible de sauver un homme de l'équipage du *Sakoura*, du *Otaru*, du *Sagami* et du *Asagao*.

Le *Totomi* perdit 12 hommes sur 18; le *Sakura*, 20 sur 20; l'*Aikoku*, 13 sur 24; le *Edo*, 7 sur 18; le *Mikawa*, 10 sur 18; le *Otaru*, 17 sur 17; l'*Asagao*, 18 sur 18; le *Sagami*, 24 sur 24; l'*Aotaka*, eut 1 tué, et le *Hayabusa*, 1 tué.

Au milieu de la tempête de coups de gros, moyens et petits canons, le torpilleur 65 eut un tube de vapeur crevé. Les Russes disent l'avoir coulé. Les Japonais affirment que son commandant, le lieutenant Taïra, se fit remorquer en lieu sûr par son camarade Narimoto, du 75.

Le *Aotaka*, qui est porté plus haut avec un tué, reçut un obus par tribord dans sa chaudière. Les Russes l'ont vu couler. Les Japonais affirment qu'il a été également sauvé. Quant au *Hayabusa* il perdit seulement un homme.

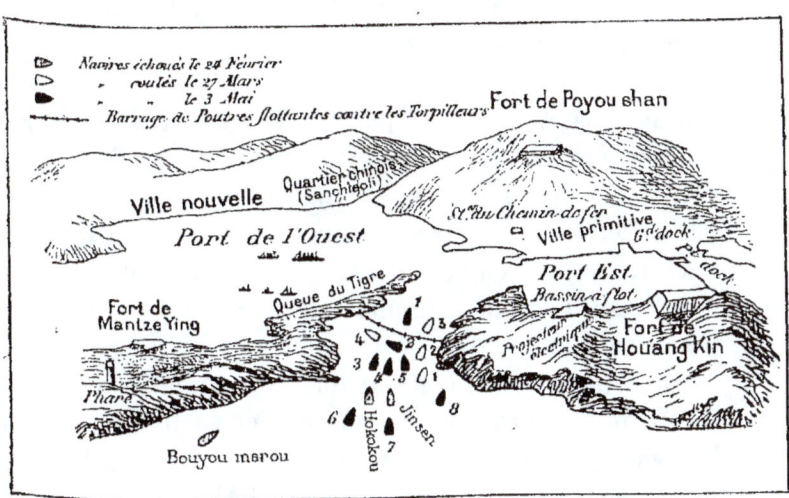

LE BLOCUS DE PORT-ARTHUR PAR MER.

Navires échoués ou coulés le 24 février.

Bouyou marou.
Jinsen marou.
Hokokou marou.

    Navires coulés le 27 mars.

1 *Chiyo marou.*
2 *Foukoui marou.*
3 *Yahiko marou.*
4 *Yoneyama marou.*

Navires coulés le 3 mai.

1 *Mikava marou.*
2 *Totomi marou.*
3 *Sagami marou.*
4 *Olarou marou.*
5 *Edo marou.*
6 *Sakura marou.*
7 *Aikoku marou.*
8 *Asagao marou.*

L'opération a néanmoins coûté fort cher. 75 matelots sont morts; 15 officiers sont morts ou manquent, 5 premiers lieutenants, 5 enseignes, 4 mécaniciens en chef et 1 mécanicien. Suivant une habitude que le Japon a héritée de la Chine, tous ont été promus d'un grade, et leurs familles pourvues d'une pension variant de 300 à 500 yen par an (750 à 1 250 francs).

Et en ajoutant aux totaux des deux premières blocades infructueuses, 3 104 500 francs pour celle-ci, on trouve que les Japonais ont dépensé 6 219 000 francs pour ne pas boucher Port-Arthur, puisque le 20 mai l'escadre russe en est sortie.

Et dans cette évaluation, on ne compte pas l'affrètement, payé 4 yen 50 par tonne et par jour, par le gouvernement aux propriétaires des bateaux ; les subventions, de même importance, pour les suppléants des affrétés ; et ce que le gouvernement a avancé pour l'achat de nouveaux bateaux et paiera, pour garantie d'intérêts, et pour remplacement des unités détruites à son service.

La Nippon yusen Kwaisha, notamment, a trouvé là un moyen pratique de renouveler sa flotte. — Mais le trésor mikadonal n'est pas inépuisable, et M. Soné Arasuké ne possède pas la lampe d'Aladin.

Mais le résultat immédiat que l'on cherchait fut obtenu. Pendant une semaine la passe de Port-Arthur demeura impraticable et une armée japonaise put débarquer à Pitzewo, couper le Liao tong en occupant l'isthme de Kinchou, et amorcer ainsi le blocus de Port-Arthur par terre, et la marche d'une troisième armée contre Kouropatkine.

L'opération fut accomplie aussitôt que la flottille fut revenue de l'embouchure du Yalou aux îles Elliott, la « base avancée » ou le « rendez-vous » des rapports.

Voici comment la racontent les deux amiraux Kataoka et Hosoya.

« Hier, quatre mai, dit Kataoka, la 3ᵉ escadre quitta le « rendez-vous », et agissant suivant le plan, convoya le premier échelon de la Seconde armée jusqu'à la base avancée, aujourd'hui 5. Actuellement nous couvrons le débarquement des troupes. Selon des marins chinois, les forces ennemies à terre ne paraissent par excéder cent.

« Le *Kagamarou* s'est échoué hier vers 3 heures après-midi, mais a été renfloué avec l'aide du croiseur *Akitsouchima* et est arrivé en bon état à la base avancée aujourd'hui à 5 heures. »

Le même jour, 5 mai, le contre-amiral Hosoya, qui commande une division de la 3ᵉ escadre, télégraphia à 10 heures du soir de la base avancée :

« Notre 7ᵉ division de bataille et notre 20ᵉ flottille de torpilleurs, ainsi que le *Hong Kong* et le *Nippon marou*, agissant selon les dispositions adoptées, sont arrivés à la base avancée de la presqu'île du Liao Tong, à 5 h. 30 aujourd'hui. Quelques hommes, apparemment des sentinelles ennemies, furent vus sur une colline du littoral. Je fis tirer sur eux et ordonnai au capitaine Nomoto de mener à terre sa compagnie de débarquement. La marée était basse et les bateaux ne pouvaient atteindre la ligne de terre. La compagnie, cependant, sauta dans l'eau, et marcha en guéant, pendant environ mille mètres, avec de l'eau jusqu'à la poitrine.

« Ayant abordé à 7 h. 22 du matin, la troupe marcha immédiatement en avant, et sans brûler une seule cartouche, occupa une hauteur, sur laquelle fut planté le pavillon du Soleil Levant. A ce même moment les canonnières *Akagi, Oshima* et *Chokaï* reçurent l'ordre de procéder à des mouvements complémentaires de division. L'*Akagi* découvrit plus de 100 soldats ennemis, et immédiatement les mit en déroute. Deux ou trois d'entre eux semblent avoir été tués.

« Le premier échelon des transports, trouvant le

drapeau japonais flottant sur la colline, à 8 h. 05 du matin, commença immédiatement à débarquer. L'opération fut très activement exécutée, malgré la profondeur de l'eau.

« En vue de faciliter le débarquement, on construit actuellement des jetées.

« Notre escadre est occupée à son œuvre et travaille à haute pression. »

Le lendemain, 6, un rapport officiel faisait connaître qu'un détachement de l'armée ainsi débarquée avait traversé la presqu'île, couru à Pou lan tien, saisi là, le télégraphe et le chemin de fer, coupé l'un et l'autre, et réussi ainsi le prologue du siège du Sébastopol Extrême-Oriental en coupant toute communication entre lui et la Russie d'Asie.

Le nom du lieu de débarquement a été gardé secret longtemps. On sait maintenant qu'il est à « Pitzewo »; point où débarqua Oyama, le 27 octobre 1894.

Une aventure curieuse arriva à Poulantien. Un train-géant, remorqué par quatre locomotives et chargé à rompre de tout ce qu'on avait pu trouver à Harbin pour pourvoir enfin Port-Arthur et réparer l'incurable négligence russe, passa un quart d'heure avant l'arrivée de l'avant-garde nippone.

Un autre train, portant, outre des blessés, le grand-duc Boris et l'amiral Alexeieff passa, au moment où cette avant-garde débouchait de la montagne et n'évita un feu de salve qu'en hissant le drapeau de la convention de Genève.

LA BATAILLE DE KINCHOU OU DE NANSHAN

Le général Stœssel, secondé par les généraux Smyrnoff et Kondratchenko, se trouvait isolé de Kouropatkine avec une armée qu'on peut évaluer au plus à 45 000 hommes.

Il prit immédiatement ses dispositions pour arrêter l'envahisseur sur le terrain qu'il occupait et conserver, comme un immense camp retranché, où il aurait pu tenir indéfiniment, la petite presqu'île dite Kouang toug ou Épée du Régent, rattachée à la plus grande dite Liao tong, par l'isthme de Kinchou, large de 4 kilomètres à peine, entre la baie de la société et la rade de Taï lien, sur laquelle est Dalny.

Depuis le mois d'avril, il avait fait préparer une position défensive bien choisie sur une colline conique dite Nanshan, dressée juste au centre de l'isthme de Kinchou, et d'où l'on voit, à merveille, la ville dans une large plaine dominée à l'Est par la haute et majestueuse pyramide du Tao shang shan (Mont du Grand-Bonze), au pied de laquelle bâillent les gorges noires suivies par les routes de Pou lan tien et de Pitzewo.

Cette colline était hérissée de redoutes en quinconce armées de canons de 0,15 centimètres. Mais les Japonais avaient la supériorité du nombre avec les divisions n° 3, n° 1 et n° 4. La division n° 1, sous le prince Foushimi attaqua la position de face ; la division n° 3 sous Oshima, attaqua par l'Est ; la division n° 4 attaqua le long de la baie de la Société par l'Ouest.

Les Russes avaient eu l'idée d'embosser des canonières dans la baie Hand, d'où il était possible d'arrêter le mouvement de Oshima. Elles y réussirent ; et le feu des redoutes, des tranchées, les lignes de fils de fer barbelés, arrêtèrent également le prince Foushimi.

Mais les Japonais imitèrent dans la baie de la Société la manœuvre russe dans la baie Hand.

Ils firent avancer les canonnières *Okiai* et *Akagi*, qui évitèrent les torpilles russes, écrasèrent de gros obus le flanc Ouest de Nan shan et couvrirent si bien la marche de la 4ᵉ division, qu'elle s'engagea dans la mer, à marée basse, et aborda les redoutes pour l'assaut.

Les Russes lâchèrent pied alors et se replièrent sur Port-Arthur, en détruisant en partie Dalny et les ponts du chemin de fer (28 mai).

L'opération coûta au Japonais 5 000 tués et blessés. Mais ils ne tiennent pas compte de l'effusion du sang. Immédiatement leurs opérations entrèrent dans une nouvelle phase.

La 5ᵉ et la 10ᵉ division furent débarquées à Takoushan, sous les ordres du maréchal Nodzou pour aller dégager Kouroki immobilisé à Feng houang cheng et impuissant à remonter au Nord, le long de la Grande Palissade, pour se placer entre Moukden et l'armée de Kouropatkine.

Nodzou ouvrit la route vers Siou yuen et en menaçant le flanc droit des Russes amena leur retraite sur le défilé de Motien lieng.

Kouroki se sépara alors de lui, et manœuvra pour aller se placer entre Liao yang et Moukden, pendant que Nodzou remontait vers Tachikiao et Haïcheng pour donner la main à une armée lancée du Sud et essayer soit de couper Kouropatkine de Liao yang, soit de le contraindre à s'y replier hâtivement.

Cette armée devant être la Seconde, celle avec laquelle j'ai marché, sous les ordres du général Oku, fut formée des divisions 3, 4, et 6 ; la 1re division trop éprouvée à Naushan, devint le noyau de l'armée de siège de Port-Arthur, qui fut complétée par les 9e et 11e divisions.

A la fin de mai les Japonais avaient donc dans le Liao-toung quatre armées, dont voici la composition et le théâtre d'opérations.

La 1re armée, formée de la Garde Impériale, des 2e et 12e divisions, marchait sur Motienlieng, dont elle s'empara dans le courant de juin, sous ordres du général Kouroki.

La 4e armée, commandée par le maréchal Nodzou et formée de la 5e et de la 10e division, était flanc-garde de Kouroki et marchait sur Tachikiào et Haïcheng, pour empêcher Kouropatkine de descendre débloquer Port-Arthur.

La 3e armée sous le commandement du général Nogi, formée des divisions 1, 9 et 11, allait bloquer d'abord et essayer de prendre ensuite Port-Arthur.

La 2e armée, formée des divisions 3, 6, et 4, sous les ordres du général Oku, allait remonter au nord, pour essayer, de concert avec Nodzou et Kouroki de prendre Kouropatkine dans un cercle de fer et terminer la guerre par une capitulation d'Ulm ou de Plewna.

Cette armée se mit en mouvement dès le commencement du mois de juin.

Le général Kouropatkine encouragé par la perte des deux cuirassés *Yashima* et *Hatsuse* explosés le 20 mai, dans un « collet » de torpilles habilement tendu devant Port-Arthur, par la perte du *Yoshino*, coulé après un abordage avec le *Kassuga*, qu'il avait gravement endommagé et obligé d'aller faire un séjour en cale sèche pour réparations; du croiseur *Miyako,* explosé en ramassant des torpilles dans la baie Kerr, au nord du Taï lien ouan, envoyait une armée de 45 000 hommes commandée par le général Stackelberg avec mission soit de jeter à la mer Oku et Nogi en les attaquant de concert avec Stoessel, soit de retarder la marche de Oku assez pour que Kouropatkine et ses autres lieutenants eussent le temps de disposer de Nodzou et de Kouroki.

Mais Oku battit Stackelberg le 16 juin à Tehlistze-Ouafangou; le 10 juillet à Kaïping, le 25 juillet à Tachikiao; occupa Niouchouang le 26, et Haïcheng le 3 août, où il opéra sa jonction avec Nodzou, dégagé un peu plus chaque jour par les progrès vers le nord de son collègue.

LE « RAID » DES CROISEURS DE VLADIVOSTOCK.

L'état-major général m'avait toujours objecté, pour justifier la perpétuelle remise de mon envoi sur le théâtre de la guerre à une date ultérieure indéterminée, qu'il était impossible de me faire assister aux mouvements préliminaires, préparatoires de la formation des armées.

Au commencement de juin, cette raison n'était plus valable. Néanmoins on continua pendant quelques jours, jusqu'au sept, à me répondre évasivement. Pour donner une ombre de satisfaction aux journalistes et leur faire prendre patience on organisa, à grand orchestre, une excursion de parlementaires et de correspondants japonais et étrangers à bord d'un paquebot pris aux Russes, le *Mandchouria* devenu le *Man-shoumarou*. On promettait de leur montrer la flotte de Togo, jalousement cachée jusque-là, et on espérait pouvoir les conduire à Port-Arthur, enfin pris.

Cette excursion genre Cook ne me plut pas, et je préférai attendre encore avec ceux auxquels on donna à entendre que la seconde colonne des correspondants partirait le 20 juin pour la guerre. Mais pendant que nos camarades commençaient leur « tour », un événement inattendu faillit le terminer au détroit de Chimonosaki et nous immobilisa pour un mois encore au pays du Soleil Levant.

Les trois beaux croiseurs *Gromoboï*, *Rossia* et *Rurik*, stationnés à Vladivostock et coupés de Port-Arthur par l'escadre de l'amiral Kamimoura, stationnée à Takechiki, dans l'île Tsouchima qui garde le milieu du détroit de Corée, vinrent, sous les ordres de l'amiral Bezobrazoff, faire une course le long des côtes du Japon.

Déjà le 11 février, ils avaient coulé sur les côtes du Yezo le transport *Nakonoura maron*, et le 20 avril le *Kinchou marou* dans la baie de Gensan, sur la côte nord de la Corée.

Le 15 juin, ils reparurent inopinément devant le détroit de Chimonosaki, au moment où débouchait un convoi composé de trois grands transports, le *Idzoumi*, le *Sado* et le *Hitachi* (6 400 tonnes), chargés du matériel de chemin de fer et de siège de l'armée de Nogi, et de régiments de réservistes.

Le *Idzoumi* et le *Hitachi* furent coulés. Le *Sado* fut sabordé à coups de canon, mais réussit à aller s'échouer en eau peu profonde, où il put être renfloué. Je l'ai vu en décembre 1904, complètement réparé à Nagasaki.

Un régiment entier de réservistes, originaires de Tokyo avait disparu avec le *Hïtachi*.

Le rapport de l'amiral Kamimoura, publié le 19, accrut l'émotion soulevée par ce désastre ; la foule se porta contre la maison de l'amiral et l'accabla de pierres dont une blessa le frère de madame Kamimoura venu pour protéger sa sœur et sa nièce.

Les députés se réunirent, allèrent demander des explications au général Terauchi, ministre de la Guerre, et à l'amiral Yamamoto, ministre de la Marine.

Les membres du second grand parti politique de la Diète, les *Seiyuikaï* se réunirent le lendemain 20, et votèrent l'ordre du jour suivant qui a été porté au comte Katsura, président du Conseil :

« Pendant que le désastre du *Kinchou marou* est encore frais dans les esprits de la population, le désas-d'Okinochima nous accable. Rien ne peut être plus regrettable. Vous sommes convaincus qu'on finira par savoir à qui incombe la responsabilité du désastre d'Okinochima ; de plus nous espérons sincèrement que le gouvernement adoptera des mesures sévères dans cette circonstance, de façon à empêcher dans l'avenir la répétition d'aussi déplorables incidents. »

Pendant ce temps l'escadre de Bezobazoff faisait 200 000 tonnes de prises et passait à l'état de cauchemar pour cette population nipponne, beaucoup plus émotive et attachée à la vie qu'on ne l'admet généralement.

Enfin, le 23 juin, toute l'escadre russe sortait de Port-Arthur, prouvant ainsi que le dit port n'était pas bouché, et le ministère faisait publier, pour rassurer la population, un rapport soi-disant de l'amiral Togo, où celui-ci affirmait la perte des deux cuirassés *Poltawa* et *Sebastopol*.

Heureusement pour les Japonais l'activité n'est qu'un accès passager chez les Russes. Les croiseurs rentrèrent à Vladivostock. L'escadre de Port-Arthur reprit son sommeil derrière les canons de Houan kin et de Liao tishan; le maréchal marquis Oyama, nommé généralissime des armées de Mandchourie, et remplacé à l'état-major général par le maréchal Yamagata, partit le 6 juillet pour Dalny, et peu à peu, du 6 au 15 juillet, nous vîmes tomber devant nous les dernières barrières qui s'opposaient au second lâcher des correspondants militaires.

LIVRE QUATRIEME

DE LOU SHOUTON A ANSHANTIEN

CHAPITRE 1

LE SECOND LACHER DES CORRESPONDANTS MILITAIRES. — DE TOKIO A CHIMONOSAKI, PAR TERRE. — DE CHIMONOSAKI AUX ÎLES ELLIOTT, SANS ESCORTE.

IL a eu lieu le 25 juillet, à quatre heures moins dix de l'après-midi, et Moji a été la scène de cet événement mémorable. Nous avions été prévenus le 15, comme je l'ai télégraphié, que les passeports japonais devaient être régularisés le 24 avant midi. A qui regarde une carte au millionnième, comme celles de nos atlas consacrées à l'Asie, la distance de Tokyo à Chimonosaki, paraît équivaloir à celle de Paris à Lille, et le détroit de Moji, à la Seine au Pont-Neuf.

En réalité, on mesure, de Tokyo à Kobé, 400 milles, de 1 609 mètres l'un, et de Kobé à Shimonoseki 329 milles. Total 729 milles, ou 1 172 kilomètres et une fraction

Or, au Japon, les volcans ne laissent pas à l'homme le plaisir de fonder durablement dans la terre, et le régime océanique ajoute à ce fléau d'immenses préci-

(133)

pitations pluviales qui, en quelques heures d'orage, font un Gange d'une coulée de cailloux où, la veille, une « oba-san » (vieille femme) n'aurait pu trouver un filet d'eau pour laver son linge.

Cela interdisait d'avance aux ingénieurs les solides infrastructures qui permettent le roulement des trains lourds à grande vitesse. Et cela assurait, d'avance aussi, des interruptions intermittentes, dues au départ soudain, pour la haute mer, d'une section de ligne ou d'un pont. A propos, comme toujours, à la lenteur des trains omnibus, l'orage qui termina, le 12 juillet, la sécheresse brûlante du *nioubaï*, avait ajouté la rupture d'un de ces ponts, jeté sur un des gros torrents alimentés par le Foudji, entre Matsuka et Oïso. Il était prudent de prévoir des retards et de ne pas partir au dernier moment.

La route par mer eût été plus sûre. Mais, toujours avec le même à-propos, le *Korea*, attendu de San-Francisco le 21, avait huit jours de retard. C'est pourquoi le 20, après avoir pris à plusieurs sources toutes les informations nécessaires, je me mis en route, non par la gare de Yokohama, mais par celle de Hiranouma, distante d'une lieue, par laquelle passe le chemin de fer du Tokkaïdo, de Tokyo à Kobé, laissant à l'écart le grand « settlement » européen, qui est le port de la capitale japonaise.

Le train arriva à neuf heures du soir. Pas de sleeping ; pas de wagon-restaurant. Des voitures mises au frais toute la journée au grand soleil ; 30 degrés de chaleur et des moustiques par nuées. C'était charmant ! Une heure après, transbordement ; et, pendant une heure, voyage en pousse-pousse de Matsuka à Oïso, tantôt entre deux pans de rizières, où chantaient des milliers de rainettes, tantôt sous de grands pins, bruissant du grincement des cigales et traversés par des vols de mouches à feux, tantôt entre des files de maisons japonaises, où nous pouvions voir les indigènes prendre le frais, tout nus sur leurs tatami (nattes) dans un de ces bons courants d'air qu'ils ménagent toujours entre la cloison avant et la cloison arrière de leurs domiciles à claire-voie.

A Oïso, la gare était entourée de buvettes en plein vent, improvisées pour tirer parti de l'aubaine momentanée assurée par le transbordement. Il y avait des raboteurs de glace, des vendeurs de haricots sucrés, de gâteaux secs, même un conteur populaire. Mais aussi des agents de police, dont un ne me quittait pas plus que mon ombre, fasciné par l'appareil photographique que j'avais sur le dos. Ce nigaud m'a empêché de voir des scènes intéressantes, car dès qu'on l'apercevait derrière moi, on rectifiait la position, honneur qu'on n'eût certainement pas fait à ma seule personne.

Enfin, à onze heures et demie, le train, passé par sections, sur le pont provisoire, nous reprenait et, une demi-heure plus tard, je dormais tranquillement, allongé sur la banquette, la tête sur un sac de caoutchouc gonflé d'air.

Le lendemain matin, réveil à Shidzuoka à six heures. Tous les voyageurs se précipitent vers un lavabo, pareil à une auge des grandes auberges du temps des diligences. Tous ont une brosse à dents ; personne, sauf les Européens, n'a d'éponge ; quelques indigènes se lavent les pieds dans l'auge. Des marchands passent sur le quai, offrant, à cinq sous la pièce, de grosses pêches rouges, fades, des pommes insuffisamment mûres, de petites théières de terre blanche, pleines de thé, et des boîtes de bois blanc remplies de riz. La halte a duré une demi-heure.

Et le train s'est mis à rouler, tantôt un jet de pierre de la mer, qui éboulait les longues houles du Pacifique en écumes retentissantes, tantôt entre des rejets de montagne, aux sommets déchiquetés, aux flancs couverts de pins rouges et jaunes, dont les frondaisons noires encadraient parfois la série d'escaliers, aux paliers chargés de lanternes de pierre et de portiques de bois rouge, d'un temple, dont nous ne voyions bien que la haute toiture et les haies de pierres tombales. Et, toujours au bas des pentes, les hautes et souples gaules des bambous verts et jaunes balançaient au vent leurs dentelures de fougères ; et, dans les enfoncements des vallons, l'alignement de petits balais verts, qu'on appelle une rizière, se prolongeait jusqu'aux rails.

Partout, jusqu'à Kobé, les traces de la sécheresse et de l'orage alternaient. 50 pour 100 des rizières étaient ou sèches ou visiblement envasées par un afflux d'eau saumâtre. Partout les paysans besognaient, fouillaient le sol pour faire arriver aux racines de la plante nourricière le peu d'eau qui stagnait à la surface, ou pédalaient sur les pales plates d'un petit moulin portatif, à cheval sur un fossé plein d'eau, pour refouler dans une auge, et de là dans leur champ, un des éléments vitaux du riz.

Dans la région de Hamamatsu et de Nagoga surtout, les dégâts semblaient graves.

Mais, à partir de Gifou, sur tout le pourtour du lac Biwa, la compensation s'est faite. Partout des champs de mûriers, de théiers, de légumes, en parfait état, et des rizières étalées en belles nappes vertes, assez hautes déjà pour que l'eau n'y apparût plus qu'en fils miroitants, pareils à des brins de toile d'araignée.

De Kobé à Shimonoseki, Grand Hâle, le géant altéré, soufflait aussi son haleine embrasée sur les campagnes. « A boire ! » criaient les plantes. Le pays est beaucoup plus pittoresque et varié. Les villages s'y entourent de haies vertes et de bouquets de grands arbres ou se fragmentent en hameaux, en fermes isolées, entourées aussi de frondaisons charmantes. A chaque instant, des vergers à l'européenne alignent leurs espaliers. Plus de ces cours d'eau, au lit géant de l'Isère ou de la Durance, que les condensateurs du Kin-Chou et du Chiranesan changent périodiquement en bras de mer, mais des vallons étroits, où le terrain granitique, sec, rouge, riche probablement en métaux, sent bon « le bois » comme chez nous.

Au fond, entre des haies de grands bambous, des eaux mauves ou noires, descendent à l'allure des rivières bretonnes ou normandes. Et quand le tracé sort des montagnes pour longer la mer, la mer Intérieure découvre au voyageur la perspective charmante de ses îles coiffées de pins noirs, semées sur une nappe zinzoline, où les rayons du soleil font ruisseler une pluie de diamants.

Depuis Kobé nous avions un sleeping et un wagon-restaurant. Ils ne valaient pas ceux de nos rapides, ni des transcontinentaux américains ou canadiens. Mais tels quels, ils consolaient du trajet de Oïso à Kobé.

A Shimonoseki, où nous avons débarqué le 23 à midi, nous trouvons nos bagages, qui nous avaient un moment inquiété très vivement à Kobé. Mais l'hôtel Terminus, bâtie par la compagnie Sanyo, est plein, exactement. Les seize attachés militaires étrangers, arrivés la veille, en occupent, deux à deux, toutes les chambres. Cela nous vaut une nuit de moustiques à l'hôtel japonais. Le lendemain matin j'en ai trouvé quarante, tapis derrière ma valise, et je me suis vengé sauvagement en les écrasant l'un après l'autre, heureux de leur faire rendre le sang qu'ils m'avaient pris. Qui n'a pas habité un pays tropical ignore la joie avec laquelle on écrase une de ces maudites bêtes !

Dès le 23, mon passeport était visé. Le 24, à onze heures les attachés partaient, et le 25 à une heure et demie, nous étions reçus de la façon la plus aimable, sur un petit bateau de la Osaka-Chosen-Kwaisha, le *Haijo-Maru*. C'est un petit vapeur de 800 tonnes, aménagé pour huit passagers de première classe et dix de seconde classe, construit sur les chantiers de Kwasaki, à Kobé, en 1903, et lancé, depuis ce temps, sur la ligne de Corée. Nous étions juste dix-huit, et avec nos chevaux, nos domestiques, interprètes et cinquante soldats, outre l'équipage, le *Haijo-Maru* était parfaitement plein.

Heureusement, à part une averse d'une heure, bienvenue à nous adressée par ce vieil ami, le cap Chantong, la traversée a été parfaitement calme et belle.

La soirée du 25 s'est passée devant l'admirable panorama que déroulent l'entrée du Chimonosaki et la côte Nord de Kiouchiou. La lune, presque pleine, nous a permis de voir tous les îlots semés sur la mer jusqu'à Iki. Nous passions au milieu d'une myriade de bateaux pêcheurs, dont les falots faisaient, sur la perspective lointaine, l'illusion des lumières d'un quai de grande ville.

Le 26, nous avons longé péniblement, à huit nœuds à l'heure, la côte de Corée jusqu'à l'île Modest et vu, bien à notre aise, les îles qui murent Port-Hamilton.

Pendant la nuit, nous avons forcé l'allure et, par une route inconnue, quitté l'archipel coréen pour piquer droit au Nord. Toute la journée du 27, nous n'avons vu que le ciel, l'eau, des vapeurs et des fumées dans tous les quadrants de l'horizon. Pour passer le temps, nous avons donné nos signatures aux camarades anglais possesseurs d'albums d'autographes, et les correspondants dessinateurs ont croqué sur leurs carnets les binettes des modèles les plus complaisants qu'ils aient jamais eu.

Enfin, le 28, à huit heures du matin, nous mouillions dans une rade à l'entrée d'un groupe d'îles qui paraît être le groupe de Elliott, si j'en crois l'orientation. De renseignements, impossible d'en avoir. C'est un de ces secrets que les Japonais s'amusent à garder, probablement pour le plaisir, car il n'est pas supposable qu'ils aient la naïveté de le croire ignoré de l'ennemi.

A peine arrivés, nous apprenons que Ta-Chi-Kiao a été occupé le 25, que la flotte russe a voulu sortir de Port-Arthur, mais a été arrêtée par des mines habilement semées sur sa route, que la flotte de Togo la surveillait et a engagé la bataille avec elle; qu'une attaque générale est poussée du côté de la terre depuis deux jours et que, demain 29, tout sera fini.

Mais, peu après, j'apprends que nous ne partirons que le lendemain matin à six heures, parce que tous les convois pour Dalny doivent être escortés de navires de guerre. Dix transports sont autour de nous... Cela prouve ou semble prouver que Port-Arthur tient encore.

Et la journée s'écoule à regarder passer des chaloupes à vapeur, dont l'état de fatigue et de délabrement raconte bien haut les services, les canonnières *Oudji* et *Tchou-Koudji*, qui nous escorteront demain, et dont la force n'indique pas qu'on attende un ennemi très redoutable.

Des Chinois viennent, à leur ordinaire, rôder autour des navires, manœuvrant avec une aisance et une précision singulières, leurs bateaux plats, aux deux bouts retroussés, posant à peine leur centre sur l'eau. Ils ramassent tout ce qui tombe : vieilles caisses, bouteilles vides, planches cassées... Plusieurs ont avec eux des enfants de huit à dix ans, garçons et filles, tout nus.

Vers le soir, un d'eux vient offrir de belles soles à la coupée tribord. Il y en a six. Il demande soixante sen. Nos domestiques marchandent. L'un saute dans le boat. attrape la liasse de poissons d'une main et, de l'autre, donne quarante sen. Le Chinois crie. Quelqu'un saute dans sa barque, hâle sur une corde qui attache une chaloupe stationnée tout à côté, et, dans la bagarre, le sampan heurte la chaloupe, chavire, et voilà deux Chinois en danger de mort, et allégés successivement de leur poisson, de leur argent et de leurs filets, tourniquets, ancre, etc.

On les a repêchés, et sans doute on les a avertis paternellement de ne plus y revenir. Mais ils y reviendront. Un bain froid n'empêche pas un Chinois de retourner à la chasse aux dollars, et ceux-là savaient, par les proclamations japonaises, que les marins et soldats du Soleil-Levant viennent dans leur pays en frères et en libérateurs.

CHAPITRE II

Des iles Elliott a Tai-Lien-Ouan. — Une base japonaise. — Lou-shou-ton. — Changement de notre
destination : Haïcheng au lieu de Port-Arthur. —
Conquête et défense d'un charriot. — Caractère de
l'œuvre russe en Mandchourie. — La ville de Lou-
shou-ton. — Le pays jusqu'à Kinchou. — Le champ
de bataille de Nanshan.

Notre faction dans cette rade que les Japonais nomment tantôt « la base provisoire », tantôt « le
rendez-vous assigné », a duré exactement trois fois
vingt-quatre heures et n'a pas été folâtre.

Le jour, nous fouillions de la lorgnette la profonde
rade et nous suivions de loin les évolutions de grands
bateaux de guerre et de commerce qui fumaient comme
des cheminées d'usine et embrumaient l'horizon ; nous
regardions arriver de *Ta-Kou-Chan* ou du Japon, de
nouveaux transports jouant la difficulté en passant au
milieu des autres pour gagner un mouillage. D'autres
partaient sans tambours ni trompettes, hissant seulement un filin chargé de pavillons.

Des canonnières, de vieilles connaissances que j'ai
vues à Weï-Haï-Weï en 1895, pendant la guerre de
Chine, montées par des Chinois, passaient près de
nous, leurs ponts couverts de matelots et leurs corda-
ges de linge qui séchait. Nos boys et interprètes hur-
laient des « Banzaï » auxquels les marins, beaucoup

plus sérieux, ne répondaient pas plus que Bouddha aux coups de gong et aux batteries des bonzes sur le tambour ou le poisson de bois. Nous nous intéressions aussi à des déchargements de charbon de bois, de paquets de chènevottes, de boîtes d'allumettes, de « casses » de bois à puiser l'eau, qui nous prouvaient que les armées du Liao-Tong tirent toute leur subsistance du Japon. Et nous prenions un avant-goût de cette Mandchourie où nous allions vivre, qui peut savoir combien de jours et de nuits aussi maussades ?

L'œil encore impressionné par la vue cinématographique des villes, villages et campagnes du Japon prise du chemin de fer et non effacée par la morne tristesse des falaises coréennes et de l'horizon de la mer Jaune, nous percevions bien les dissemblances fondamentales du Céleste-Empire et du pays du Soleil-Levant.

Au Nippon, les petites cases de bois posées sur la terre, faites d'éléments inconsistants et éphémères comme les lattes, le bambou, le papier, les tresses de pailles et le torchis, sont un avatar de la yourte, de la tente du nomade, toujours aisément déplaçables, et donnent l'impression que son peuple ne fait rien pour la durée et se contente d'improvisations hâtives auxquelles son instinct du décor donne un aspect artistique et avenant.

En Chine, les maisons de granit, plantées en terre par de solides fondations, avec leur toiture recourbée comme celle des wagons, leurs fenêtres carrées, leur enclos de mur, suggèrent l'idée que les habitants veulent léguer leur œuvre à des enfants qui la continueront où ils l'ont faite. Les champs en terrasse, établis sur les lèvres rouges de ravins terreux creusés par les orages à même le flanc des collines stupidement déboisées, prolongés jusqu'à l'extrême limite où les marées refoulent le bourrelet du sable coquillier ; les bestiaux, chevaux, ânes, mulets, bêtes à cornes paissant sur des lignes plus sombres, entre les plans couverts par la verdure pâle des maïs, millet et sorgho, gardés par des enfants, le cheminement lent des charrues en travers de la ligne de pente du terrain achèvent de révéler une population plantée à demeure depuis des âges, et sans pensée d'exode, dans le sol sur lequel elle a posé l'autel des ancêtres et dans lequel elle a déposé leurs corps.

La nuit, le bateau devenait muet et noir comme un caveau. Pas de lumière électrique : tous les sabords fermés et doublés de volets d'étain. Pourtant des voisins mouillés autour de nous, un éclair furtif partait de temps en temps ; ils clignaient de l'œil entre eux, ils faisaient *sodan* (causerie japonaise).

D'autres transports arrivaient avec leurs feux de position. Au centre du goulet, un navire-jalon avait une grosse lanterne à son mât de misaine. Cela seul aurait suffi pour l'œil malfaisant d'un torpilleur.

Nous veillions jusqu'à une heure du matin, sous la sérénité de la lune, ou dans l'ouate opaline du brouillard, guettant la cheminée qui ne fumait pas et alors nous allions nous coucher certains de voir, le lendemain encore, un coin fumeux de Londres au fond de la rade Elliott et d'entendre encore braire le même âne sur le même champ.

Et, de fait, le lendemain nous avions fait pour toute course le tourniquet sur notre ancre.

Enfin, le 31 juillet, à sept heures du matin, le mouvement du roulis et de la marche nous réveillait tous.

Nous étions partis.

Devant nous et derrière nous tout un convoi marchait en ligne brisée, exactement en forme de 4, derrière la canonnière *Saï-Yen*, ex-chinoise. Nous venions au sixième rang et un bateau-hôpital, tout blanc, fermait cette procession de quatorze navires.

Nous avons exactement longé la côte orientale du Liao-Toung, sans la perdre de vue une minute, faisant des zigzags, pour éviter des torpilles sans doute, et chaque unité couvrant exactement le sillage ouvert par le *Saï-Yen*. J'ai pu ainsi reconnaître la petite baie et le rocher blanc de Koua-Yen-Kao où j'avais débarqué en octobre 1894 ; la longue plage plate et vaseuse de Pit-zewo où les Japonais ont pris terre le 3 mai, et qu'ils connaissaient bien depuis 1894.

A midi, nous passions entre deux bouées-cloches qui sonnaient l'Angelus ; une heure plus tard nous rangions le cap terminal de la baie Kerr, couronné d'un poste à signaux et d'une antenne de télégraphe sans fil sur la colline de Ta-Kou-Chan ; nous croisions un torpilleur que les lames couvraient en grand, bien que la mer fût parfaitement calme ; et, à une heure et demie, nous passions devant le sémaphore et l'antenne de Taïlien-Ouan, et nous entrions dans l'immense baie par la passe au Nord des îles San-Shan-Tao.

Allions-nous à Dalny ? Alors nous aurions été destinés à voir le siège de Port-Arthur ! Nous le croyions tous en voyant les navires devant nous décrire un immense demi-cercle tout autour du littoral et gagner la rive méridionale. Et nous regardions deux *maru* hâlant chacun une file d'une centaine de sampans pleins de coolies japonais qui venaient certainement de draguer des torpilles dans la partie centrale du golfe, et une grosse bouée qui jalonnait pour nous la zone où il eût été imprudent de nous aventurer.

Mais, quand vint notre tour de marcher, nous rangeâmes un village de magasins improvisés par les Russes et utilisés par les Japonais ; nous passâmes au pied de la colline où Li-Hung-Chang avait fait élever les trois beaux forts que j'avais vu prendre sans coup férir par le maréchal Oyama, le 7 novembre 1894, et au lieu d'obliquer à gauche, nous fîmes une abatée sur tribord, qui nous amena en vue de Lou-Shou-Ton.

Et bientôt, à cinq cents mètres du quai de débarquement, notre ancre fut mouillée et nous fûmes informés que nous devions débarquer avec tous nos bagages dans une heure. Ce qui fut fait, après paiement de nos repas à bord du *Haïjo-Maru*, à raison de 3 yens par jour. Pas de pain, pas de vin, pas de bière ; nous avions doublé le cap *corned-beef* dès la sortie de Chimonosaki et connu les douceurs du régime à l'eau claire. Mais nous étions arrivés et nous avons oublié toutes nos petites misères en entendant tonner le canon dans la direction de Port-Arthur.

LA PREMIÈRE ÉTAPE (LOU-SHOU-TON)

Le galop des marteaux sur l'enclume ne suffit pas pour établir l'habilité d'un maréchal ferrant ou d'un taillandier. Il faut ajouter l'expérience de l'œil à celle de l'oreille... De même pour l' « organisation » japonaise. Elle fait merveille... dans les comptes rendus officiels ou officieux, parée du prestige de la distance, et déformée par la facilité avec laquelle notre esprit

associe aux termes du vocabulaire militaire ou naval
des souvenirs de France ou d'Europe instantanément
transformés en jugement. Mais en la voyant fonction-
ner, on l'admire beaucoup moins.

L'idée de débarquement, par exemple, dans un
port adopté comme base d'opération par une armée de
cent mille hommes, évoque le tableau familier d'un
quai ou d'un appontement animé par le transport
régulier des marchandises des flancs de navires que
l'on vide à des amoncellements que l'on édifie ou à des
hangars et magasins que l'on remplit sur le rivage.

A Lou-shou-ton, rien de pareil. Les Japonais avaient
cédé à leur tendance aux improvisations vaille que
vaille, pour économiser un travail de manœuvres.
Au lieu d'utiliser le wharf en fer de Li-Hung-Chang,
toujours à sa place, ou d'avoir établi un quai flottant
en liant et en pontant de vieilles jonques, ils avaient
amené un vieux bateau hors de service sur le sable
d'une crique, l'avaient sabordé, coulé, et relié par deux
planches épaisses avec la terre. L'habitude de la gym-
nastique était nécessaire pour débarquer. Quand aux
bagages, la seule ressource était de les recommander
à la Providence. Heureusement quantité de Chinois
flânaient, à croppetons sur le sable doré, d'autant plus
béatement qu'ils contemplaient l'embarras d'autrui. Il
suffit de leur montrer quelques piécettes d'argent pour
n'avoir que l'embarras du choix : ils se disputaient les
bagages. De même pour une charette. Mais *rien, rien*
n'était organisé. Et nous nous sommes tirés d'affaire
nous-mêmes, parce que débrouillards et familiarisés
avec la toute-puissance, dans tous les pays, mais
surtout en Extrême-Orient, de l'argument monnayé.

(147)

Le service des étapes ne révéla son existence que pour nous importuner. Nos passeports avaient été visés et revisés, nos noms et signalements transmis plusieurs fois... Néanmoins il fallut aller perdre une bonne heure à contempler les lunettes et écouter les « *Ano né* » et « *So-des Ka* » (à propos — vraiment) de scribes déchaussés et débraillés avant toute autre occupation.

L'officier parut enfin. Il nous notifia, au nom du généralissime, qu'il nous était formellement interdit d'aller, même pour une simple visite à Dalny, plus encore de chercher à être attachés au corps assiégeant Port-Arthur. Nous étions le « second groupe des correspondants »; Notre destination était la Seconde armée, général Oku. Elle était quelque part, au Nord de Tachi-Kiao ; il nous était loisible de partir quand nous voudrions, pour la rejoindre, en suivant de poste en poste, la ligne d'étapes.

La première nouvelle officielle de l'État-major général sonnait donc mal. Elle témoignait d'une bienveillance modérée, et elle consacrait un manque de parole, qui ne promettait pas des rapports ultérieurs agréables entre nous et ceux qui le commettaient.

Pendant notre longue détention dans les hôtels japonais, les généraux Foukouchima et Mourata nous avaient, dans des audiences particulières, individuelles, soit donné clairement à entendre, soit promis formellement, que nous assisterions aux scènes finales du grand drame militaire joué depuis cinq mois autour du Gibraltar russe sur la mer Jaune.

On avait donc donné une parole à Tokyo, avec certitude qu'elle ne serait pas tenue en Mandchourie.

L'écart des méridiens veut qu'on voie le soleil au zénith une heure plus tôt à Tokyo qu'à Lou-shou-ton, sans doute. C'est une épaisseur plus grande que celle constatée par Pascal entre la vérité et l'erreur... Mais la Foukouchima de Tokyo était identique au Foukouchima établi à Kaïping, et au nom duquel on nous signifiait d'avoir à rejoindre l'armée du général Oku ? Il n'avait pas perdu le souvenir en quatre jours de traversée ? Il nous appliquait donc au moins deux jurisprudences que certains esprits jugeront, non pas barbares mais d'une civilisation raffinée : le droit du plus fort, et le droit du plus fourbe.

Pour moi, qui ne voyais pas le Japon et les Japonais pour la première fois, la surprise a été nulle. Je savais que leur moralité, à l'usage des japonisants étrangers, le « *Bushido* », ne ressemble pas comme une sœur, et n'appartient pas à la même famille, que la moralité dont ils font usage courant. Celle-ci est peinte d'un trait, d'autant plus caractéristique qu'il a été tracé avec l'inconscience de l'instinct. Le mot « *daïdjobou* » signifie *à la fois*, PEUT-ÊTRE et CERTAINEMENT. Le Japonais peut donc toujours arguer de sa bonne foi : il n'aura jamais fait une déclaration qui permette de le confondre en le mettant en contradiction avec lui-même.

Seulement Mourata avait parlé français, et très correctement même ; Foukouchima avait parlé anglais et Port-Arthur est identique, dans les deux orthographes, sinon dans les deux langues.

Je me consolai facilement d'avoir pris le mauvais « *daïdjobou* » pour le bon. Un correspondant militaire est un goéland. Il va où le vent l'emporte.

(149)

Et puis l'horizon du Nord découvrait quelques perspectives consolantes.

La victoire de Tachikiao (25 juillet) était le prélude évident de la jonction de la seconde armée avec la quatrième, de l'occupation de Haïcheng et de la marche de ces deux forces combinées contre Liao-Yang, objectif également de la 1er armée conduite par Kouroki.

Les journaux d'Extrême-Orient et d'Europe prêtaient unanimement à Kouropatkine le dessein de livrer à Liao-Yang la lutte décisive. Ils avaient mentionné les travaux de défense devant lesquelles il se proposait de briser l'élan des Japonais.

Il· n'était donc pas chimérique de prévoir une bataille qui mettrait aux prises 350 000 hommes et quatre cents canons, à coup sûr la première expérience des guerres entre « les nations armées », et le plus terrible bras-le-corps qui eût eu lieu depuis la bataille de Leipsig.

Nous décidâmes donc, séance tenante, de partir le lendemain, à la première heure, pour Kinchou, ma vieille connaissance de 1894, et j'allai reprendre contact avec Lou-shou-ton et m'assurer des moyens de transport.

Quatre groupes imposants de maisons de briques, à toitures rehaussées d'ornements chinois ou de petits clochetons à la russe, couvertes de tuiles ou de zinc gondolé, se dressaient à la place où, neuf ans auparavant, j'avais chevauché dans des chemins creux, aux talus d'argile croulants, couronnés des longues hampes du maïs et du sorgho. Sur la plage de sable, ou je n'avais vu jadis que des bourrelets de varech, des enrochements interrompus marquaient, le dessin d'un quai laissé inachevé par les Russes. La presqu'île saillante au pied de laquelle s'allonge la ville actuelle était toujours là. Mais des trois grands forts casematés, en pierres de taille, construits par des ingénieurs allemands sur ses trois pointes, pour le compte de Li-Hung-Chang, restaient trois buttes terreuses, dominant un éparpillement de tombes chinoises et russes ; six grands bâtiments de granit et de diorite entourés de murs, au pied de la montée ; et, en avant, un wharf en poutres de fer. La grande grue érigée jadis à à son extrémité avait disparu. Immédiatement aux environs j'ai retrouvé la centaine de masures où croupissaient toujours dans la misère la plus sordide un millier de Chinois qui continuaient à vendre, à une clientèle changée, les denrées généralement recherchées par tous les soldats.

Les grands carrés de murs de glaise rouge où Li-Hung-Chang casernait la garnison, en 1894, n'avaient pas été démolis. Mais les forts de la baie Victoria et de la baie Hand n'étaient plus aussi que d'énormes taupinières. Les beaux arbres aux rameaux chargés de nids de pie et de touffes de gui, les buissons pâles qui brodaient le gazon vert des glacis avaient fourni aux Russes des flambées dans leurs poêles.

La ligne ferrée aboutissait là par ses dernières voies de dégagement et de garage, entourées d'immenses hangars disposés pour abriter des centaines de chevaux, et bordées de spacieux quais d'embarquement, donnant l'impression d'une station stratégique d'Europe.

Elle continuait vers le nord, après avoir traversé la gare, à quelque cinq cents mètres de là, suivant, en remblai, le pied des collines, et dominant de quelques mètres l'emplacement de la ville créée par les Russes.

Un train manœuvrait, au moment ou j'arrivai à la gare et j'appris que les Japonais avaient réduit à un mètre, en rapprochant le rail occidental, l'écartement de 1 m 60 du transsibérien, de Lou-shou-ton à Pou-lantien, et avaient importé du Japon assez de matériel pour entretenir un va-et-vient de six convois de trente voitures par jour.

De là le dessin de la ville apparaissait nettement. Elle est orientée d'Ouest en Est. Les Russes y avaient tracé, de bout en bout, une route droite, large de dix mètres. Les canaux latéraux de drainage étaient encore visibles. Mais sur la plate-forme, les efforts et l'incurie combinés des Japonais et des Chinois avaient déjà creusé ces bonnes ornières, à coucher un cheval, que je n'ai jamais vu ni les uns ni les autres essayer de planer ou de combler, ces bourbiers profonds et tenaces, et ces coups-de-cul formidables, doux souvenir de tous ceux qui ont voyagé sur terre en Extrême-Orient.

Les maisons sont toutes, sauf quelques fantaisies de décorations individuelles, la réplique d'un modèle unique. Un seul étage, des fenêtres doubles, dont quelques-unes portaient encore, sur un cadre de bois supplémentaire scellé, une moustiquaire de toile métallique très fine, ingénieuse précaution contre les moustiques et les mouches, deux des plaies de la Chine. Des vérandahs du côté de la brise. Intérieurement, un corridor longitudinal les divisait en deux sections de deux pièces carrées, égales, chauffées par un poêle colossal encastré dans la cloison intermédiaire, du plancher au plafond. Un terrain carré clos de palissades, déjà complanté de jeunes arbres, dans un coin duquel se cachaient deux cabanes isolées à usage, l'une de commodités, l'autre de magasin à charbon, donnait à chacune de ces concessions un aspect propre, confortable, familial, qui manque aux « corons » des villes du Nord, auxquels je me reportais devant ce spectacle.

Une église, un vaste hôpital, où nous logions, comprenant une pharmacie et un dispensaire, complétaient la ville. Soldats, fonctionnaires ou colons, auxquels elle était destinée, pouvaient y fonder des foyers et traduire par une plantation dans le sol, à demeure, la pensée féconde du fondateur, digne de son aïeul Pierre le Grand, et résolue à exercer la toute-puissance pour transformer un coin de l'univers en vue du plus grand bien de l'humanité.

Pour le moment, les Japonais en avaient fait un pardœmonium indescriptible. Des cloaques stagnaient au pied des perrons ; sur les marches et les paliers des seaux d'eau trop pleins entretenaient des flaques ; des feuilles de zinc gondolé ou de tôle, appuyées aux murs, abritaient des nattes, sur lesquelles traînaient des couvertes rouges, des guêtres de toile, des godillots, dont les soldats logés là s'étaient hâtés de libérer leurs pieds dès que leur service avait été fini. Dans tous les coins libres des chevaux nippons, attachés trop long par des palefreniers ignares, hennissaient du haut de leur tête, piaffaient et provoquaient leurs congénères mandchous et les bourriquets, animaux inconnus au Japon, du moins avec quatre pattes.

Sur la place, entre l'hôpital et le service des étapes,

et dans la grande rue Ouest-Est, que de bœufs, d'ânes, de mulets, de chevaux velus comme des ours, souvent étiques, les genoux emportés, le garrot à vif, ou le flanc écorché ! Il passaient en courant ininterrompu, flanqués de trois ou quatre Chinois, dont l'un faisait tourner au-dessus de leur dos un fouet de six pieds, attelés par quatre en général, un bœuf entre les brancards, deux mulets et un âne devant, tirant sur des traits de cordelette en guise de palonniers. On n'eût pas entendu Dieu tonner au milieu du fracas des cahots, des craquements des chariots, et du piétinement des bêtes. La marche était encore plus dangereuse pour les piétons que dans les rues de Paris. La bêtise obtuse des balânes chinois, qui ne céderaient pas le passage au croisement pour un coup de canon, et ne suivent bien en convoi que si chaque attelage à le nez sur l'arrière du chariot qui le précède, bouchait complètement les rues. Les deux courants, montant et descendant, de tout ce bétail bipède et quadrupède, roulaient parallèlement, aussi près l'un de l'autre que deux cylindres de meule. Certainement le Mardoché de Musset pensait à la Chine, quand !

« ... *Au fond, il estimait qu'un âne*
Pour Dieu qui nous voit tous est autant qu'un ânier. »

Je me consolais de mon blocus dans un coin de mur en pensant qu'au moins il allait m'être facile, parmi tous ces nomades rentrant à la couchée, de trouver le personnel ruminant et non ruminant nécessaire à mon transport... J'avais oublié que le capitaine des étapes m'avait posé pour première question : « Êtes-vous de la cantine » ? et que le jaune de sa figure avait foncé, après ma réponse catégorique ; « Non, mon capitaine ; il n'y a et il n'y aura rien de commun entre moi et le sieur Yokoyama. » Je me souvenais seulement qu'un Chinois loue très aisément, au mois, à la semaine, ou à la journée, l'équipage complet d'un chariot, bêtes et gens, pour une somme à débattre, payable moitié au moment du départ et moitié après l'arrivée à destination.

Mais, les premiers porte-natte auxquels je m'adressai, aux environs de notre logis refusèrent toutes mes offres, sous prétexte qu'ils étaient réquisitionnés par les services de l'armée. Le boy d'un de mes camarades anglais, dont je ne me défiais pas encore, me suivait, en musant, comme par hasard. Il eut la bonté de m'apprendre que tout ce qui pouvait traîner ou rouler était dans le même cas. « Et la cantine »? dis-je. — « Comment va-t-elle accomplir son contrat? Elle n'a pas débarqué du *Haidjo maron* des chariots et des attelages? — Oh ses marchés étaient faits d'avance ! Yokoyama était à Dalny depuis quinze jours quand nous sommes arrivés. »

Ceci était matériellement faux, car ce marmiton n'était parti de Tokyo que quand il avait été sûr de l'envoi en Mandchourie des second et troisième groupes des correspondants militaires, le 15 juillet.

Ma défiance était éveillée. Je congédiai le boy, et tout en flânant, j'allai tout au bout du quartier chinois, où je découvris, louai, pour dix francs par jour, un chariot, ses quatre bêtes de trait et une équipe de trois Chinois, que je ramenai immédiatement et installai dans le jardin de l'hôpital, à côté de nos chevaux.

Et je m'y installai, pour goûter avec Kann, correspondant du *Figaro,* les conserves que j'avais eu la précaution d'apporter du Japon en quantité suffisante pour deux. Dîner dans l'intérieur il n'y fallait pas songer. Les murs d'une nudité monastique, crépis et blanchis au lait de chaux, renflés au milieu par un énorme poêle ; les portes, veuves de leurs ferrures, volées par les Chinois entre la retraite des Russes le 27 mai et l'arrivée des Japonais ; les fenêtres plus ou moins dévitrées et délabrées ; les parquets passés à la graisse : la rareté des tables, l'absence totale des sièges, nous invitaient explicitement à ne rentrer au logis que quand nos jambes ne pourraient plus nous porter.

Pendant que nous mangions, et buvions même une bouteille de vin, Yokoyama caché par un morceau de persienne, nous guettait d'une salle où les souscripteurs de sa cantine, furieux du menu qui leur avait été infligé, délibéraient très bruyamment sur la rupture éventuelle de leur contrat. Mais le Nippon pouvait se rire de cette colère : il était nanti : chacune des victimes avait versé 1 250 francs d'avance, pour l'ordinaire d'un mois, exception faite des boissons fermentées et de l'eau minérale, la seule potable pour des étrangers dans le Liao Tong !

Il fut bon prince et ne leur garda pas rancune. Il eut même la condescendance de raconter à un correspondant anglais qu'il avait, lui, Yokoyama, adjuré le « marquis », (Ito), de traiter avec plus de faveur les correspondants de journaux étrangers et d'intervenir pour faire relâcher ou supprimer les entraves qui les arrêtaient. — Et le plus curieux, est qu'il ne mentait pas, et ne se vantait pas ! Ce gérant du *Teïkoku*

Hôtel devait, à l'exceptionnelle qualité de ses commettants, la faculté de traiter de pair à compagnon et d'intéresser à sa gargotte, l'homme le plus distingué, et de bien loin, de l'empire du Soleil Levant!

Pendant qu'il développait à nouveau les considérations par lui soumises au premier des Japonais après l'empereur, les longs fuseaux de lumière livide promenés sur toute la baie de Taïlien par les croiseurs de garde à Dalny éclairaient l'un après l'autre les groupes de bâtisses de Lou-shou-ton, et de fortes détonations nous arrivaient de Port-Arthur. La citadelle tenait ses agresseurs à distance, et ceux-ci témoignaient que le blocus du port ne les assurait pas contre une irruption de destroyers ou de torpilleurs.

Le lendemain, à l'aurore, nous étions tous debout. Les locataires attardés dans les lames des planchers sur lesquels nous avions passé la nuit, malgré leur appétit aiguisé par un long jeûne, n'avaient pas réussi à nous priver de sommeil.

Mû par un obscur pressentiment, je cours au jardin pour ramener mon chariot plus près de ma surveillance... Plus de chariot! Je parcours des yeux l'espace environnant, et je le reconnais, à une grande mule couleur café au lait. Il était près de la porte de sortie, entouré de journalistes japonais, reconnaissables à leurs brassards. Un d'eux, debout sur les ridelles, empilait les paquets et valises que les autres lui passaient. J'arrive, et interpelle le quidam en français : « Qui vous a permis de prendre cette voiture? Elle est à moi. J'ai payé ce Chinois. » Et le Céleste, secoué à bout de bras repète : « *Naï! Naï!* (Oui, oui). —

Veuillez décharger tout cela, et laisser place à mes bagages. »

« *Ouakarimasen* », répond en me riant au nez, le compatriote du marquis Ito.

Je réprends mes objurgations en anglais. Nouveau rire et nouvelle édition de *Ouakarimasen*.

Alors je lui assène, en japonais : « Ceci est à moi. Hors d'ici ! » Et de chaque main je fais voler une valise dans la poussière ; je continue, et en une minute je débarrasse tout l'arrière du véhicule.

Les « *chimbounsha* » (journalistes), d'abord stupéfaits, se ressaisissent et font un vacarme à réveiller tous leurs ancêtres. Kann arrive. Son domestique parlemente, pendant que je garde notre locati, ma cravache à la main. Le valet n'ose pas nous trahir, parce qu'il soupçonne que je sais assez de sa langue pour n'être pas dupé en face. Un des individus à brassard se détache pour aller avertir le capitaine des étapes.

Pendant la trève, un de ses complices a l'effronterie de s'approcher et de me demander, en anglais :

« Que pensez-vous de notre puissance militaire ? — Une interwiew ! — Je n'en ai cure, lui dis-je. Repassez dans deux ans ! »

Enfin le *chimbounsha* détaché aux étapes revient, et sans mot dire, reprend le déchargement où je l'avais interrompu. C'était une réponse. Avec les Japonais il ne faut pas être exigeant. Je me bornai à donner pour adieu à ces élèves de Bilboquet : « Messieurs, mon chariot n'est pas Port-Arthur. Une autre fois, ne prenez que ce que vous aurez payé ! »

Le service des étapes ne se dérangea que pour venir me notifier défense formelle de louer moi-même charriot ou bête de selle. On eut la bonté de ne pas rompre le marché fait pour ce jour-là, mais pour ce jour-là seulement. Yokoyama riait, mais jaune, et sa jaunisse verdit, quand il vint parler à mes Chinois, et que je lui intimai fermement de ne jamais intervenir dans mes affaires.

Enfin, à sept heures du matin nous partions. La route de Kinchou, à travers le massif de collines qui sépare la baie de Taï-lien de celle de la Société, a été construite par les Russes. L'empreinte européenne y était profonde. Malgré le va-et-vient quotidien incessant de centaines de chariots, de chevaux et de soldats, malgré l'absence de tout entretien, même sommairement conservatoire, elle demeurait praticable, et ne faisait pas regretter l'abominable casse-cou où j'avais failli me tuer le 7 novembre 1894, en marchant à l'attaque des forts, et que je voyais serpenter plus bas, dans la plaine. Les cultures avaient monté aux pentes des collines et les couvraient jusqu'à mi-hauteur. Les villages étaient plus propres, mieux entretenus ; les jardins potagers réjouissaient l'œil par leur aspect plantureux et sain.

Mais, voici un fossé, en travers de la route. La terre est rejetée en talus sur le bord opposé à nous. Des loques suspectes gisent au fonds ; les os d'une carcasse de cheval craquent sous l'effort des roues. A travers les branches des jujubiers de la haie et des marsaules qui la dominent, je vois des toits percés de grands trous entourés d'éclats de tuiles grises, des pignons largement ébréchés, de longs murs percés de hautes fenêtres de dessin européen, et coupant la vue, la bande jaune de ballast et le remblai du che-

min de fer... C'est la gare de Thifangshen... Un dernier tournant du chemin opéré sans encombre, et je
saute de mon chariot sur les rails, pour regarder et
explorer commodément, à pied, une haute colline dont
les mamelons bordent des deux côtés la route, et dont
je connais déjà le nom et l'histoire.

LE CHAMP DE BATAILLE DE NANSHAN

Nous sommes au pied de la colline de Nan-Chan,
devant l'extrême gauche de la position emportée d'assaut par les Japonais le 26 mai.

Inutile de refaire ici le récit de cette action, l'un
des actes capitaux de la campagne sur terre. Il a été
résumé dans un des chapitres précédents. La description du site peut seule être encore intéressante.

Cette colline, haute de cent cinquante mètres environ, forme un socle barrant totalement l'isthme entre
les baies de Kin Chou et de Taï-Lien, la route de Kin
Chou à Dalny et à Port-Arthur, et couronné d'une
série de dix pitons séparés les uns des autres par des
seuils peu profonds et des ensellements semblables à
des boyaux de tranchées.

Comme les dents d'une crête de coq, ils sont disposés
en quinconce, de sorte que les trois pitons du flanc
gauche et les trois pitons du flanc droit, tout en ayant
vue, les uns sur la pente baignée par la baie de Kin
Chou, les autres sur la conque largement ouverte
du mont Shangshan (Grand Bonze), à l'anse de Hand,
s'alignaient en file et formaient créneaux, pour l'observateur posté, sur les champs autour et en avant
de Kin Chou.

Pour l'assaillant, en dehors du talus du railway, de quelques bouquets de saules, de quelques ravins et chemins creux, pas un abri. Et du haut de la crête dentelée, des pentes qui en dévalaient, coupés parfois de courts paliers, la grêle homicide des obus et des balles pouvait tout hacher.

Les Russes n'ont pas tiré de ce formidable obstacle tout l'usage qu'ils auraient pu en tirer. Les lignes de tranchées, creusées au pied et sur le flanc des mamelons, équivalaient à des ébauches de tranchées-abris d'infanterie pendant les grandes manœuvres. Profondes à peine de un mètre, avec un parapet rarement renforcé de sacs de terre, elles laissaient les tireurs exposés aux coups d'éventail des boîtes à mitraille.

Des lignes de fil de fer barbelé (?) subsistaient, ça et là, quelques piquets, dérobés par la masse feutrée des sorghos à l'œil sagace des Chinois, et des morceaux de gros fil de fer, non barbelé d'ailleurs...

Sur les pitons, des redoutes, généralement à trois embrasures, montraient encore leur glacis raboté et troué par les obus de campagne japonais, leurs casemates blindées de traverses de chemins de fer matelassées de terre. Mais pas une plate-forme. Les canons qui avaient rugi là étaient alignés en bas, prisonniers, dans une cour, entre des casernements sans étage, établis le long du railway. Ils figuraient tristement, à côté d'une trentaine de torpilles ménagées pour quarante kilos d'explosifs et laissées, après la bataille, dans la baie de Kin Chou, qu'elles n'avaient pas fermée aux canonnières japonaises *Chokaï* et *Akagi*, les vrais vainqueurs de Nan-Chan.

Les traces de leurs gros obus étaient parfaitement

11

nettes sur les redoutes du front occidental, surtout sur la dernière, la plus haute et la plus forte. Dans un ravin voisin, le sol bosselé n'était qu'une vaste tombe encore semée de boîtes de conserves, d'éclats de fer et de lambeaux de vêtements.

Partout les traces du combat étaient visibles encore. Et l'obsession devenait pénible, quand d'un coin du terrain montait une odeur de cadavre et que, dans l'herbe verte et drue, des touffes d'œillets rouges, indigènes dans le Lia-Tong méridional, comme chez nous bleuets, marguerites et coquelicots, mettaient des gouttes isolées ou des flaques de sang.

Dans la redoute défoncée, à l'Ouest, par les gros projectiles de l'*Akagi* et du *Chokaï,* et prise d'assaut par la division du général Okawa, un soldat montait la garde, détaché sur le bleu profond du ciel, et, au-dessous de lui, d'autres tiraient à la cible sur un but dressé le long de la mer, dans la direction d'où étaient venus les Japonais, après avoir passé à gué les bas-fonds du golfe de Kin Chou, sous la protection du feu des canonnières.

De là, Kin Chou étalait à l'œil le carré grisâtre de ses remparts d'où jaillissaient, comme du lien d'un bouquet, les masses rondes et mouvantes de beaux arbres dominés par la mélancolique et noble silhouette de la montagne du Grand-Bonze.

A mesure que nous nous approchions, en descendant les pentes où les soldats du prince Foushimi avaient entassé leurs cadavres, le grincement des cigales arrivait plus distinct ; la route était bordée par une double ligne de fermes et d'auberges ; une avenue pavée s'embranchait dans la direction de la gare ; la

vie nouvelle bruissait autour de nous, avec le fourmillement caractéristique des pays jaunes, et si nous
n'avions pas vu les canons captifs, les torpilles repê-
chées, le sol remué par les projectiles et les pelles des
fossoyeurs, nous aurions pu croire que jamais ces
sillons couverts de hampes vertes n'avaient vu d'autres gestes que les gestes augustes du semeur et du
faucheur.

CHAPITRE III

De Kinchou à Haïcheng. — La cantine des correspondants militaires. — Vexations exercées, sans con-
trôle des autorités militaires, par le tenancier et ses
marmittons. — Bonne camaraderie des correspondants.

A Kinchou, notre caravane s'est définitivement formée en « *pensionnaires de la cantine* » et « *indépendants* ». Le tenancier de cet établissement avait eu
assez de crédit pour faire imposer aux journalistes,
dès le début de la guerre, la signature d'un contrat
avec lui, sous peine de ne pas partir pour l'armée.

Nos seize collègues envoyés le 6 avril pour rejoindre
Hasegawa et Kouroki, avaient tous passé sous ces
fourches caudines, et versé, ès mains du sieur
Yokoyama, 1 250 francs, représentant le premier mois
de nourriture, et de frais accessoires, c'est-à-dire le
transport de deux cents kilogrammes de bagage, et
d'un domestique, qui devait être également nourri.

Mais promettre et tenir sont séparés par une distance immense au Japon. Nos malheureux camarades
l'apprirent avec peine, en se voyant réduits au riz et
aux poissons ou viandes de conserve, pour tout potage.
Au bout du premier mois, tous tirèrent leur révérence
à cette table trop protégée pour demeurer bonne, et
organisèrent une popote, qui leur coûta aussi cher
mais au moins les nourrit.

On ne put pas intercepter les lettres qui nous informaient de cette conception toute japonaise des contrats. Elle sentait fortement, au moins la lie de vin... Nous en fîmes des gorges chaudes, et une fois ou deux, l'objet de demandes l'éclaircissement si nettes, que l'état-major général finit par lever l'obligation d'adhérer à l'entreprise alimentaire du gérant du Teikoku Hôtel. Mais il continua de faire une différence très sensible entre ceux qui y dépensaient leur argent, et les dissidents... Et sur le théâtre de la guerre, où le besoin des pots de sake était impérieux, la préférence est allée plusieurs fois jusqu'à des oublis du devoir militaire qui auraient été punis sévèrement dans une armée autre. On avait même toléré, que Yokoyama établît un tarif dégressif, à partir du chiffre de dix pensionnaires. Par ce moyen ingénieux, il exerçait sournoisement une pression : les souscripteurs devaient désirer voir venir tous leurs collègues, de façon à payer moins cher. Et ceux qui ne voulaient pas être écorchés d'abord, affamés ensuite, couraient le risque de rapports au moins froids avec des camarades qui étaient amenés à les taxer d'égoïsme ou tout au moins de manque de confraternité.

Mais sur ce point, Yokoyama fut déçu. Les dix-huit journalistes, à part quelques incidents sans aucune importance, vécurent en « entente cordiale », nonobstant toutes les graines de rivalité et de mésintelligence semées entre eux par la politique jaune.

Voici leurs noms et leurs fonctions :

John Fox, correspondant du *Scribner's Magazine* ;

R. H. Davis, correspondant du *Collier's magazine* ;

Melton Prior, correspondant de l'*Illustrated London News* ;

Whiting, correspondant du *Daily Graphic* ;

L. James, correspondant du *Times* ;

B. Burleigh, correspondant du *Daily Telegraph* ;

Brill, correspondant de l'*Agence Reuter* ;

Lewis, correspondant du *New York Herald* ;

G. Lynch, correspondant du *London Daily Chronicle* ;

Gordon Smith, correspondant du *Morning Post* ;

Sydney Smith, correspondant du *Daily Mail* ;

Lionell Pratt, correspondant du *Sydney Morning Herald* ;

Clarkin, correspondant de l'*Evening Bulletin,* de New-York ;

Grant Wallace, correspondant du *San Francisco Bulletin* ;

Scull, correspondant du *New York Globe* ;

Barzini, correspondant du *Corriere della Sera* ;

Reginald Kann, correspondant du « *Figaro* » ;

Villetard de Laguérie, correspondant du « *Petit Journal* ».

James, Sydney Smith, Pratt, Grant Wallace, Barzini, Kann et moi formâmes le corps des indépendants.

C'était moi qui m'occupais le plus souvent du chargement des bagages. En cette qualité, j'eus bien des fois maille à partir avec les marmitons de Yokoyama et la séquelle de domestiques dont il avait pourvu mes camarades américains et anglais.

Il avait recruté dans une tourbe, détestée et méprisée des Japonais eux-mêmes, des vagabonds cosmopolites, qui ont rapporté d'Amérique ou d'Angleterre des besoins incompatibles avec leurs ressources et la place qu'ils peuvent se faire dans la société japonaise,

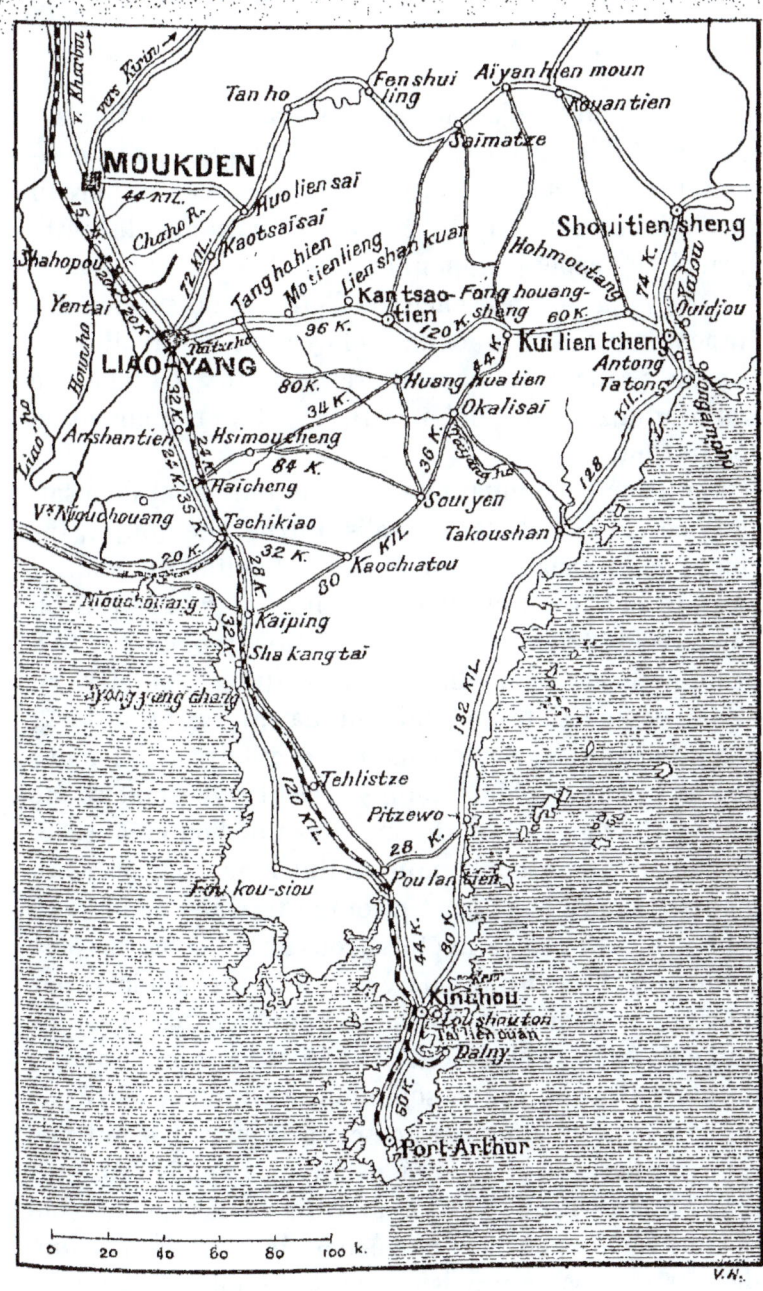

CARTE GÉNÉRALE DES OPÉRATIONS.
Distances kilométriques.

et vivent, faute d'un métier honorable, de complaisances et d'entremises de toute sorte pour les globe-trotters, qui peuvent toujours se procurer, au bureau de l'hôtel ou ils sont logés, un échantillon de cette variété de l'espèce nipponne.

A Kaïping, en présence de l'officier du service des étapes, le premier aide de Yokoyama, qui avait jugé bon de prendre le chariot réservé aux bagages de Kann et aux miens, m'en refusa catégoriquement la restitution.

L'officier ne remuant pas: je me remuai et déposai, sans cérémonie, tous les colis intrus. Le goujat, furieux, m'injuria en japonais. Je sautai du chariot pour le corriger ; il *tira son couteau* et se retrancha derrière l'officier en criant « *je suis Japonais* ». Son geste suffisait à établir sa nationalité ! L'officier, en digne compatriote, ne lui donnna ni raison ni tort ; il me laissa nettoyer le charriot, et y faire arrimer nos bagages par des Chinois, qui saisirent joyeusement une occasion de gagner en dix minutes une bonne journée.

Seulement, le lendemain matin, mon chariot avait disparu avant le jour. Un orage terrible nous avait tous dispersés, et je m'étais trouvé seul avec le personnel de la cantine, parce que je ne voulais pas m'exposer à faire égarer ou perdre nos bagages, ce qui eût été certainement leur sort sans ma faction patiente. Pendant mon sommeil, le Chinois effrayé par les menaces de quelqu'un de ces drôles, et n'osant pas me réveiller, avait préféré partir. Le veille, au moment d'arriver au gîte, il m'avait vu les menacer de ma cravache pour les empêcher de s'emparer d'une de mes caisses de provisions et de remplacer le riz du

Chinois, par une de mes boîtes de poisson conservé ou de corned beef. La menace avait suffi. Mon automédon avait ri, sous cape. Mais une fois seul, en face des Japonais, il avait subi son naturel et ses habitudes, pris peur et détalé.

Moyennant cinq dollars, je le remplaçai immédiatement... Alors les boys se hâtèrent de partir en avant... en emportant, comme par hasard, deux de mes caisses. Mais elles étaient fermées de solides pitons et de bons cadenas.

Si bien, que désespérant de les ouvrir sans une effraction qui les eût livrés à la justice militaire comme voleurs, ils les jetèrent sur le sentier, où je les fis recueillir par mes charretiers, en passant à mon tour.

J'eus une meilleure revanche. Le chariot qu'ils avaient fait rétrograder leur manquait beaucoup plus qu'à moi. Ils avaient de la surchage. Alors l'un d'eux attendit mon passage, et me somma de faire place à ses impedimenta. A quoi je répondis, en anglais : « Mon brave j'ai loué ceci, bêtes, voitures et gens. Si tu y touches, j'ai mon revolver dans ce sac, à ma main, je t'étends raide, comme un voleur de grand chemin. »

Il n'en fallut pas davantage. Il cassa une roue de son chariot, un fagot de rouettes sur l'échine de ses bêtes et conducteurs, mais arriva à la halte de Lioukaten, au moment où j'allais continuer ma route vers Tachikiao.

Porter plainte ? A qui ? Personne ne nous accompagnait. Proie livrée à des affamés, on nous laissait, mais sans le restreindre, notre droit de légitime défense. Nous n'avons trouvé qu'à Haïcheng, après douze jours de marche du Sud au Nord du Liao-tong, le lieutenant de réserve Sataké, et les interprètes Ochabé (anglais) et Tanaka (français), à la direction desquels nous devions être confiés par le bureau du commandant supérieur !

On nous avait caché à Kaïping le maréchal Oyama ; et on nous présenta au général Oku à Haï-cheng juste pour entendre de sa bouche même, et de celle du général Ochiai, des intimations si malveillantes, que notre doyen Melton Prior protesta que jamais, dans ses trente ans de carrière comme correspondant militaire, il ne s'était vu chicaner de la sorte les moyens d'accomplir sa mission.

On comprit l'énormité de la maladresse, on la répara — à la japonaise, par un mensonge, fait en cachette, et des engagements démentis à la première épreuve. Prior et Burleigh faillirent être embrochés par la baïonnette d'une sentinelle, pour avoir voulu monter sur les remparts de la ville, d'où il nous était absolument défendu de sortir. J'eus un abordage long et dangereux avec un des censeurs, le lieutenant-colonel Youtchi ; j'avais dit dans une lettre : « Nous sommes entrés dans le golfe des Faillots. » Signe de convention !

Effacez, Monsieur. Il fallut effacer !

Ainsi prisonniers sur paroles et même pas libres d'écrire parce qu'on ne nous comprenait pas.

Au moins, pendant nos étapes, de Poolantien, de Ouafangtien, Tehlistzé, Ouafangon, Syong yong chong, Kaïping, Tachikiao, Totchampo, nous avions la joie du grand air, s'il fallait la payer de la monotonie d'une mer de verdure pendant le jour et des souffrances du repas des moustiques pendant la nuit !

La vue du temple de Confucius, un des plus célèbres de la Chine, de la mosquée, près du marché aux chevaux, des scènes des rues très animées de la ville était bien monotone ? La promenade, d'ailleurs, était empoisonnée. Cette ville est littéralement un égout découvert !

Heureusement nous nous consolions en échangeant des visites fréquentes avec le colonel Lombard et le capitaine Bertin, attachés militaires de France à l'armée japonaise. Il m'en coûterait de ne pas dire ici combien les rapports avec eux ont été courtois, agréables, et quelle excellente impression j'ai gardée du tact, mais aussi de la précision, avec laquelle ces deux officiers s'acquittaient de leur mission.

Nous avions aussi des distractions plus profanes. La pluie nous a quelquefois laissés respirer du 12 au 25 août. Parfois une journée douteuse était rachetée par une soirée de clair de lune, et alors chacun de nous apportait un siège quelconque et son gobelet, dans la grande cour de l'ancienne auberge où nous vivions en phalanstère. Et jusqu'à minuit, tantôt Davis, tantôt Lewis, tantôt Fox, chantaient, accompagnés par nous tous, les dernières créations de la Muse chansonnière en Amérique et en Angleterre.

Mais le temps commençait à nous paraître terriblement long, quand le 25 au matin, j'appris à l'État-major, et rapportai à mes camarades, la nouvelle que nous lèverions le camp le lendemain et partirions pour une destination inconnue, vers le Nord.

CHAPITRE IV

Préliminaires de la bataille de Liao-Yang. — Les Russes amusent les Japonais. — Avantages des Japonais. — Les correspondants maintenus a l'écart du feu. — Première protestation unanime contre ce procédé. — Configuration du pays. — Les combats de Nansempou et d'Anshantien.

L e combat de Nansempou, le 26 août, a été le premier de la série d'engagements qui, de cette date au 4 septembre, mirent les Japonais en possession de l'importante place de Liao-Yang. Ils ont préparé cette grande opération avec leur méthode et leur précision habituelles.

Depuis leur défaite de Tehlistzé et la prise de Kaïping, les Russes avaient recommencé leur mouvement de retraite, interrompu de temps en temps par des arrêts et des simulacres de branle-bas, dont il semble bien que l'unique objet était de faire perdre du temps à leurs adversaires, de les attirer toujours plus loin de leur base d'opération et de leur donner le change sur les forces réelles de l'ennemi. Ils ont suivi cette tactique jusqu'au 30 août, opposant à Oku une seule brigade, et se réservant visiblement pour une grande bataille future, quand, comme et où il leur agréerait de la livrer.

La saison des pluies a été tardive. Elle n'a commencé que le 13 août, et elle a duré seulement dix jours. Mais, pendant ce laps de temps, le pays était parfaitement impraticable : canons, caissons, chariots, chevaux, soldats seraient restés scellés dans ces abominables chemins mandchouriens, où il n'y avait pas assez d'eau pour faire flotter une barque, mais assez de glaise tenace, délayée en bouillie, pour enliser sans espoir d'avancer, quiconque aurait eu l'imprudence de s'y aventurer.

Les Japonais n'avaient qu'à attendre. On leur avait livré sans combat Haïcheng, où Katsura, actuellement premier ministre, avec la seule division de Nagoya, qu'il commandait, avait tenu en échec pendant plus d'un mois toute l'armée du Chinois Sung-Te-Tcheng, de décembre à janvier 1894-1895.

Les Russes ont suivi littéralement le conseil de Tottleben : « Remuer de la terre. » Partout où ils sont, ils fouissent des trous-de-loup et creusent des tranchées. Haïcheng, entouré de collines hautes d'une centaine de mètres, aurait pu être défendu bien aisément par le cercle de feux croisés dont la nature même du site suggérait l'établissement. Les Russes avaient fait les trous, tranchées et plates-formes..., mais probablement pour occuper leurs loisirs, car ils n'essayèrent même pas de s'y défendre. Les Japonais arrivaient donc dans une maison toute meublée et n'avaient qu'à s'y installer.

Il était évident que les Russes ne prendraient pas l'offensive. L'aventure de Stackelberg à Tehlistzé, les a dégoûtés de cette tactique pour quelque temps ; sans parler de la lourdeur de leur artillerie, ni des bottes pesantes, des pantalons de drap et des sacs chargés de 80 livres que portaient les soldats. Quant à la cavalerie cosaque, il n'y avait pas de place pour elle dans la mer de sorghos où il eût fallu manœuvrer. Chacune des cannes de cette céréale est haute de plus de trois mètres, grosse comme un bon manche à balai, et elles sont plantées à trente centimètres l'une de l'autre.

Le plus robuste carabinier et le plus fort cheval n'auraient pas fait cent mètres dans ce taillis aux souples gaules, étendu sur tout le pays, sans rouler à terre, meurtris comme par une dure bastonnade. Et le poids écrasant d'une charge n'eût agi que contre elle-même. Marcher en ligne de file ou par deux dans les sentiers ? Dix fantassins, logés dans des tranchées-abris, invisibles à deux mètres de distance, auraient fait écrouler, comme des capucins de carte, et sans courir eux-mêmes le moindre risque, en cinq minutes, tout un escadron.

Les Japonais étaient donc les maîtres de prendre l'offensive et d'attaquer quand ils croiraient avoir réuni tous les moyens de vaincre. Ils disposaient d'un total de neuf divisions : trois de la première armée, à l'extrême droite ; deux de la quatrième armée, au centre ; quatre de la seconde armée, à la gauche ; soit au moins deux cent mille hommes. Il est impossible d'être plus précis. Même quand ils nous racontaient Tehlistzé ou Tachikiao, les officiers de l'état-major déclaraient ne pouvoir nous donner les numéros des régiments ou des divisions qui ont pris part à ces batailles.

De plus les effectifs ne correspondaient certainement pas aux chiffres connus par les publications faites avant la guerre. Les Japonais ont, en effet, armé outre les ressources normales, 146 000 conscrits, ajournés lors du dernier tirage au sort ; 80 000 réservistes, qu'ils ont rappelés, et dont ils ont formé des régiments spéciaux, dits de « réserve », dont les numéros reproduisent ceux d'unités déjà endivisionnées. Ils ont, en outre, rappelé deux classes de l'armée territoriale et en ont formé des brigades spéciales, dont deux, notamment, sont chargées de garder la Corée. Tout annonçait donc la rencontre de deux grandes armées, de 200 000 hommes au moins chacune, et une bataille mémorable, car pareilles forces ne peuvent rester longtemps face à face à se regarder « en chiens de faïence », même au pays des magots de porcelaine.

L'occupation de Ying-Kao (Niouchouang) donnait aux Japonais une base plus proche que la baie de Taïlien-Ouan et facilité de se ravitailler vite en vivres et surtout en munitions, que fusils et canons, chez eux, consomment en quantités formidables.

La défense de Tachikiao, la retraite de cette position et de celle de Haïcheng, quand et comme ils avaient voulu, prouvaient que les Russes avaient un autre plan que celui de disputer le seuil de la grande plaine mandchourienne. Ils n'avaient pas touché au chemin de fer, pas fait sauter un seul pont. Ils avaient laissé à terre les tabliers métalliques prêts pour la pose et seulement brûlé une passerelle de bois, dont une pluie opportune avait, d'ailleurs, sauvé la plus grande partie.

Les Japonais, toujours attentifs à cacher le moindre de leurs actes militaires, bien que la gare de Haïcheng fût à un kilomètre du mur Ouest de la ville et qu'il nous fût absolument interdit de franchir l'enceinte, ajoutèrent au pont de sept arches, qui précède immédiatement la station, un pont sur chevalets, très habilement suspendu à des rails plantés dans la rivière et capable de supporter le passage de n'importe quelle force. Ils le placèrent à deux kilomètres en aval du pont du chemin de fer et purent ainsi porter, sans que nous les vissions, une partie de leurs troupes de leur droite à leur gauche.

Pour nous faire prendre patience, on nous fit faire quelques sorties, sous la direction de l'officier de réserve Satake et des interprètes Tanaka et Okabe, spécialement chargés des entremises entre l'État-Major et les correspondants militaires.

Nous reconnûmes ainsi, le 19, les forts et tranchées russes autour de Haïcheng, et le 22 nous assistâmes de très loin à un engagement aux avant-postes. De la colline, entourée de tranchées profondes de deux mètres, à glacis matelassé de mottes de gazon et de sacs de terre, à marche intérieure, permettant au tireur de s'agenouiller, et aussi creusée de trous-de-loup qu'une garenne de terriers, et entourée d'une avant-ligne de pieux portant des entrelacs de fils de fer, nous voyions tomber la neige des shrapnels sur les collines qui fermaient, au Nord, l'horizon.

En rentrant de cette partie sur l'herbe, nous avons signé une pétition demandant notre levée d'écrou, et les facilités d'aller au feu toujours données aux correspondants accrédités près d'une armée. Ce n'était pas la lune, et pourtant, nous ne l'avons pas obtenu de suite et sans peine, car le lendemain, on nous donna satisfaction en nous conduisant contempler la plaine et le 1ᵉʳ bataillon du 34ᵉ régiment posté en grand'garde dans un village abandonné. Les sentinelles montaient la garde dans des guérites improvisées avec une vingtaine de cannes de sorgho, derrière une tranchée-abri, dont le parapet était consolidé avec des bottes de ces mêmes cannes. En arrière le poste était assis en tailleur, sous une toile de tente supportée à un mètre du sol par des piliers de même matière. Et dans le village, les soldats, sous de semblables abris, étaient rangés aussi serrés que bottes de poisson sec. Pas un chant, pas un cri, pas de balladeurs, les bras ballants, bayant, non pas aux corneilles, mais aux poulets, canards ou cochons assez atteints de la monomanie du suicide pour risquer leur bec ou leur groin dehors. Les malheureux n'avaient, certes, ni l'aisance des coudes, ni chance d'échapper à l'ankylose. Mais ils ne sont pas nerveux, ou du moins le sont autrement que nos pioupious, desquels on n'obtiendrait jamais cette passivité de soldats de plomb. Nous avons été reçus là, de la façon la plus aimable et la plus courtoise, par le commandant Tachibana, tué depuis, le 31 août, à la seconde bataille de Tchaochampao.

Quant à la plaine, nous avons vu ses ondulations se dérouler en vagues plus ou moins hautes jusqu'à une ligne de collines distante de huit kilomètres, culminant visiblement sur un pli creux dominé au Nord par deux hautes croupes montueuses toutes bleues et découpées par une dépression médiane, exactement en dos de chameau.

Les Japonais occupaient la ligne Sud de notre observatoire, où des officiers et des soldats manœuvraient des longues-vues; nous voyions les avant-postes japonais, défilés sur les pentes arrière, dans des baraques de nattes jaunes dont les taches claires les décelaient au loin, et les chevaux paître autour, au piquet.

Les Russes occupaient le pied des deux dos de chameau, en arrière desquels est bâtie la ville de Anshantien.

Entre les deux lignes de feux, le village de Tankanse et au pied des positions japonaises, les villages de Kanyachanze et Nansempou.

Depuis Poolantien jusqu'à Moukden, avec des modifications de détail, nous avons invariablement observé la reproduction du « topo » que nous avions sous les yeux. A notre droite à l'Est, la haute muraille bastionnée, crénelée, du massif mandchourien, mordorée en vert et gris de toutes les nuances, par l'alternance des pelouses et des places écorchées où le roc avait percé la couche de terre. Devant nous, à peu près pendant une lieue, une plaine en ellipse, orientant Sud-Nord son grand axe, mamelonnée, crevassée de ravins terreux où le chemin viable dessinait la plus fantastique serpentine. Et à l'horizon, un épi montueux, soudé au grand massif mandchourien comme une de nos côtes à la colonne vertébrale, et tendant exactement en travers de la route un col qui ajoutait les charmes d'une banquette irlandaise à ceux des ornières et des bourbiers, ornements inévitables, en Chine, de toutes les surfaces sur lesquelles bêtes et gens cheminent.

A partir de Kaïping, graduellement l'échelle de toute cette topographie était devenue plus petite. La ligne des crêtes, pareille au dernier cran d'une crémaillère couchée, reculait dans l'Est, de plus en plus vague et grise. A l'Ouest, les mamelons laissaient de plus longs ensellements entre leurs rondeurs diminuées ; les épis

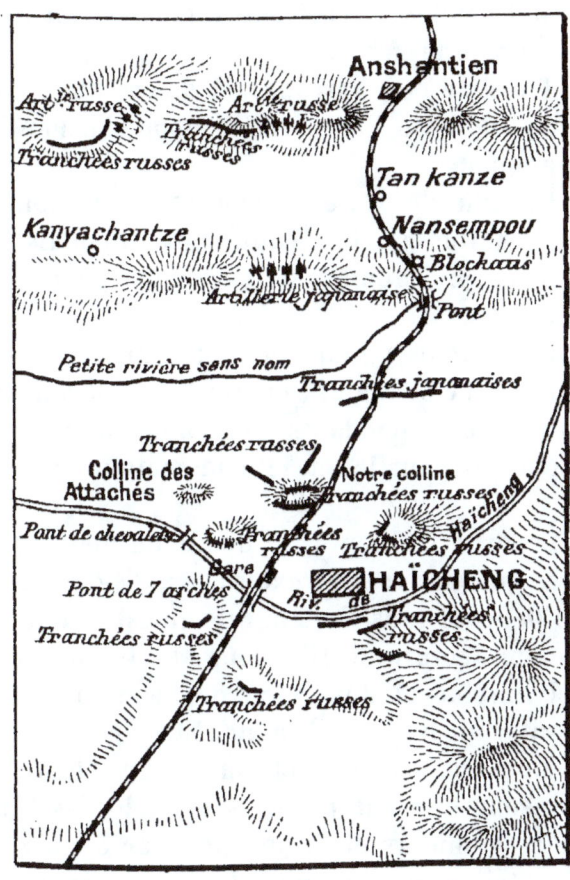

COMBATS DE NANSEMPOU ET D'ANSHANTIEN.

interposés s'espaçaient davantage, et le contour des plaines devenait circulaire.

De vingt en vingt kilomètres, nous trouvions, au

centre d'une de ces grandes conques, Tachikiao, puis
Haïcheng, où les Russes n'avaient pas manqué d'utiliser ce que leur offrait la nature, en bâtissant deux
grandes villes, à côté des agglomérations chinoises et
autour de la gare.

Trois de ces barrages et de ces plaines nous sépa-
raient de Liao-Yang : Nansempou, Anshantien et Taot
champao.

Chacun d'eux a été disputé plus ou moins âprement
par les Russes et a coûté aux Japonais un plus ou
moins grand nombre de cartouches, d'obus et de soldats.

Le 25 août, à midi, donc, comme on l'a lu, en reve-
nant de l'état-major général, je rapportai aux dix-sept
autres correspondants la bonne nouvelle que nous
partirions pour le feu le lendemain matin.

Le 26, à six heures et demie du matin, nous disions
avec plaisir : « Au revoir ! » à l'égout découvert et
malfleurant tous les engrais qu'est la cité murée » et
sous-préfecture de Haïcheng. Le temps frais, clair, le
ciel limpide et d'un bleu de belle soie auraient fait
chanter un hypocondriaque. Et nous étions si heureux
de nous retrouver à cheval et en plein air que les
chansons fusaient toutes seules. Et les Français ont
eu les honneurs de la journée, car depuis Taillefer et
la bataille de Hastings, les Français ont toujours
chanté en colonne, et il n'est chanson de route et
chanson de guerre qu'en France.

Nous cheminions, littéralement, entre deux haies de
soldats, et à droite, à gauche, colonnes de vivres, de
munitions, trains d'ambulance, sections de télégra-

phistes militaires se succédaient sans relâche. Nous avons ainsi traversé deux batteries de mortiers, traînés à la bricole par les artilleurs.

A un moment le bruit du canon nous arrive. Nous partons au grand trot et nous arrivons sur une hauteur... mais à quatre kilomètres du point où paraissaient surgir les shrapnels, droit en avant des deux masses bleues en dos de chameau, piliers de la porte qui mène de la plaine de Nansempou à la plaine de Anshantien.

Au pied de cette falaise azurée, sur une petite colline rougeâtre qui ferme l'horizon, tirait une batterie japonaise. Nous voyions l'éclair de ses pièces, et le pompon blanc des obus au-dessus d'une ligne lointaine, étoilée de temps en temps des mêmes éclairs. Le duel était plutôt lent, et à la distance où nous étions, sans intérêt pour nous. Les attachés militaires étrangers n'avaient pas d'ailleurs meilleure fortune, car de notre colline, nous les voyions errer et regarder mélancoliquement le mur derrière lequel se déroulait un des spectacles qu'ils étaient venus voir.

Enfin, à 3 heures et demie, nous repartons, bien décidés à renouveler notre démarche pour obtenir un traitement plus favorable à notre mission, et à déclarer, par écrit signé, que nous prenons l'entière responsabilité de tous les accidents militaires qui pourraient nous échoir en suivant de près les évolutions des combattants.

Culture et villages se succèdent avec ce trait particulier que, hommes, femmes et enfants sont au pas des portes, au coin des murs, ou sous les grands saules des puits publics et écoutent gronder le canon et babiller la fusillade. Dix ans auparavant, ils se seraient tous terrés dans leurs caves !

La moisson paraît mûre. Les sorghos penchent leurs hauts plumets marrons ou noirs. Les millets ont la tête basse. Les haricots ont toujours leurs feuilles vert-noir, mais des cosses velues, mamelonnées et trapues remplacent leurs jolis papillons lilas et roses, pareils à des pois de senteur.

Le chemin passe sur la berge à pic et sinueuse d'une rivière ; en bas, des saules et des joncs. On entend de mieux en mieux la lourde canonnade... et des Chinois pêchent à la main sous les saules nains qui trempent dans le courant leurs souples branchages. Ils ont pris quelques poissons blancs. Plus loin, des enfants battent l'eau de gaules pour s'éclabousser réciproquement. La pluie commence à tomber et, pendant que nous endossons nos caoutchoucs, nous entendons en duo les coups secs du canon et les roulements prolongés de tonnerre qui répète généralement dans les nuages le tapage que l'artillerie fait sur la terre.

Puis, sous un gros bouquet de gros saules, nous trouvons le village où finira notre étape, et l'interprète Okabé vient nous apprendre que les Russes ont évacué la vallée de Nansempou, se sont repliés à six kilomètres au Nord, laissant huit prisonniers, et que les Japonais ont perdu dans cet engagement cent soixante-dix hommes.

Nous signons tous la pétition précitée, et à minuit on vient nous avertir que le départ aura lieu à trois heures et demie du matin.

On nous avait averti, le 26 août, au soir, en nous

racontant le combat de Nansempou, de ne pas déran-
ger nos paquetages et de nous tenir prêts à partir une
demi-heure après notification de l'ordre. Cela sentait
bon ! Aussi, nous dormions tranquillement, au bruit
de la pluie et des mules, ânes, mulets et chevaux, qui
s'ébrouaient, se battaient et brayaient dans la cour.

A minuit, un interprète arrive : « Messieurs, nous
partons à 3 heures et demie. »

Quand nous nous levâmes, il pleuvait toujours, mais
pas assez fort pour que l'eau dégoulinât de nos caoutchoucs dans nos bottes ; la belle lumière chinoise,
malgré le dôme de nuages, éclairait bien le chemin.
Et nous étions tous fort gais, les dix-huit correspondants, trottant en longue ligne noire au milieu des
plumets penchés des grands sorghos.

A 4 heures et demie, halte. Devant nous, une butte
escarpée, dont des silhouettes mouvantes faisaient pal-
piter les contours.

« Enfin ! pensions-nous, cette fois, nous sommes
bien aux avant-postes, et, dans un instant, les Japonais vont, selon leur habitude, saluer du canon le
Soleil Levant. »

Hélas ! à la place du sourire lumineux que nous at-
tendions, nous avons eu l'aube blafarde, lugubre, d'un
jour d'hiver ; au lieu de la fraîche haleine des aurores
estivales, une bise aigre.

Et les silhouettes qui animaient la butte étaient
celles des attachés militaires étrangers, logés, comme
nous, à l'auberge de la belle étoile, et réduits à contempler de mauvaises tranchées-abris.

Les positions prises la veille au soir s'allongeaient
devant nous. L'état-major allait s'installer dans un

des blockhaus établis par les Russes pour la garde de la ligne ; nous voyions distinctement l'infanterie prendre ses distances à droite et à gauche et allumer sès feux ; une file interminable de convois arrivait du fond de l'horizon et, peu à peu, entassait devant nous une énorme masse de voitures, de bêtes, de soldats et de Chinois...

Nous restâmes sur ce point, presque toute la matinée. Enfin, à dix heures, après cinq heures de faction insipide et oiseuse, nouvel ordre de départ, et après une heure d'une cavalcade d'acrobates sur des crêtes de ravins, des pentes de fossés, des sentiers de marais, des lits de torrents barrés de fils de fer et de chevaux de frise, nous arrivâmes, je serais tenté d'écrire :« nous mouillâmes », dans un pauvre petit village perdu dans les sorghos, à cinq cents pas du blockhaus de l'état-major.

Mais, défense d'approcher. On m'a fait très nettement rétrograder, quand je tentai une reconnaissance dans l'après-midi.

La mesure était comble. Quatre de nous, deux correspondants anglais et deux américains, envoyèrent demander leurs passeports et quittèrent l'armée, désespérant de pouvoir accomplir leur mission.

Le lendemain, pendant qu'ils retournaient à Haïcheng, nous trottions vers le Nord, pleins d'espérance, car, cette fois, nous marchions, non plus avec les convois, mais avec l'armée.

La matinée était délicieusement lumineuse et fraîche et le bain de plein air était si bon que mon cheval chinois oubliait de buter, selon sa détestable habitude, et de mettre de temps en temps sa tête entre ses pattes.

Pas un sentier qui n'eût sa longue file de cavaliers

ou de fantassins, et tous ces serpents noirs déroulaient leurs anneaux vers les deux dos de chameau d'Anshantien, aussi trompeusement rapprochés de nous par la lumière éclatante que l'Arc de Triomphe l'est de la place de la Concorde. Et nous allions, coupant des trains d'ambulanciers, des parcs d'artillerie, marchant un moment avec toute une batterie de mortiers habillés de housses kaki, et traînés à la bricole sur de petites voitures par les soldats.

Il était huit heures. Tout à coup, en émergeant d'un pli creux, nous entendons le canon. Nous n'avons pas été égoïstes : d'un bout à l'autre de la file, le premier mot de chacun, et simultanément, a été pour plaindre les quatre camarades qui avaient, trop tard ou trop tôt, perdu patience. Mais après, chacun pour soi ; et j'ai entonné, pour rythmer le trot allongé de nos bêtes, la chanson de route de nos cavaliers :

> « Ah ! j'l'attends, j'l'attends, j'l'attends.
> Celle que j'aime, que mon cœur aime !
> Ah ! j'l'attends, j'l'attends, j'l'attends.
> Celle que mon cœur aime tant ! »

Nous piquions droit sur la gorge, ouverte en brèche bleue, entre les deux dos de chameau, voyant à gauche les basses collines rousses où les Russes avaient leur artillerie et leurs tranchées l'avant-veille.

Les roulements tonitruants du canon nous arrivaient enflés comme par un porte-voix. A gauche, une haute colline conique portait une pagode à son sommet. Nous grimpons ; en un clin d'œil nos chevaux sont attachés dans le sanctuaire, et nous, installés sur le sommet du cône.

Nous voyions la plaque étincelante des toitures de zinc de la gare de Tanchantze ; un train traîné à la bricole ; des Japonais formant un convoi sur le quai ; plus loin, au fond du bâillement de la gorge, une plaine inondée de soleil, et derrière elle, une ligne de hauteurs, à cinq kilomètres de nous au moins, sur laquelle tombait la neige de shrapnels.

Allions-nous donc encore rester devant le mur derrière lequel on faisait quelque chose ? Le départ de nos camarades était trop récent... Cinq minutes après en selle ; nous dévalions, aussi vite que le permettaient les mauvaises jambes de chevaux qui ne connaissent même pas de réputation l'avoine, et, en avant, vers la bataille.

La porte n'est pas large : à peine cinq cents mètres. Des tranchées défendaient les deux piliers, commandant absolument le sentier en gorge. Mais personne ne les gardait plus. A la sortie, un porche de briques, un mur de briques, accidenté de chicots de créneaux, un dallage creusé des deux ornières réglementaires en Chine comme à Pompéi : c'est Anshantien, ville murée, et, à ce titre, élevée en dignité, sur les rôles officiels de l'Empire du Milieu, mais en réalité, simple monceau de ruines.

Nous n'avions pas le temps de nous arrêter.

Nous passons, et nous débouchons dans un étranglement. A gauche, sur une petite élévation, un groupe compact d'uniformes, de casquettes à ganses rouges et jaunes et toute une harde de chevaux paissant en contre-bas. C'est l'état-major général, à son poste de combat.

Devant nous, deux régiments d'infanterie massés

pour le garder ; un lit de rivière à sec, dans lequel un bataillon, assis en rond, attend l'ordre de marcher ; un pont de chemin de fer intact ; et à droite, un éperon de colline auquel la route s'accote.

Nous courons. Mais on nous arrête. Le combat est à une demi-lieue en avant. Défense d'aller plus loin. Les attachés militaires étrangers sont déjà installés là ! Il faut les rejoindre, et ne pas rester debout. Le soleil, déjà haut, était très chaud ; mais dans le groupe des journalistes, la température était plutôt fraîche, le temps à l'orage, et on aurait pu entendre jurer et pester, dans les idiomes les plus connus de l'univers.

Nous avons dû nous contenter de jouer du crayon, de la montre et de la lorgnette ; de croquer nettement ce que nous voyions, remettant le récit au moment où nous aurions pu voir de près les positions et nous rendre un compte exact de l'action que nous voyions à peine, à l'état d'ombres chinoises.

Nous avons fait cette reconnaissance le 30 août, et elle me permet d'éclairer, pour le lecteur, ma lanterne, mieux qu'elle ne l'a été, sur le moment, pour moi, spectateur.

Le combat a été livré sur trois de ces promontoires du massif mandchourien, alignés, en général, du Sud-Est au Nord-Ouest, et quelquefois nettement, du Sud au Nord.

Les montagnes ne sont ni des chenilles ni des murs à chaperons. Ce sont des massifs, dont le contour extérieur ressemble assez à la surface d'une pâte en ébullition. Le massif mandchourien n'a pas poussé la chinoiserie jusqu'à ne pas ressembler aux autres.

Il est gondolé, lui aussi, de plis creux, de plis con-
vexes, de mamelons, d'ensellements, de chaînons
entre-croisés, dont la crête a parfois des sursauts et
des chutes, et où la malice des hommes a su découvrir
le tracé de chemins.

De sorte que les routes diverses percées à travers
les sorghos vers Liao-Yang, au pied des monts Sien,
ont à gravir, toutes les lieues, un bastion, plus ou
moins long, détaché de ce donjon.

Les Russes, défendant les approches de Liao-Yang,
avaient préparé des tranchées d'infanterie et des plates-
formes pour leurs canons sur les flancs d'un de ces
contreforts.

Les Japonais les attaquaient de l'Est, à travers les
gondolements du massif, par l'armée de Takoushan, à
laquelle le général Kuroki (1re armée) avait reçu l'ordre
de prêter une demi-division ; et, du Sud, par les trois
divisions du général Oku, renforcées d'une division
détachée de la troisième armée (Nogi), qui, ainsi
affaiblie, changea, on le sait, l'attaque de Port-Arthur,
commencée par le bombardement du 19 août, en un
simple blocus.

Les Japonais comptaient porter un coup décisif à
Liao-Yang.

Le renforcement de l'armée de Takoushan indique
quel était leur plan.

Kuroki avait échoué deux fois déjà dans la tâche de
couper Kouropatkine de Moukden. Mais on savait qu'il
inquiétait toujours l'arrière-position des Russes et les
forçait à distraire une notable partie de leurs troupes
de la défense des abords méridionaux de Liao-Yang.
Leur armée était en équerre : le côté perpendiculaire

de l'angle droit opposé à Kuroki, le côté horizontal opposé à Oku, et l'angle lui-même assis entre le chemin de fer et le Taï-Tze-Ho, rivière qui coule un peu au Nord de la cité de Liao-Yang.

Deux moyens s'offraient de couper Kouropatkine de Moukden et de lui infliger une de ces défaites qui permettent de parler de la paix, même à qui s'y refuse, et de faire intervenir des amis, malgré le refus préalable de toute ingérence signifié par le tsar Nicolas II. On pouvait tenter de déborder l'armée russe par l'Ouest, et de la couper en deux, en fendant l'angle droit, et en installant, entre les deux côtés disjoints, une armée, assez forte pour se rabattre au Nord-Est et fermer le cercle avec Kuroki, et répéter la même opération au Sud-Ouest, en bloquant l'autre moitié des forces russes entre elle et l'armée du général Oku.

Dès lors, le détachement de la division de Port-Arthur et le renforcement, aux dépens de Kuroki, des troupes de Takoushan (4ᵉ armée), destinées à fendre en deux l'armée russe, sont parfaitement intelligibles.

Cette armée n'a fait qu'ébaucher son plan dans la journée du 28 août ; le rôle principal a été joué par la Seconde armée.

D'ailleurs, les Russes avaient flairé le piège. Ils ont opposé une seule brigade à Oku depuis le 3 août, et, pendant qu'ils le chicanaient pied à pied sur un terrain aménagé en chambres chinoises pourvues, chacune, de plusieurs portes de retraites, ils se jetaient avec toutes leurs forces contre Kuroki.

Et l'attaque a duré quinze jours et a parfois été si ardente, qu'un jour les correspondants étrangers ont reçu avis que l'investissement de l'armée japonaise était imminent et que s'ils voulaient échapper au désastre, il fallait se hâter de prendre telle route, qui leur fut indiquée, et qui était encore libre. Inutile d'ajouter qu'ils restèrent avec Kuroki.

Au sortir de la gorge étroite ouverte entre les deux dos de chameau, le chemin de fer franchit une petite rivière et s'élargit en quatre voies devant une gare, entourée, comme toujours, des maisons de brique d'une petite ville fraîchement bâtie par les Russes, puis, par une courbe à travers une plaine, étendue d'environ trois kilomètres du Sud au Nord, contourne un épi détaché du massif mandchourien.

Cet épi s'étale en trois rejets, qui isolent trois vallées larges et creuses, dont la pente douce, prolongée très avant dans la masse qui la soutient, forme des cols d'accès facile.

En trois heures de canonade, les Japonais, débordant l'une après l'autre, par la gauche et par la droite, ces trois positions, contraignirent les Russes à les évacuer.

De notre piton, nous voyions à l'œil nu les troupes de Nodzou couronner les hauteurs à l'Est et descendre sur le versant dérobé à notre vue.

Le va-et-vient des éclatements d'obus russes ne nous passionnait donc même pas autant que les péripéties d'un drame dont nous aurions déjà lu le livret.

A une heure et demie, l'état-major remonte à cheval. Sa garde s'allonge le long des rails. Tous les détachements autour de nous mettent sac au dos, défont leurs faisceaux et défilent par deux ou par trois. Chaque compagnie a ses 250 hommes. Les trains de combat passent à nos pieds avec leurs 19 chevaux et leurs 38 petits caissons.

Nous partons à notre tour et nous allons loger dans une des maisons russes autour de la gare d'Anshantien. Deux ou trois rails seulement ont été enlevés. Le pont est intact.

Le soir, au coucher du soleil, nous apprenions que les Russes s'étaient repliés sur Tchao-tchampao, laissant dans une fondrière toute une batterie de 8 canons, 10 caissons et 8 prisonniers parfaitement embourbés. L'armée japonaise les avait poursuivis jusqu'au village de Shao-Yan-Sui, sur la rivière Saïho (Sable), à 45 lis chinois (25 kil. environ) au Nord.

En même temps, nous étions informés que le lendemain 29, nous séjournerions à Anshantien, et que nous étions priés de ne pas nous écarter du cantonnement pour aller reconnaître les positions, même en arrière.

Pas un mot, ni des troupes engagées des deux côtés, ni des pertes subies par les deux forces qui avaient combattu. Nous n'avons vu, le surlendemain, qu'un cadavre de cheval, que des chiens dévoraient, et qui empoisonnait l'air à cent mètres à la ronde, exactement sur le bord du chemin, en face de la position russe.

LIVRE CINQUIÈME

LA BATAILLE DE LIAO-YANG

CHAPITRE I

NOTRE ÉMANCIPATION. — NOUS PRENONS LA CLEF DES CHAMPS, MALGRÉ NOS GUIDES, ET DÉBOUCHONS EN PLEINE BATAILLE.

LE 29 août, pendant notre ennuyeuse faction dans la gare d'Anshantien, Tanaka était venu vers 6 heures et demie, au moment où je rentrais moi-même d'une tournée dans des jardins chinois abandonnés, une botte de cives à la main. Il m'apportait un quignon de pain blanc, fabriqué quotidiennement pour l'usage exclusif de l'État-Major, où figurait, comme on sait, le prince Nashimoto, trop récemment revenu de France pour avoir repris l'habitude du riz. J'appris, en même temps, que nous resterions encore un jour dans notre cantonnement.

« Allons », répondis-je, le général Oku sera tranquille pendant vingt-quatre heures. Il peut être assuré qu'ici nous ne mourrons pas... de rire !

Mais, à onze heures, le vrai homme de l'état-major, Ochabé, vint nous signifier que nous partirions le lendemain avant l'aurore. — Pas un mot de l'objet de notre mouvement, des troupes avec lesquelles nous marcherons, des événements survenus devant, derrière, à droite ou à gauche d'Anshantien.

(193)

Pendant les dernières heures de lumière, j'avais vu défiler, sans grande hâte, des convois de chariots chinois et de voitures du train des équipages. Ils suivaient à un kilomètre de ma maison, le chemin au pied de l'éperon montueux, où nous nous étions morfondus le 28. Ma lorgnette suffisait à m'avertir qu'il était inutile d'aller voir de plus près.

Mais, la nuit tombée, quand tout était devenu casse-cou certain, hors des maisons, sans parler des consignes des sentinelles, la vraie vie militaire avait commencé. Dans tous les quartiers de la plaine des points lumineux se mouvaient et leurs lignes allaient à perte de vue. La brise nocturne m'apportait, à travers l'air calme, le vaste piétinement, irrégulier, d'une multitude en marche sur une route qu'elle voyait mal, le hennissement des chevaux, le heurt, les claquements d'essieux et le roulement, aisément reconnaissable à sa nette sonorité, des canons et des caissons...

Pendant le jour, j'avais vu replacer, sans la moindre difficulté, quelques rails enlevés, au hasard, sur le pont et près des aiguilles de la gare, par les Russes, imaginant probablement qu'ils coupaient ainsi le chemin de fer. Puis, les soldats avaient joué au traîneau avec des wagonnets... Mais, avec la nuit, le roulement des vrais wagons avait commencé. Le train à la bricole, tant de fois rencontré depuis Pou lan tien, était arrivé, et jusque passé minuit le tapage des équipes de déchargement m'avait empêché de dormir...

Peu m'importait, en somme, de pénétrer le secret du numéro de la division ainsi employée.

Sa manœuvre signifiait clairement bataille, et la vue du long éperon mamelonné qui nous surveillait par dessus l'épaule des hauteurs perdues par les Russes le 28, m'assurait qu'elle ne se ferait pas attendre longtemps.

*
* *

À trois heures du matin j'étais debout. Le ciel était couvert et la lune luisait, derrière les nuages, comme une lampe en veilleuse. Mon cheval protesta contre ce lever trop matinal en se démenant de son mieux pendant qu'il aurait fallu rester tranquille. Puis, une fois en colonne, ce digne chinois ne voulut plus marcher. Et comme nous différions encore d'opinion cette fois, le désaccord dégénéra en arguments touchants qui le réduisirent et le réchauffèrent. Heureusement il faisait nuit encore, et nous marchions au petit pas, dans une véritable fondrière.

Au petit jour nous traversions le col que j'avais vu emporter le 28. Un camp russe était tout près, encore jonché de tiges de sorghos, de bottes de paille, de boîtes de conserve et de caisses de fer blanc vidées de leurs cartouches. A mi-côte une tranchée et une plate-forme d'artillerie. En arrière, le col de la retraite.

D'énormes corbeaux, luisants comme des marguilliers déchiquetaient des bouts de viande jusque sous les pattes de nos bêtes et ne se dérangeaient qu'au moment d'être écrasés, avec l'air offensé de fonctionnaires conscients de leur mission et vexés d'être dérangés dans l'accomplissement d'une besogne utile.

Un, deux, trois villages, muets et mornes, ouvrent sur nous des trous de portes et fenêtres veuves de leurs battants et de leurs claires-voies de papier. Et ces tristes yeux d'aveugles achèvent d'endeuiller les haies de cannes de sorgho, toutes fleuries par les lys d'or des gourdes et les jolis papillons multicolores des haricots mandchoux, qui grimpent et fleurissent comme nos pois de senteur. Deux ou trois vieux Chinois laissés pour garder ou trop pauvres pour fuir nous regardent curieusement passer et rient de voir des Blancs. Des cadavres de chevaux gonflent leurs hideuses charognes au bord même du sentier. Des chiens, attablés à même les ventres, mangent à leur faim, pour la première fois. Leurs épaisses fourrures fauves, leurs grogrements féroces, les brefs coups de croc qu'ils perdent le temps d'échanger, achèvent leur ressemblance avec des loups. Sataké, après nous avoir fait exécuter de véritables reprises de manège autour de la direction à suivre, et embourbés et crottés dans tous les chemins défoncés, hormis le bon, a fini pourtant par le trouver. Mais il tient à battre son propre record : au moment de traverser un marais, il fait un à-gauche si judicieux qu'il enlise son cheval, et ne le tire qu'à grand'peine d'un bourbier où, l'avant-veille, les Russes avaient laissé toute une batterie de huit canons.

Le chemin serpentait à travers les chaînons et les écarts isolés du massif mandchourien qui enclosent au nord la plaine d'Anshantien. Nous marchions depuis deux heures, l'oreille tendue à toutes les rumeurs éparses dans la fraîche brise matinale, au milieu de la magnifique moisson des sorghos mandchouriens, dont les tiges hautes de trois mètres balançaient leurs lourds épis plus hauts que nos têtes, quand, au-dessus de l'échancrure d'un col, paraît brusquement comme un vol d'oiseaux blancs. En même temps, nous percevons une série de coups, bien connus.

« Au galop ! C'est la bataille. Nous touchons à la

rivière Chaho! Il est sept heures et demie. Nous sommes exacts... » Mais Sataké, Tanaka, Okabé sont hors d'eux! Ils crient en Anglais, en Français: « Arrêtez, Messieurs! Vous ne connaissez pas le chemin! » — Pardon! nous connaissons trop celui qu'ils nous font prendre depuis cinq jours. Nous avons fini par croire que, tout en se donnant pour victimes de leur zèle à faire valoir nos revendications, ils usent de l'indifférence malveillante de l'état-major de la Seconde Armée beaucoup plus dans l'intérêt de leurs personnes que des journaux dont nous sommes les mandataires.

« Arrêtez! Arrêtez! » Mais nos chevaux chinois ne comprennent pas ce langage. Éperons et cravaches ne les laissent penser qu'en chinois, rossés congrûment, et, par suite, rendus dociles. Nous entrons en trombe dans un village avec lequel l'avenir nous réservait de faire plus ample connaissance : Chaoyantsouï. Une profusion de saules et d'ormes, dense comme une futaie, l'enferme sous une cloche de verdure. Pas un vivant, ni à deux, ni à quatre pattes. A droite, à gauche, un lacis de ruelles enchevêtrées en labyrinthe ; et, comme si nous avions été l'instant d'avant dupes d'une hallucination de l'œil et de l'oreille, pas un pompon blanc de shrapnel, pas un bruit de fusil ou de canon.

Pendant que nous piétinons en quête de l'orientation, Sataké arrive, puis Ochabe et Tanaka. Ils sont tout miel, trop miel !

« Vous voyez, Messieurs, que vous avez eu tort de ne pas nous écouter. Vous êtes égarés! Nous avons ordre de vous conduire et de vous faire bien voir la bataille cette fois. Suivez-nous donc tranquillement. Nous vous assurons que vous serez contents! »

(197)

Nous avions de la méfiance. Mais n'était-ce pas à tort? N'était-il pas admissible que l'état-major eût enfin compris que des journaux importants n'auraient pas envoyé si loin et à si grands frais, des poltrons ou des gens incapables de prendre une responsabilité?

D'un coup d'œil nous nous accordons pour un nouvel essai loyal de la loyauté japonaise.

Nos guides prennent la tête, tournent à droite, puis encore à droite, hésitent, s'arrêtent. Sataké, qui parle chinois, heurte à une porte. Il parlemente au travers; il insiste, pour faire préciser sans doute. Enfin il revient, l'air radieux. Cinq minutes après, dépassant la dernière maison du village, nous entrions dans un vallon où le bruit du canon arrivait de nouveau, mais assourdi. A gauche, une haute colline, couronnée d'une palissade de silhouettes militaires, que nous avions dans l'œil depuis Haïcheng. A droite, une colline plus haute.

« C'est là que nous avons ordre de vous conduire », nous dit Ochabé, en grinçant le plus charmant de ses sourires...

Quoi? même pas avec l'état-major? Pourtant il courait peu de risques, à portée de télescope du champ de bataille!

La mesure déjà comble le 26, déborda.

Un chemin bâillait juste devant nous, dans l'épais taillis des sorghos. Il ne menait visiblement ni au belvédère de l'état-major, ni au perchoir élu pour nous par M. Ochabé, un kilomètre en arrière... En avant! Kann, Lewis et moi nous partons au grand trot!

« Arrêtez! Arrêtez! Messieurs! Gentlemen! » — Trop tard! Nos animaux chinois avaient trouvé subitement sous eux des pattes qu'ils ne se connaissaient pas. Ils sautaient fossés, talus, à se croire des chasseurs de renard, et nous les entretenions soigneusement dans cette confiance exagérée en leurs mérites. A chaque foulée les détonations nous arrivaient plus nettes. La voie était chaude ! Mais quel labyrinthe ! Il faut vraiment aux diables jaunes une patience diabolique pour ne pas perdre, le long d'un pareil chemin, toute velléité de molester les paysans chinois ! Mais nous ne pensions guère, nous, à maudire ses tours et retours, tout à la joie de nous sentir libres, tenant nos existences entre nos deux genoux sur la selle de nos bêtes, et ragaillardis par la vue des bulles blanches qui reparaissaient devant nous, par-dessus l'épaule d'une colline boisée.

L'écheveau des venelles du village de Doua fut vite débrouillé. Les bancs dorés de sable mouvant et traître, les perfides marigots masqués sous d'épaisses saulaies naines de la rivière Chaho, nous arrêtèrent juste le temps d'essayer trois gués et de passer dans l'eau tourbillonnante, à la nage, en y trempant jusqu'à mi-bottes. Un dernier galop, le saut d'un dernier fossé, l'éboulement d'un mur de pierres sèches, nous amenèrent dans une sorte de parc, qui se trouva le bois sacré d'une pagode. En un clin d'œil nos montures étaient attachées à des arbres, dessellées, bridonnées, et par un nouvel éboulement de la clôture de Bouddha nous débouchions sur un tertre, au pied duquel passait un courant continu de soldats. Il était huit heures. Nous avions été précédés sur cet observatoire par tout le personnel de la pagode. Bonzes et sacristains s'empressèrent, moyennant quelques bons de guerre, de donner à nos chevaux de pleines vannettes de sorgho haché et des seaux d'eau.

(199)

CHAPITRE II

L E hasard nous avait exactement orientés, face au
Nord. A notre gauche, à environ trois kilomètres,
la ligne du chemin de fer courait à la surface des sorghos, coupée par la masse d'arbres du village Tao taïtou.
Derrière nous, un chemin encaissé, au bout duquel
nous reconnaissions Doua, tapi à un angle de la vallée
du Chaho, la colline couronnée du télescope, des pliants
et des uniformes de l'état-major d'Oku. A notre droite,
un massif montagneux très découpé, le Takoutaï, nous
dérobait la moitié orientale du champ de bataille de
ses croupes élevées d'une centaine de mètres.

Orienté Sud-Ouest Nord-Est, fendu au milieu par la
vallée large et creuse d'une rivière qui va ensuite longer le mur occidental de Liao-Yang, il projette droit au
Nord un épi mince, mais fortement gondolé, long de
quatre kilomètres, nommé, d'après le village bâti à son
pied Nord, Tchaotchampao.

Cette colline dresse donc comme un mur de refend
au milieu de la grande plaine étendue d'Anshantien au
coude du Taïtseho.

Sur cette équerre Takoutaï-Tchaotchampao, les

(200)

Russes avaient établi l'avant-dernière ligne de défense
de Liao-Yang. La visite ultérieure du champ de bataille
a complété le croquis bâclé sur mon carnet dès la première heure et supplée au mutisme systématique des
officiers dont nous étions les hôtes.

Tchaotchampao forme un pli creux, à deux lèvres
d'inégale hauteur. Juste au-dessus du chemin de fer,
au point A du plan, il dresse une masse abrupte, haute
de 99 mètres, couronnée d'une vieille tour de guet
ruinée, et dont la silhouette rappelle le dos d'un éléphant chargé d'un haoudah. Un officier russe surveillait
de là la vaste plaine fermée, à deux lieues de lui, par
le massif entre Chaoyantsoui et Anshantien. Un télé-
phone, dont j'ai retrouvé le fil, reliait l'observateur
aux canons, admirablement défilés dans le pli creusé
au pied du haoudah. En première ligne, une batterie
de gros canons tirait d'une redoute tracée au cordeau,
selon toutes les règles de l'art, soutenue, à chaque aile,
par une batterie de Hotchkiss et protégée contre un
assaut par un double quinconce de fils de fer barbelés
et de trous-de-loup [1].

En retrait, un peu en contre-haut, et épaulée par un
massif d'arbres, une batterie de pièces de campagne
voyait bien Tao taïtou et le secteur jusqu'au chemin
de fer, sur le talus duquel d'autres Hotchkiss fonction-
naient.

Puis le terrain se redressait en une butte moins haute
d'un tiers que le haoudah, à pente raide sur le versant

1. Ces trous-de-loup sont des fosses en forme d'amphore, profondes de deux mètres, à parois concaves et lissées à la pelle.
Impossible de remonter seul du fond. Quelques-unes érigeaient
à leur base un pieu droit, au dire des Japonais.

sud, et ondulée, du côté nord, en deux plates-formes réunies par un talus très doux. La crête était bordée d'une tranchée profonde de 1^m,80. Il avait fallu les bras et les échines des Russes pour creuser en plein roc ce fossé long d'un demi-kilomètre et planer la banquette où s'agenouillaient les tireurs. Il communiquait par des boyaux avec deux parallèles en partie recouvertes de matelas alternés de grosses poutres et de terre, à l'épreuve des gros obus. Les troupes de relève auraient donc eu leur abri et leur cheminement couverts, si les Russes n'avaient pas été, comme toujours, pris au dépourvu. Leur incurable négligence n'avait pas plus terminé les casemates que préparé un parapet de sacs de terre à la tranchée ! Sur les deux plates-formes, des batteries de campagne, braquées complètement à découvert, avaient « la fourchette » à droite et à gauche du mamelon, dont le pied était aussi gardé par une triple ligne de fils de fer barbelés et de trous-de-loup.

Celle-ci finissait à l'amorce d'un col, abaissé presque au niveau des deux plaines qu'il relie en recevant la route mandarine du Liao Tong, entre Anshantien et Liao yang. L'isolement en château-fort du haoudah, nommé par les Japonais : « la colline de 99 mètres », était complété par cette dépression.

Elle avait la netteté d'une coupure. La lèvre sud, en falaise, élevait son rebord au niveau des tranchées opposées. Là, un couloir longitudinal partageait de nouveau la masse en deux crêtes. Celle du Nord, découpée en dents de scie, mais médiocrement accidentée de saillants et de rentrants, offrait, sur la dent la plus haute, un bouquet de reboisement, utilisé pour une tranchée. En face, la crête Sud, marquée B sur le plan, érigeait un piton d'une soixantaine de mètres, très saillant sur l'alignement général, presque géométriquement conique, et coiffé de deux lignes de tranchées, distantes de 10 mètres, en perpendiculaire. L'intervalle, concave et par suite bien défilé, était garni de casemates, achevées celles-là, et de quatre batteries de campagne ayant vue sur toute la plaine et portée jusqu'au delà de Tachaoto tchaï.

Les rentrants profonds, en corbeille sur les deux flancs, étaient barrés comme les abords du Haoudah. Mais le pied du cône abrupt était libre, et des passages judicieusement alignés, avaient été ménagés, comme concession au principe de « la porte ouverte », entre les entrelacs barbelés et les trous-de-loup.

Cette position avait nom Moumodji, et est marquée B sur le plan.

En avant de son rentrant méridional, sur un mamelon d'une vingtaine de mètres, une pagode entourée d'arbres noirs et de vergers était devenue un blockhaus, protégé comme Moumodji.

Enfin, les deux crêtes se réunissaient en une bosse dite Koumenko, marquée C sur le plan. Les Russes, jamais prêts en temps voulu, n'avaient pas terminé deux tranchées en plein roc et les avaient complétées par des rangées de sacs de terre. Au pied, un large lacis de fils barbelés et de trous-de-loup barrait à la fois l'escalade de la redoute et l'entrée d'un col ouvert juste à la jonction du chaînon Takoutaï au chaînon Tchaotchampao.

S'ils n'avaient pas su vaincre les difficultés opposées à la pioche et être prêts à l'heure voulue sur ce point, les Russes avaient néanmoins compris qu'il était la

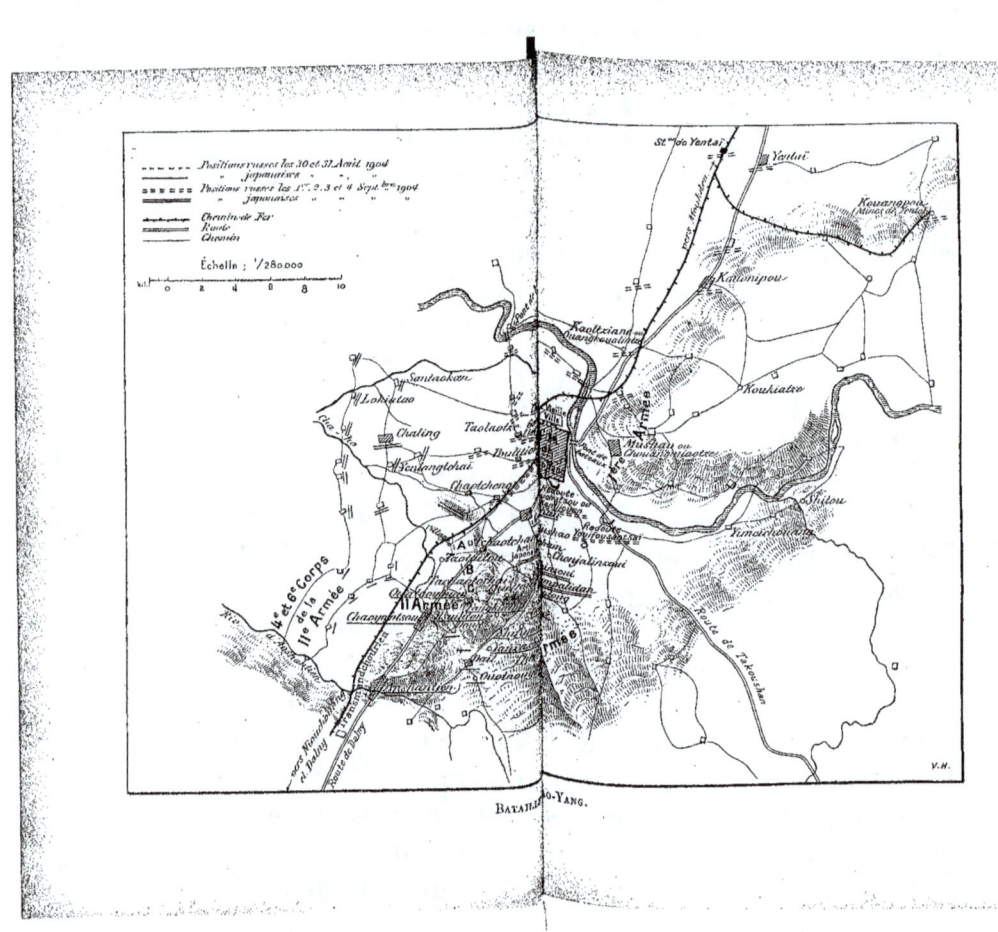

BATAILLE DO-YANG.

clef de leur ligne. Ils en avaient protégé les abords et l'arrière. Sur Takoutaï étaient les tranchées et batteries de Fang Kiatong, Hsoui-li-tong et Taïelton. Sur un chaînon parallèle, qui ferme, à l'Est, la vallée d'un petit affluent de la rivière de Liao yang, tranchées et batteries défendaient Gouyatsoui, Chaopangtong, Bayakashidzouï, et sur les deux bords de cette rivière elle-même, pareilles défenses avaient été préparées à Chifiyoutsoui et Souïtcheï.

Au pied de cette équerre hérissée ainsi de fusils et de canons, une mer de verdure s'allongeait vers l'Ouest, en ovale de plus en plus ouvert. Un seul accident la dénivelait, à une lieue devant nous : un pâté de gros rochers, à Chaotchang, en pendant au haoudah, à l'Ouest du chemin de fer.

L'attaque japonaise disposait donc de sept voies à peu près parallèles : trois, au delà du chemin de fer, partaient du ravin du Saï-ho ; le chemin de fer, en remblai sur tout le parcours d'Anshantien à Liao yang ; la route mandarine de Chaoyantsoui au col de Tchaotchampao, par Tachaototchaï et Taotaïtou ; une route ordinaire, de Doua, à Ouotaoyouan, au pied du Takoutaï qu'elle franchit au col de Koumenko.

Ces routes, et les mille raccords qui les relient, tracées en pleine glèbe, ni cailloutées ni pavées, ni meilleures ni pires que toutes leurs analogues en Chine, en temps ordinaire, avaient été réduites à l'état de fondrières par la pluie et le passage de l'armée russe, deux jours auparavant.

Des bouquets d'arbres les jalonnaient et les plus gros marquaient l'emplacement des trois forts villages reliés par ces voies en si mauvais état.

Depuis le passage du Yalou le 1er mai, Kouropat-kine savait que le plan japonais n'est que le développement d'une feinte de boxe bien connue : lancer la menace d'un coup de poing à la face, et, par le trou de la parade, frapper à l'estomac l'adversaire. Il avait habilement déjoué le grand mouvement de Kouroki sur Ayan pien moun d'abord, puis sur Moukden, par la passe de Motien lieng. Il avait bien profité des lenteurs de la minutieuse tactique japonaise pour arrêter longtemps Nodzou. Avec la seule division de Stackelberg, il avait amusé et chicané les forces très supérieures de Oku, depuis Tehlistzé (14-16 juin), tout le long de la route de Liao yang. Chaque fois qu'il avait fait front, le pivotement, dans la grande plaine occidentale, de l'aile gauche japonaise autour de la droite postée dans la montagne, l'avait menacé d'enveloppement et contraint à la retraite.

Il avait maintenant les trois armées japonaises devant son armée, rangée en potence : A l'aile gauche, disposée du Sud au Nord, de Liao yang jusque vers Yentaï, faisait face la 1re armée de Kouroki. A son centre et à son aile droite, étendus du Taitzeho au chemin de fer et au delà, faisaient face Nodzu, avec les deux divisions dites armée de Takouchan, et Oku avec la Seconde armée.

Depuis Anshantien, le généralissime russe savait que Nodzu avait mission de percer le centre russe et de se rabattre ensuite à droite et à gauche pour former deux cercles : l'un à l'Est, avec Kouroki, l'autre à l'Ouest avec Oku. Pour le mettre en état d'accomplir cette mission, on avait emprunté pour lui les quatre régiments d'infanterie et la moitié de l'artillerie de la

Garde impériale à Kouroki. On savait les Russes dépourvus totalement de canons de montagne, et on s'assurait que la 12ᵉ division (Inouyé), nommée au Japon *Sampochidan* (*sampo* = canon de montagne ; *chidan* = division), suffirait à rétablir l'équilibre. — La Garde est distinguée du reste de l'armée par la bande de la casquette, qui est rouge, et non plus jaune. Or, au moment où nous arrivions à la pagode de Doua, un grand ballon planait en arrière de Tchaotchampao. L'officier placé dans la nacelle pouvait voir dans un bon télescope les trente kilomètres du champ de bataille. Et la vue seule des coquelicots de la Garde mêlés aux boutons d'or de la 5ᵉ et de la 10ᵉ division, dans les sentiers de la plaine à l'Ouest du Taïtzeho, lui révélait l'emprunt fait à la 1ʳᵉ armée et, par suite, le rôle assigné à la 4ᵉ.

Le rapport officiel de la part prise par l'armée de Takouchan à la prise de Liao-Yang, dont j'ai eu communication le 19 septembre, indique, dès son premier alinéa, que la manœuvre précitée avait été essayée le 28 août, à Anshantien et avait échoué parce que Nodzu n'était pas arrivé à temps.

« Le 29 août, dit ce document, dès l'aurore, le corps (*sic*) continua son attaque de poursuite. L'aile *gauche* enleva une ligne de hauteurs étendue de Ouotaouyouan à Theil, *et fit* sa jonction avec notre corps de gauche (La IIᵈᵉ armée.)

« L'aile droite (qui opérait le long du massif mandchourien dans la direction où se trouvait la 1ʳᵉ armée de Kouroki) s'empara d'une ligne allant de Souitcheï à Shifiyooutsouï, et en bombardant *le camp d'une brigade,* mit l'ennemi en déroute dans un grand désordre. *Cette aile droite soutint ainsi tout le jour un duel d'artillerie avec les Russes postés à l'Est de Taïelton.* »

(208)

L'État-major du général Oku nous a fait distribuer les 10, 19 et 25 septembre divers rapports relatant les mouvements de le seconde armée, des troupes de Ta-kouchan, et l'incident capital de la journée du 31 août.

Je les traduirai fidèlement, en les éclairant des notes prises minute par minute sur mon carnet pendant les batailles.

LA BATAILLE DU 3o AOUT

Le 30 août, à 8 heures du matin, les Japonais ont déjà occupé le flanc Ouest de l'épine Takoutaï. Les re-plis des hauteurs, leur pied, les sentiers qui les longent sont couverts de taches grises, pareilles à des plaques de lichen. Les costumes kaki se confondent avec le terrain. Les Japonais ont là au moins cinq régiments d'infanterie, tapis dans les ensellements ou éparpillés en files. Un état-major, celui de la 5e divi-son, est sur un éperon masqué par un saillant prononcé, et, de notre poste, nous voyons ses chevaux paître, la bride aux mains des « *betto* » (ordonnances).

Au pied de notre tertre passent sans arrêt des trains d'artillerie, de régiment. des canons et des fantassins qui s'engouffrent, en tournant une haie de grands saules, dans le village de Tachaototchaï. Les obus russes y tombent dru ; deux gros incendies s'allument. La jonction des deux armées de Nodzou et de Oku s'opère là.

Presque immédiatement l'infanterie se déploie hors du village. Des lignes de casquettes à ganse jaune s'allongent dans les sorghos vers un hameau à mi-chemin de Ouotaouyouan. Un nuage opalin, qui serait charmant comme une écharpe de brouillard printanier s'il n'était à chaque instant zébré de rouges éclairs en étoile, flotte effiloché par la brise légère sur l'immense nappe de verdure, aussi indifférente à l'averse des balles de plomb des shrapnels que l'océan l'est aux grains de la grêle. Les Japonais ne paraissent pas s'en inquiéter davantage. Ils avancent, sans presser ni ralentir l'allure, quelques obus percutants, mêlés par les Russes aux shrapnels, allument des incendies. Personne ne les éteint ; mais le vent emporte leur fumée noire avec la fumée blanche des obus, et comme les Japonais n'emploient que de la poudre sans fumée, la scène demeure parfaitement visible.

Le feu est engagé sur tout le front. Nous le voyons dans la plaine, et nous l'entendons au delà de notre vue, par le roulement continu que nous renvoient les brèches de l'écran Takoutaï. Nos chevaux ont mangé et bu... Allons promener notre liberté momentanée et voir comment les Japonais se comportent sous la douche de balles des fusifs et des obus.

Juste à point passe une estafette sur la route de Doua à Tachaototchaï. En selle ! et nous rejoignons l'officier. Il répond gracieusement à notre salut et ne paraît pas étonné ni scandalisé de voir des correspondants militaires entrer dans la zone du feu. Première surprise !
— On nous avait tant rabâché que nous n'étions en sûreté que tout près de l'état-major ! — Le village est encombré d'infanterie, d'artillerie, de train de combat et de santé. Mais les soldats ne s'écartent que pour aller boire à une petite rivière, affluent du Saï-ho. Eux aussi paraissent contents de voir des Blancs venir

partager avec eux les obus, dont quelques-uns éclatent encore sur le village, par habitude ? La rivière,
étalée sous de grands saules, est guéable. Au delà,
nous rejoignons, dans le sorgho, un bataillon en file
indienne. Les soldats nous font place au milieu d'eux,
avec toute la politesse nipponne. Nos chevaux glissent
à chaque pas sur la glaise ou l'herbe humide, et cela
les distrait de l'éclat des shrapnels et du sifflement vi-
cieux de leurs petites balles. Celui de Kann manque
des quatre pieds. Nous le croyons atteint... Mais il
nous rassure et passe devant. Bientôt les coups secs
se multiplient ; le claquement sec des balles sur les
sorghos donne l'illusion d'une marche en temps de
grêle. Pourtant personne n'est touché. L'air est saturé
de poudre. Le cheval de Lewis et le mien n'ont pas
pour ce parfum la prédilection de Tartarin. Ils se dé-
mènent furieusement, tentent de faire tête à la queue,
heurtent et foulent même les petits soldats qui, genti-
ment, nous disent « *Gome-nasaï* » (pardon !) et prennent ces brutes par la bride pour les rassurer et les
calmer. Kann se retourne pour nous dire : « Vous
allez voir cette réception quand nous arriverons au
village ! »

Il finissait à peine que deux obus éclatent juste au-
dessus de nous. Le sifflement méchant des projectiles
nous enveloppe. Le cheval de Lewis l'emporte dans le
sorgho et casse sa sangle. Le mien culbute deux soldats et me porte au milieu d'un champ de grands haricots. Il tremble de tous ses membres. Je descends
pour le calmer, et m'enquérir du sort de Lewis que je
crois blessé, tant les coups ont cliqueté près de nous.
Mais aussitôt un nouvel obus éclate au-dessus de ma

tête ; ses balles crépitent tout autour de moi. Mon cheval affolé fait une volte complète sur ses pattes de devant, balaie, comme une paille, mes soixante-quinze kilogrammes au bout de ma bride, et me fait passer au rouleau vingt mètres carrés de farineux ! Dans la bagarre, ma montre jaillit de mon gousset ; le verre se brise, et ma main gauche qui, instinctivement, cherche à agripper quelque touffe, se coupe en dix places sur les éclats. Je me retrouve sur le sentier... Mais les soldats ont disparu. Je serre solidement ma bête sous le menton, faute de gourmette, et cherche des yeux Lewis. Son cheval, habitué à manger près du mien, s'approche, sans selle. Pendant que j'essaie de le saisir, pour aller à la recherche de mon camarade, je vois celui-ci émerger de l'épaisseur du sorgho, sa selle sur le bras !

Après congratulations, nous tenons conseil. Mais les shrapnels reviennent dru à droite et à gauche. Nos brutes « tirent au renard », les yeux fous, les naseaux dilatés, le corps tremblant et couvert de sueur. Ils nous tueraient plus sûrement que les shrapnels. Nous sommes chargés, bottés, éperonnés ; provisions et couvertures sont sur nos selles. Impossible de permuter pour l'infanterie.

Et maudissant la couardise de ma bête, d'autant plus que je voyais des paysans Chinois trottiner dans les sentiers, indifférents à l'orage homicide qui crevait sur eux, je dus revenir au village et à la pagode avec Lewis, aussi contrit que moi et fort empêché sur sa selle désemparée.

Heureusement les Russes débouchaient avec un ciseau les évents de leurs shrapnels, enlevaient trop de la composition fusante, si bien que l'éclatement avait lieu à quarante mètres en l'air. Mon pachyderme n'avait été, ainsi, que cinglé sévèrement et non blessé, même dans son amour-propre...

Néanmoins, jamais depuis, cet animal, tout à fait dénué d'aptitudes militaires, n'a rencontré un canon, un caisson, une voiture du train, ou entendu claquer une boîte d'essieu, sans faire un large écart. Une fois, il a dévalé, au grand trot, le talus du chemin de fer, haut de dix mètres. Au Chaho, il a failli me jeter, avec lui, du haut d'un pont, dans un ravin profond de quarante pieds...

Nous étions à peine réinstallés près de nos amis les Bonzes, que Sataké arrive : « Messieurs, dit-il, où est M. Kann ? — Nous l'ignorons, monsieur Sataké, n'étant pas chargés de sa garde. — Très bien. Vous Messieurs, veuillez me suivre. J'ai ordre de vous ramener de suite au poste de l'état-major de la 3ᵉ division. Une désobéissance entraînera le retrait immédiat de votre permis de suivre la seconde armée. — Bien, monsieur Sataké. Nous verrons cela. Vous savez que cela ne nous épouvante pas ? Nous avons fait notre devoir. Rien de plus. Maintenant, vous nous laisserez au moins le temps de déjeuner ? » Sataké partit à grandes enjambées, en maugréant, pendant que nous nous restaurions d'une boîte de thon mariné, sans pain ni biscuit et d'une forte goutte de cognac.

Il est dix heures. Le ballon russe plane toujours au loin. Le vent apporte du Nord le babillage d'une fusillade enragée. Deux gros nuages blancs constellés d'éclairs marquent les positions des deux armées. Les Japonais occupent maintenant les trois quarts de la

plaine et leur première chaîne de tirailleurs, paraît
s'étendre des approches de Tao-taï tou à celles de Ouotaoyouan. De l'Est le grondement de l'artillerie nous
vient crescendo. Le joli ciel bleu tendre moucheté de
nuages duveteux s'est couvert, et des gouttes de pluie
tombent. Elles n'éteignent ni les incendies ni le feu
russe, redoublé sur les sorghos où nous voyons four-
miller des tronçons de lignes de tirailleurs.

En gagnant à travers la plaine, le rendez-vous assigné par Sataké, je suivis une de ces lignes. Elle allait,
dans un ensellement assez accentué pour que la fusillade d'Ouotaoyouan ne pût faire de mal. On l'entendait comme la bise de novembre dans un sapin. Mais
les hommes de pointe arrivèrent au haut de la pente
et roulèrent foudroyés. Aussitôt : « halte ! ventre à
terre ! » Et on attend. De l'arrière arrive ordre de reprendre la marche. Le sous-lieutenant de la première
section se lève, brandit son sabre et « *Sousoumé !* »
(En avant !). Il alla jusqu'à la crête et le même coup
de faux le balaya, lui et ses hommes. Il n'y avait
qu'à laisser ces fantassins à leur malheureux sort...
J'ai su depuis que, jusqu'à 6 heures du soir, la compagnie terrée là, avait dû y rester, sans pouvoir ni
avancer ni reculer. Les Russes sont tenaces... et les
munitions ne leur manquaient pas !

Leur tir d'artillerie était également bien repéré. Dès
qu'une formation japonaise entrait en ligne, elle était
couverte de projectiles. On avait évidemment divisé la
plaine en secteurs et l'officier du *Haoudah* pouvait
téléphoner instantanément aux batteries la hausse à
prendre et l'évent à déboucher.

En continuant à couper la bataille, je vis installer

deux batteries en avant de Tachaototchaï. Au premier
éclair, sans fumée, qui les dénonça, les shrapnels russes
répondirent en arrivant dru comme grêle.

Le général Oshimà, ses brigadiers et son état-major
étaient couchés non loin de là, derrière la crête d'une
petite butte où m'avait attiré la vue de mes camarades
et des attachés militaires étrangers debout, en bas-
relief, et contemplant la bataille.

A peine installé près d'eux, lorgnette à l'œil et carnet à la main, un officier s'approche et nous prie de
nous coucher. Personne ne répond. Il insiste. Pas de
réponse. Il insiste encore... on ne peut se débarrasser
de lui qu'avec un « *Ouakarimasen* » *(Je ne comprends
pas)*, péremptoire et qu'il a dû comprendre, car il a
rompu, en rompant, et l'état-major, sans plus insister,
nous a privés, l'instant d'après, de l'honneur de sa
compagnie.

Il est midi. L'infanterie de Nodzu, peu à peu massée dans un repli bien défilé de Takoutaï, commence à
déverser, pareilles à deux courants, une colonne sur le
versant Est hors de notre vue, et une autre vers Ouotaoyouan.

Le haoudah est toujours ceint d'un nuage blanc de
shrapnels, mais moins dense. La marche japonaise dans
la plaine paraît tenue en échec. L'attaque de Takoutaï
contre Ouotaoyouan semble plus heureuse un moment.
Mais elle débouche de son abri ; les batteries de Moumodji la voient, l'accablent de tant de projectiles
qu'elle doit faire un détour nouveau dans la montagne
et retarder son entrée en ligne contre Ouotaoyouan.

Pendant tout l'après-midi le duel d'artillerie continua, sans grands résultats apparents.

A six heures la pluie tombe. Nos guides donnent le signal du départ, et nous rentrons à Chaoyantsoui, par un chemin transformé en torrent, en passant à gué le Saï-ho, qui coupe en deux le village. Un immense parc d'artillerie y était entassé, comme, seules, les choses jaunes peuvent être entassées, et par des jaunes. Un grouillement fantastique de soldats de toutes armes, achève l'embarras. On nous loge douze dans une aile d'auberge chinoise où six Célestes auraient été trop serrés. Le reste est bondé de soldats. Nos chariots, qui auraient parfaitement pu nous suivre, ne sont pas arrivés. Ils arrivent enfin, à 9 heures, avec nos conserves ! — ce qui nous permet de dîner, — et bloquent absolument toute la cour. On devine sans doute que j'ai dormi, malgré le grouillement des chevaux, des ânes, des mulets et des Japonais que j'ai entendu, seulement pendant que je mangeais, hennir, se battre, braire et caqueter, à qui mieux mieux.

*
* *

Voici comment les rapports officiels racontent cette journée du mardi 30 août :

« Le 30 août, dit le général Oku, l'armée (la 2e armée) fut formée en trois corps : gauche, droite et centre. La cavalerie était à l'aile gauche. A 5 heures du matin, la marche vers le Saï-ho commença sur toute la ligne.

« On découvre deux batteries d'artillerie russe au pied des collines. Elles tirent sur la 4e armée, à la droite japonaise.

« L'ennemie se fortifie sur sa gauche. Les Japonais se serrent contre l'épi montueux de Takoutaï. A sept heures du matin, ils ouvrent le feu. A 8 heures, l'en-

nemi dessine une attaque et le feu est engagé sur tout
le front.

« Mais la droite, le centre et la gauche sont retardés
par le mauvais état des chemins.

« A 9 heures du matin, le centre, composé surtout
d'infanterie, réussit à approcher l'ennemi. L'artillerie
vient l'appuyer et ouvre le feu. La gauche atteint Takoutaï. Les trois corps japonais se concentrent à Tachaototchaï. Ils essaient un mouvement tournant. Mais
le parc d'artillerie ne peut les aider, enlisé qu'il est
dans la boue de Chaoyantsouï.

« A gauche, la cavalerie gagne du terrain, soutenue
par l'artillerie. Elle réussit à menacer le flanc droit et
l'arrière des positions russes.

« A 4 heures du soir, les Russes font avancer et
mettent en action des mitrailleuses. Les Japonais font
de grosses pertes. Ils font alors un mouvement. La
droite envoie son infanterie au secours du centre, et
les tirailleurs de réserve renforcent l'aile droite.

« Mais le feu des deux redoutes Moumodji et Koumenko immobilise la droite et le centre. La nuit vient
et les Japonais en profitent pour avancer et renforcer
leurs lignes en les serrant. »

Le rapport de Nodzu est plus explicite.

« Le 30 août, dit-il, à l'aurore, la 4e armée ouvrit le
feu. L'aile gauche attaqua l'ennemi sur les hauteurs
de Fangkiatong et Hsui-li-tong, et l'aile droite les
attaqua sur les hauteurs de Mohkiafang et Gouyazoui.

« L'aile gauche, refoulant une force ennemie entre
4 heures du matin et 7 heures, s'empara d'une ligne
entre Doua et Chaoyantsouï. L'artillerie, prenant ses
positions sur une hauteur à l'Ouest de Yanzazouian, et
coopérant avec l'artillerie de l'aile droite de la seconde
armée, bombarda l'ennemi sur la hauteur à l'Ouest de
Hsui-li-tong (Koumenko).

« L'ennemi était campé sur les hauteurs à l'Est et

au Sud de Fangkiatong, les hauteurs à l'Ouest de
Hsui-li-tong, les hauteurs au Sud de Tchaotchampao et
la hauteur de 99 mètres à l'Ouest.

« Sur les hauteurs, l'ennemi avait de puissantes
fortifications, protégées par deux ou trois lignes de
défenses. En outre, au pied de ces hauteurs, il avait
fait des lignes de fils de fer, des trous de loup, et disposé des mines souterraines. Sa cavalerie était renforcée d'au moins 40 canons (5 batteries russes).

«Dans l'après-midi, la victoire n'était encore décidée
pour personne.

« L'infanterie, à l'aile gauche de la 4ᵉ armée, coopérant avec celle de l'aile droite de la 2ᵉ armée, donna
plusieurs assauts. Mais tous ensemble, exposés en
pleine vue de l'ennemi, et attaqués en flanc par l'artillerie ennemie de Taielton, furent forcés de s'arrêter
sur la ligne étendue de la maison isolée de Doua, au
Nord de Chaoyantsoni.

« A 5 heures après midi, nous envoyâmes de nouvelle artillerie à Ouotaoyouan et à Heï-mu-shao et des
renforts. Mais l'artillerie et l'infanterie ennemies faisant une résistance obstinée, nous ne pûmes décider la
bataille.

La colonne droite de l'aile droite, à 6 heures du matin, prit une partie du camp ennemi sur la hauteur au
Nord de Gouyazoui, et peu après le centre s'empara de
la bosse ouest de cette colline.

*Les travaux de défense de l'ennemi n'avaient pas
encore été terminés en cet endroit.* Mais ses forces
étaient supérieures aux nôtres. Des renforts lui arrivaient sans cesse entre 10 heures et 11 heures du matin.
Leurs canons, dont plusieurs de gros calibre, attei-
gnaient le nombre de cent.

« Malgré la prise de Chaopangtong et de Bayakashidzouï, emportés sous un feu violent et soutenu, la
colonne gauche de l'aile droite et le centre, qui opé-
raient ensemble, durent revenir à leur première position à la nuit noire. »

En somme l'action demeurait indécise. Des mines souterraines, je n'en ai vu et on n'en a montré aucune. Quant au rôle attribué à la cavalerie, il est dû à la présence du prince Kanin, cousin de l'empereur, à la tête de la brigade de la 1ʳᵉ division.

Les Japonais veulent un Murat... et faute de l'avoir, ils se le donnent.

LA JOURNÉE DU 31 AOUT

Le lendemain mercredi 31 août, à la première lueur de l'aurore, les Japonais essayèrent un assaut. Mais l'ennemi était sur ses gardes et les repoussa. La canonnade nous sonna la diane, et nous étions parés, paquetages faits, chariots chargés, fontes et sacoches de selle garnies, et à cheval, quand Sataké, Tanaka et Ochabe arrivèrent. Il nous conduisirent à notre mamelon de la veille, où l'un de nous retrouva un porte-allumettes, auquel il avait dit un éternel adieu !

Une fumée montait, épaisse et haute, droit derrière la colline de 99 mètres, qui nous masquait Liao yang. Je la désignai à un camarade anglais en lui disant : « Ceci pourrait bien signifier que Kouropatkine n'a pas l'intention de livrer ici une bataille à mort ! Il incendie les magasins, évidemment, c'est le prélude d'une retraite. » Je ne reçus pas de réponse, et pris ma lorgnette pour regarder le ballon qui montait majestueusement en arrière de Tchaotchampao.

« — Bonjour, Monsieur ! » — dit tout à coup une voix à côté de moi. « Est-ce que M. Kouropatkine se présente ? » L'accent, encore plus accidenté que dans une bouche gasconne, rendait cette question saugrenue si drôle que je riais en me retournant pour voir le curieux avant de lui répondre. Sa figure, bordée en bas de la frange noire clairsemée surnommée « barbe » au Japon, était quelconque et inconnue. Mais la bande amaranthe de sa casquette et l'étoile d'or de son bras gauche indiquaient un de ces interprètes civils, auxquels l'ignorance, en fait de langues étrangères, des officiers chargés de la censure, et la malveillance sournoise de tout l'état-major d'Oku livrait à discrétion toute notre correspondance.

Il riait de me voir rire, de ce rire japonais, simple réflexe nerveux, comme le bâillement des humains, le sautillement des cabris, des petits lapins, ou le braiement de l'âne.

« Tenez, dis-je en lui montrant les nuées blanches, aux flamboiements convulsifs, à chaque instant évaporées et réformées par les obus russes au-dessus de Taotaïtou et Ouotaoyouan, voici la réponse à votre question. Puis, voyez-vous ce ballon qui plane là-bas comme un aigle ? Le général Kouropatkine est probablement dans la nacelle. Il voit votre plan et dispose tout pour le déjouer. La journée d'hier vous a coûté cher. Celle d'aujourd'hui nous coûtera davantage. Et en admettant que vous emportiez ces hauteurs, qui vomissent une trombe de fer, vous aurez tout simplement perdu du temps et beaucoup d'hommes, et il vous faudra en perdre autant encore pour prendre Liao-Yang. Et quand vous l'aurez, vous retrouverez le même adversaire, la même tactique, le même succès et le même stérile effort à renouveler, aussi souvent que vos forces vous le permettront. C'est écrit sur le sol. Il offre dix champs de bataille comme celui-ci jusqu'à Moukden, et beaucoup plus de dix jusqu'à Kharbin et Vladivostock. L'homme qui est dans ce bal-

lon, on a ordonné son ascension, ne perd pas la tête.
Il n'a pas plus besoin que vos généraux de mettre l'épée
à la main pour prouver qu'il est un soldat et un chef. Il
suffit d'avoir des yeux et de les employer pour le voir. »

Mon homme se replia en désordre, sans répliquer,
pendant que le photographe de l'état-major, embusqué
sous sa toile noire, prenait un cliché du groupe pittoresque des attachés militaires et des correspondants.

Une file de mulets chargés de caissons de cartouches
passait à deux cents mètres de nous. Les shrapnels
pleuvaient sur eux. Nous entendions nettement le sifflement strident des balles ; une erreur d'un millimètre
dans le réglage de la hausse aurait fait crever l'orage
en plein sur nous. Mais, à mesure que le convoi se re-
pliait, le feu russe se ralentissait. Il finit par cesser, et
je demeure convaincu que, du haoudah, on nous voyait
parfaitement, et qu'on nous a délibérément épargnés.

Toute l'infanterie massée hier sur Takoutaï, et derrière nous, avait disparu. Par contre, une masse imposante de cette arme se mouvait à notre gauche, et le
long du talus du chemin de fer. Au loin, les rochers
de Chaotchang étaient couverts de Japonais. Toute
l'artillerie entassée dans Chaoyantsouï en était partie.
Deux batteries, masquées derrière les arbres de Taotaïtou, tiraient ; deux autres, espacées dans le sentier
entre ce village et Tachaototchaï tiraient aussi. Une
nuée de flocons blancs, de plus en plus dense, planait
sur le pli creusé au pied du haoudah, où l'on voyait
luire les pommes d'étain des mâts d'une pagode. Aucun
bruit n'arrivait de l'arrière de Takoutaï. L'attaque
passait à gauche, pour le moment.

Sur le chemin de fer un train de quatorze plates-formes

s'avance, tiré à la bricole. Je distingue dessus deux des canons de 0,15 photographiés à Nanshan. Sous nos yeux, on relève et on rapproche les deux batteries de Tachaototchaï. Des mortiers filent en ligne dans les sentiers, traînés à bras de soldats. Les shrapnels grêlent sur toute l'étendue des sorghos. Mais les Russes ont si bien caché leur artillerie qu'aucun éclair ne fournit une cible, et qu'on ne reconnaît son activité qu'à l'abondance des chiquenaudes de poudre blanche dispersées sur la moisson, et très juste, car les Japonais ne peuvent masquer le jet de feu de leurs pièces.

Une pointe rapide m'amène près des batteries de Taotaï-tou vers neuf heures. Elles tirent à obus percutants sur Moumodji, la petite pagode et Koumenko. A chaque coup, des plumets noirs de terre jaillissent. Les autres batteries tirent sur le haoudah. A l'extrême droite, une batterie de mortiers, vers Ouotaoyouan, obuse Koumenko. Dans un ensellement, au-dessus d'elle, une masse d'infanterie semble un tapis de grosses pierres grises. L'attaque s'étend d'un bout à l'autre de l'horizon. Du trou dans lequel j'ai dû me blottir, je vois les artilleurs assis sous une casemate de poutres et de terres attendant leur tour de relève, la cigarette et le babil aux lèvres. Ils sont aussi insouciants que s'ils goûtaient les délices d'un « *sodan* » (partie de causette) dans une « *tchaya* » (maison de thé), de leur pays. Les coups russes, il est vrai, éclatent presque tous à quarante mètres en l'air. Néanmoins, de temps en temps, la distribution est mieux faite... Un obus éclate en plein sur un épaulement. Un officier et quatre hommes roulent : leurs têtes et leurs poitrines sont littéralement broyées. La fumée n'était pas dissipée, que, sans une hésitation un officier et quatre hommes sortaient du gourbi et reprenaient le service du canon, pendant que deux corvées de quatre hommes transportaient les cinq morts dans un fossé voisin, recueillaient leurs fiches individuelles, vidaient leurs poches, et rabattaient la terre sur eux. Et pendant cela, les balles et les éclats d'acier hachaient les arbres, égratignaient les murs, cassaient les tuiles, et faisaient un coin d'enfer de ce village, charmant sous ses frondaisons mouvantes...

En avançant, j'entre dans un jardin, et cours m'insérer dans l'angle de deux bâtisses, à l'abri du feu. Une petite murette divisait l'espace en deux. Une quinzaine de soldats y sont assis, leurs fusils posés près d'eux, passifs.

Tout à coup, un sifflement furieux, un éclat assourdissant, une fumée épaisse et âcre. Le vent la balaie. Il n'y a plus que quatorze soldats assis. Le quinzième a été volatilisé. L'obus a éclaté en le frappant... Froidement, son voisin a tourné la tête et fait passer son fusil de gauche à droite. Les autres n'ont pas bougé, et personne n'a pensé à s'abriter derrière la murette. Mais l'attaque n'avance pas. En me repliant je ne vois plus le ballon de Kouropatkine. Je me dirige alors vers la ligne ferrée. Le bruit d'une canonnade intense m'arrive de l'ouest de la grande hauteur. Les coups précipités et secs dénoncent des hotchkiss. Les canons de 0, 15 s'avancent lentement, suivis de douze trucks chargés de munitions. A l'extrême est l'infanterie japonaise continue à se masser tout proche de Koumenko, qui ne la voit pas. Mais Moumodji l'accable d'obus. Le ballon reparaît.

La grosse artillerie s'arrête. On cale et amarre solidement aux traverses les trucks-affûts, on s'assure que
les freins compensateurs sont bien en place sur eux,
et à 10 heures 25 minutes une lourde détonation éclate,
et un obus volant avec un fracas de feuille de zinc
gondolée va soulever un panache de terre sur Koumenko. Pendant une heure et demie, les deux grosses
pièces bien repérées, et hors de portée d'une riposte,
continuent ce jeu, secondées par toute l'artillerie de
campagne de la plaine. Sur toute la crête russe, les
obus percutants font voler la terre. Je compte, en une
minute, 50 shrapnels éclatant en avant du haoudah.
Mais on ne s'y endort pas. Les shrapnels pleuvent au
delà de la voie ferrée, sur Chaotchang, maintenant désert, et en avant de Tao taï tou, je vois des lignes d'infanterie cheminer vers les tranchées ouest des Russes.

Puis, brusquement, un peu avant midi, tous les feux
convergent sur Koumenko. Jaillissements de terre,
flocons de shrapnels, le couvrent d'un épais nuage
noir. Je compte vingt projectiles en dix secondes. A
midi juste, un chapelet de points noirs jaillit de la
tranchée, s'égrène sur la pente ouest, et remonte en
courant la grande crête adossée à Moumodji, pendant
que sur le versant opposé une couleuvre grise monte
rapidement vers le sommet... Puis un drapeau se
dresse et se tend au vent. Il porte au centre le rond
rouge du Soleil Levant... La redoute de Koumenko est
prise, et la ligne russe menacée d'être coupée en deux.

Aussitôt, les batteries de la plaine sont relevées et
portées en avant, mais les Russes ne se tiennent pas
pour battus. Ils déversent sur elles une cataracte inépuisable de shrapnels. Seuls, les canons de 0,15, trop

éloingnés, n'en ont pas leur part. Ils profitent largement de ce privilège pour essayer de rendre intenables
Moumodji et la petite pagode.

Mais une longue bande blanche ondule, en perma-
nence, au-dessus des derniers sorghos, en avant des
premières rampes... Les assaillants ne peuvent pas les
aborder. Si le vent nous était favorable, nous enten-
drions évidemment la grêle des shrapnels et les
rafales de fusillade déversées sur les vainqueurs mo-
mentanés de Koumenko, en même temps que sur les
tirailleurs tapis à la limite extrême de l'abri des moissons, pour tenter le bond suprême sur la pagode, ou
Moumodji, le mamelon du haoudah, ou les batteries
du pli creux jusqu'au chemin de fer.

La bataille se traîne ainsi jusqu'à 5 heures et demie, de bombardements en essais d'assaut invariablement repoussés. A ce moment deux nouveaux canons
de 0,15 arrivent par la voie ferrée et ouvrent un feu
soutenu sur le poste téléphonique du haoudah.

Mais, quoique ruinée, « la tour prend garde » et
l'insistance des Nippons prouve que la tour ne se laisse
pas abattre. Je l'ai d'ailleurs vue intacte...

Mais le jour diminue beaucoup, les gouttes de pluie
sont devenues nappe, et c'est sous une averse diluvienne que Sataké nous fait reprendre la route trop
connue de Chaoyantsouï.

De nouveau nous trouvons jardins, et rues de ce
long village encombrés de canons et de caissons. Les
artilleurs besognent bruyamment. Ils déballent des
espèces de porte-bouteille arrimés dans les caissons,
vissent sur les gargousses les ogives pleines de balles.
Le cuivre des gargousses brille partout comme batte-

rie de cuisine... A mesure qu'un caisson est plein, il part au trot de ses six chevaux.

Un peu plus loin, nous croisons les attelages de huit et dix chevaux des énormes caissons du parc général, puis ce parc lui-même, où se démène une activité de fourmillière.

Partout les maisons sont archi-combles. La nôtre a été donnée à une compagnie! Pendant que nous allons, sous l'averse de plus en plus lourde, à l'autre bout du village, l'orage des soirs de grande bataille éclate dans toute sa force, et comme si Kodama avait voulu y ajouter de l'horreur, une canonnade effrayante mêle tout à coup un ouragan de détonations aux roulements ininterrompus de la foudre.

Nous ne songeons plus guère ni à mettre des habits secs ni à manger. Perchés sur les toits, légèrement bombés de nos maisons, pareils à une colonie d'énormes corbeaux sous nos caoutchoucs ruisselants, battus par des rafales de lourdes gouttes, nous ne vivons plus que par les yeux.

D'immenses éclairs fendaient tout l'horizon d'Est en Ouest. Les nuées, tout en courant, s'ouvraient, de seconde en seconde, en puits rouges pareils à d'immenses gueules de fournaise. Des coups de tonnerre éclatants suivaient chaque illumination aussi vite que le son du canon la lueur. Nous n'entendions plus l'artillerie des deux armées. Les langues pourpres des shrapnels vomis sans arrêt par deux cent trente canons japonais et cent cinquante russes, sur toute la vague profondeur étendue devant nous, devenaient de grosses gouttes de sang pleurées par les blessures d'une mêlée d'apocalypse ou de fin de monde.

Jusqu'à dix heures le fracas des éléments couvrit ainsi, sans pouvoir même le ralentir, le concert de hurlements des gueules d'acier vomissant la mort, au hasard, dans la nuit.

Puis peu à peu, éclairs et coups de tonnerre s'espacèrent. Le voile noir du ciel glissa vers l'ouest; un coin bleu grandit du côté où le soleil se lève, jusqu'à conquérir toute la voûte. Le calme scintillement des corps célestes remplaça les traits livides de la foudre, et comme si les combattants avaient senti tomber sur eux la magnifique indifférence des étoiles, les coups de canon devinrent plus rares, la pluie de larmes de feu s'éclaircit à la façon des derniers fils d'eau d'un orage qui s'écoule, et à onze heures précises quand nous nous réveillâmes de ce rêve de dormeurs éveillés, la lune éclairait placidement les plantes et les hommes que la destruction venait de frapper, et l'écho des montagnes renvoyait comme d'ordinaire, l'aboi machinal des chiens de garde.

*
* *

Le rapport du maréchal Nodzu, sur cette journée du 31, est d'une sobriété spartiate.

« Le 31 août, dit-il, l'aile droite se maintint sur les positions conquises, malgré la contre-attaque de forces ennemies écrasantes.

« La colonne droite de l'aile gauche reprit les positions conquises la veille et perdues.

« L'aile gauche, coopérant avec l'aile droite de la seconde armée, après plusieurs durs combats, s'empara des hauteurs à l'ouest de Hsoui-li-tong (c'est

Koumenko), à midi, mais l'infanterie venant de Chaoyantsoui ne fut pas très heureuse.

« A partir de 7 heures du soir, l'aile gauche envoya
des sapeurs détruire les ouvrages défensifs de l'ennemi.
En même temps, l'artillerie couvrit l'avance de l'infanterie. »

Le général Oku a également abusé des termes
savamment vagues et des explications inintelligibles,
sans les commentaires, plus longs qu'elles, d'un
témoin oculaire. Il ne s'interdit pas, même, une asser-
tion erronée, que je soulignerai, en renvoyant le lecteur au passage correspondant tiré de mon carnet de
notes.

« A l'aurore, dit Oku, l'aile gauche de la droite
japonaise (cela signifie 5e division, IVe armée !) attaqua le mamelon bas où s'élève une pagode (entre
Moumodji et Koumenko) et *en prit une partie*. Une
contre-attaque russe le repoussa. La droite ne put
regagner le terrain perdu, accablée par le feu russe
qui la prenait en flanc. Le parc vient la soutenir et
attaque avec elle la pagode.

« Pendant ce temps, le centre essaye une attaque
et refoule l'ennemi au delà du chemin de fer en le
suivant jusqu'à 1 500 mètres du village de Taotaïtou.
Mais là, les hotchkiss russes l'arrêtent. L'infanterie
russe fait une contre-attaque, mais sept fois elle est
repoussée par le centre.

« Néanmoins la contre-attaque russe continue. Cinq
bataillons d'infanterie viennent renforcer notre aile
gauche. L'artillerie arrive également : la première
ligne est sauvée de l'enveloppement. Tout l'après-midi,
de ce côté, le feu fut excellent.

« A la gauche russe, à midi juste la redoute sud-est
fut enlevée (Koumenko). Mais les vainqueurs ne purent
ni remuer dessus, ni s'étendre, malgré l'aide de l'artillerie.

« Les Russes essaient alors une contre-attaque sur la gauche japonaise, du côté du chemin de fer. *La cavalerie les repousse.* A la nuit, un feu terrible commence. Nos troupes gagnent du terrain. De minuit à 2 heures et jusqu'à l'aurore toute la ligne des hauteurs fut enlevée.

« Les forces ennemies étaient de deux divisions et demie. La IVe armée, a l'aile droite, fut chargée de poursuivre l'ennemi. »

*
* *

Heureusement on m'a communiqué, sans l'avoir collationné avec les deux précédents, un rapport distinct, écrit expressément pour le prince Impérial, et racontant à Son Altesse la mort d'un chef de bataillon qui avait été antérieurement son chambellan et qui fut tué précisément à l'assaut de Koumenko.

Cet officier, Tachibana, était chef du 1er bataillon du 34e de ligne, de la IIIe division, appartenant à la seconde armée, général Oku.

« Ce bataillon, dit-on, commença l'attaque de Liao yang le 30 août. Le centre des forces russes était à Tchaotchampao, la forteresse située à 5 milles (huit kilomètres) au sud-ouest de Liao-yang.

« Autour de la forteresse, sur un espace de plusieurs milles, beaucoup de forts puissants ont été construits. Autour d'eux, des lignes de fils de fer barbelés, des tranchées, des trous-de-loup ont été établis. L'ennemi était très obstiné. Bien que nos troupes se soient approchées très près de ses lignes de bataille, ce jour là nous ne pûmes réussir à le déloger.

« Le 31, notre corps? (Puérile cachotterie, œuvre de l'interprète-traducteur, et bien japonaise !) ouvrit le feu. A l'aurore, le 34e régiment mit son premier bataillon en première ligne, et marchant dans la direction

(229)

d'une colline au sud de Tchaotcham-pao, fit irruption dans le camp ennemi comme une marée furieuse.

« A ce moment, le commandant Tachibana, debout en avant de notre ligne, encourageait les soldats, détruisait les fils de fer, et finalement, à la longue, s'emparait des retranchements formant *la première ligne ennemie* et situés à mi-hauteur de la colline.

« Ensuite ils pénétrèrent dans le fort situé sur la crête, et qui était dans la seconde ligne de l'ennemi. Ils croisèrent leurs baïonnettes avec celles de l'ennemi. A la fin, ils s'emparèrent de la redoute, y hissèrent le drapeau national et crièrent « *Banzaï !* » (vivat, en japonais). »

Dans cette affaire, le commandant Tachibana sabra plusieurs ennemis de son propre sabre. *Cette colline était le plus efficace rempart de l'ennemi, au point de vue stratégique.* L'ennemi ne pouvait prendre son parti de la perdre. Il fit aussitôt une contre-attaque. Tous les canons furent pointés contre cette position, et une écrasante force d'infanterie russe fondit sur elle.

« Les balles et les obus grêlèrent sur les Japonais *qui n'avaient aucun abri.* Aussi massés sur un étroit passage, ils tombaient et leurs corps s'entassaient en collines.

« A ce moment, le commandant Tachibana reçut cinq blessures. Une balle frappa la garde de son sabre et lui traversa le bras droit.

« Bien que mis ainsi hors de combat, il refoula encore l'ennemi plusieurs fois. Mais un morceau d'obus le frappa à la fesse et il tomba.

« Voyant le commandant par terre, un caporal Seïchi Uchida, l'emporta et le plaça dans un fossé où il lui donna les premiers soins. Mais voyant ses camarades graduellement repoussés, le caporal reprit son fusil, sortit du fossé, et combattit en brave. L'attaque russe fut contenue un moment. Uchida tira alors le commandant du fossé. Mais pendant que tous deux descendaient la colline une balle frappa Tachibana à la poitrine et traversa la poitrine et la main gauche du caporal. Ils tombèrent tous deux évanouis.

« Quelques minutes après, quand le caporal rouvrit les yeux, *la forteresse sur la crête de la colline avait été reconquise par l'ennemi*, et de là les balles pleuvaient sur les deux blessés. Il était très dangereux de rester où ils étaient. Rampant hors du fossé, Uchida en tira le corps du commandant, et tous deux, marchant à quatre pattes, réussirent à atteindre un creux. Uchida y plaça le commandant, lui fit un rempart de son propre corps et guetta une nouvelle éclaircie pour s'échapper. Mais à 6 heures 1/2 du soir (la prise avait eu lieu à midi juste et la reprise à 4 heures), le commandant tomba dans un long assoupissement.

« Après le coucher du soleil, rencontrant deux ou trois de ses camarades légèrement blessés, le caporal se fit aider par eux et transporta le corps du commandant à l'état-major de la brigade.

« Tachibana avait sept blessures en tout : une à l'abdomen, deux au gras de la cuisse, deux à la poitrine et une à une fesse. L'une était une blessure d'obus (Le narrateur compte évidemment une blessure par entrée et une par sortie).

« Malgré ces graves blessures, le commandant avait toujours pleine connaissance. En descendant la colline, il avait demandé au caporal si la crête de la colline était toujours aux mains des Japonais, ainsi que des nouvelles du colonel de son régiment et des hommes de son bataillon.

« *Il se trouva que le 31 août est l'anniversaire du prince impérial dont Tachibana avait été chambellan. Le blessé parla, à plusieurs reprises, du grand honneur qu'il ressentait de mourir héroïquement un pareil jour.*

« Il avait toujours été un homme de cœur droit, aimé de ses inférieurs, comme un autre père. Juste, intègre, intrépide, IL ÉTAIT UN MODÈLE DU TYPE VIEUX

(231)

SAMOURAÏ. En apprenant sa mort, tous les hommes de son bataillon éclatèrent en sanglots.

« Moi, capitaine Sato, qui suis un intime ami de Tachibana, et son secrétaire Seïchi Uchida me demandant d'offrir à son Altesse Impériale, à l'occasion de son anniversaire, les félicitations du commandant, ses dernières paroles et sa suprême volonté sur son lit de mort, j'ai écrit cette description de la mort héroïque de Tachibana.

« Ces papiers seront offerts au Prince par le colonel Tauchi, officier d'ordonnance de Son Altesse.

« Un mot en finissant, sur l'admirable caporal. Quand je suis venu un jour au 1ᵉʳ bataillon, le caporal, blessé à la poitrine et à la main gauche, commandait le bataillon, parce que tous les cadres, officiers et sous-officiers, de ce bataillon, avaient été ou tués ou grièvement blessés.

« Capitaine KAGIRO SATO,
« officier d'Etat-Major à la IIᵉ armée. »

Le capitaine Sato ne dit pas que du bataillon de Tachibana, cinquante hommes seulement restaient, dont vingt répondant aux appels.

Remarquons, en outre, que le capitaine Sato mentionne la reprise de Koumenko par les Russes. Ni Nodzu, ni Oku n'en ont dit mot; Oku a dit même que cette position avait été en partie occupée le matin !

L'interprète Tanaka a fait mieux que le général. Il m'a raconté que l'assaut Nippon avait déferlé sur Koumenko, plus inattendu qu'un raz-de-marée. Les Russes n'avaient plus de cartouches. Les Japonais avaient épuisé les leurs... On se battit à coups de pierre ! Puis les Russes, grands et forts, saisirent à bras le corps leurs grêles ennemis, et en disposèrent aisément. Mais les cartouches finirent par arriver (aux Japonais, bien

(232)

entendu !). Les Russes reculèrent. Mais les balles et les obus de leurs tranchées et redoutes sur Moumodji balayaient si bien le sol de Koumenko, qu'y paraître était encourir sûrement la mort. Alors les Japonais s'avisèrent d'un stratagème. Agrippant le cadavre russe le plus voisin de la crète, ils se couchaient à côté, le poussaient patiemment jusqu'à la lèvre de la tranchée, et arrivés là, l'embrassaient et roulaient avec lui dans le fossé. M. Tanaka avait la bonté d'ajouter que, plusieurs fois, deux cadavres, au lieu d'un, avaient atteint le fond de la fosse !

CHAPITRE III

LA VISITE DU CHAMP DE BATAILLE. — UNE AMBULANCE. —
LA RÉCOLTE DES MORTS ET BLESSÉS. — CADAVRE RUSSE
LAISSÉ BIEN EN VUE. — VISITES DE L'ÉTAT-MAJOR AUX
MORTS. — INDIFFÉRENCES DE L'ÉTAT-MAJOR POUR LES
MORTS. — LES RESSUSCITÉS DE KOUMENKO. — RAISON
DE LA RETRAITE DES RUSSES. — LE MORAL DU SOLDAT
JAPONAIS.

Le jour se leva le lendemain pur et radieux. Une
brise légère balançait les longues chevelures souples
des grands saules, sans apporter aucune rumeur martiale. Des vols de pigeons de pagode tournoyaient en
l'air, et l'éclair blanc de leurs changements de route
passait sur les verdures rondes en fumée d'éclatement
d'obus. Nous ne savions si la nuit avait couvert un
échec ou une victoire...

Personne ne venant, nous partons en colonne. Mais,
pour cette hypothèse, on a des ordres, et on nous
arrête. Enfin, à 6 heures et demie arrive le chef de
bataillon Komamoura. Il ne nous donne aucune nouvelle ni de Kann, ni de Grant Wallace, un journaliste
de San Francisco, qui avait également disparu. Il nous
dit seulement que *on* (*même pas* le général Oku), *on*
regrette de n'avoir pu nous montrer toute l'action,
mais que *on ne s'attendait pas à rencontrer pareille
résistance* et à livrer une bataille de 48 heures. Les
positions de l'ennemi ont été occupées par une attaque

(234)

de nuit. Le commandant s'excuse de ne rien dire de plus. Officier d'Etat-major, il ne sait pas ce qui a été fait sur le champ de bataille. L'heure même de ce haut fait lui est inconnue. Il indique, successivement, minuit et trois heures du matin. Les Japonais ont fait de grosses pertes, mais on n'en a pas encore le relevé exact. Les montagnes de la première ligne sont à nous, et toute l'armée marche en avant.

« Et nous ? commandant ?

— Nous, nous allons visiter le champ de bataille... mais après une halte à l'ambulance. »

Elle est en plein cloaque, dans une auberge dont l'aubergiste a gagné le large. On y a préparé 200 places, et amené 400 soldats, tous éclopés plus ou moins, pendant la canonade nocturne, me dit-on. Les salles qu'on montre ont été évidemment préparées pour « la montre ». Murs badigeonnés au lait de chaux, sol balayé, serviettes propres, infirmiers en bonnet et tablier immaculés, tables couvertes de linge sous des fioles, des rouleaux d'ouate hydrophile et de bandes de pansement. Pas de trousse. Pas d'instruments ni d'outils de chirurgien.

Dans le premier compartiment, deux blessés ; l'un a le bras gauche ouvert par un éclat de schrapnel qui a cassé l'os ; l'autre a le sein droit sétonné, de bas en haut, par une balle qui a ricoché sur un caillou ou quelque objet de métal.

Dans la pièce suivante, cinq blessés qui sont venus tout seuls, ont bandé sommairement eux-mêmes des éraflures aux mains, aux bras et aux jambes.

Plus loin, quatre blessés dont l'un vient d'être promu caporal ; un éclat d'obus lui a cassé un bras. A côté de lui, sur le *k'ang*, un malheureux à face couleur de cire, la tête enveloppée d'un large pansement, dort à côté d'une boîte de cigarettes russes.

J'ai demandé vainement à quel régiment, à quelle division appartiennent ces éclopés ? Les pattes d'épaule qui portent les numéros régimentaires sont ou enlevées ou roulées, comme je l'ai vu invariablement depuis Lou shou ton, et le commandant Komamoura aggrave cette cachotterie en me répondant que « défense formelle a été faite aux soldats de donner le numéro de leur régiment. »

Notre visite à l'hôpital était finie.

Nous en avons fait quelques autres depuis, à Liao yang, à Chiliho, à La-mou-ton. — Elles ne nous ont pas appris davantage le fonctionnement réel du service sanitaire japonais en campagne. Aucun de nous n'a été autorisé à pénétrer dans les tentes, où nous aurions pu le voir autrement qu'en grande toilette d'apparat, et le juger. C'est toujours au hasard que j'ai dû toutes les satisfactions de métier que m'a données mon trimestre dans les camps de la II° armée. Chacune de ces aubaines a toujours fait paraître un mécontentement accentué chez nos hôtes. Ils n'avaient des façons à peu près hospitalières qu'à la nuit bien serrée, quand ils étaient ou se croyaient sûrs que nous ne pourrions plus rien voir...

Au grand soleil, la vérité qu'on aurait bien voulu cacher, était visible, sur le terrain ! Les Russes avaient fait un mal énorme à leurs assaillants.

Les sorghos que nous traversions, par un sentier indescriptible, le long du chemin de fer, saccagés comme par la ruée et la toilette d'une bande de cochons sauvages, étaient semés de piles de sacs, de fusils, dont bon nombre cassés, de cartouchières, de bidons. Un soldat les gardait, assis parfois sous une toile de tente jetée sur quatre tronçons de tige.

A chaque instant, nous doublions un tumulus tout frais, orné d'un nœud de la plante nourricière, ou un brin de verdure trempait dans l'eau versée hâtivement de quelque bidon. Nous croisions des files de brancards, lourds, gluants de taches rouges, d'où pendaient des ballottements de bras et de jambes. Aux clairières, des files de cadavres raidis attendaient la revue suprême. Des chevaux, dressés sur leurs pattes de devant, essayaient vainement de haler leur arrière-train cassé, sans que personne songeât à perdre une cartouche pour les achever. D'autres, raidis en travers du chemin, nous obligeaient à faire un crochet dans l'épais taillis des grandes cannes, et à vérifier ainsi l'impossibilité absolue de faire manœuvrer une force de cavalerie sur un pareil terrain.

Aux plus grands arbres flottaient croisés les drapeaux, au rond rouge, du Japon, et à croix rouge de la Convention de Genève, au-dessus de tentes-abris, nombreuses, comme un campement. Là se ralliaient les ramasseurs de blessés que nous entendions, sans les voir, besogner à droite et à gauche de notre chemin.

Bruits d'épis froissés et cassés, appels de ceux qui avaient trouvé, traînage bruyant des trouvailles, coups lourds sonnant sur des carcasses sonores, suivis de hurlements de douleur, fuite oblique de chiens à l'allure clopinante d'hyènes et de chacals, corbeaux volant en grandes bandes ou croassant dans les arbres, le sol littéralement ensemencé de balles et d'éclats d'acier brillants, évoquaient, avec tout son cortège d'horreurs

triviales, le vilain envers de la gloire : le brutal « moins
la vie », qui fait du courage, une victoire pour le
blanc, vraiment civilisé, mais n'a aucun sens dépri-
mant pour le jaune, encore foncièrement primitif.

Mes oreilles me montraient, sans que je les visse,
les soldats traînant par les pieds, la figure rabottant
la terre, les camarades avec lesquels ils partageaient
la veille une gamelle de riz, un bidon d'eau ou l'allumage d'une cigarette, et qui avaient peut-être agonisé
pendant des heures, d'abord sous la pluie et le vent
aigre de l'aube, puis sous le soleil, sous les tortures
des mouches, des fourmis, et de tous les autres ennemis des blessés que recèle la terre, palpitant à tous les
bruits qui pouvaient annoncer la venue des secours,
et roulant dans le grand mystère, au moment peut-
être où leur dernier regard les voyait enfin arriver !

Pas de zèle ; pas de conversations ; pas de ces plai-
santeries macabres dont les soldats blancs ne manquent
pas d'égayer cette lugubre corvée. Posément, lourdement, les Nippons vivants ramassaient les Nippons
morts, avec la même indifférence, la même allure mou-
tonnière qu'ils avaient l'avant-veille sous le feu. Un
ordre est un ordre pour ces hommes qui se savent faits
pour obéir, et ont obéi toute leur vie à une discipline
minutieuse et infrangible, dont le joug s'étend jusqu'à
leur esprit. Et pour ces adorateurs des Mânes, la mort
est une phase nouvelle d'existence, moins connue que
celle qui l'a précédée.

Nous approchions de Tchaotchampao. Plus d'éclats
brillants d'acier sur la terre, mais partout des cylindres
noirs intacts. C'étaient les enveloppes de nos shrapnels, dont l'haleine blanche avait animé seule pendant

48 heures le long talus vert dressé devant nous. Les Japonais savent qu'un bon obus à balles, dont l'enveloppe d'acier, en se brisant mathématiquement, double la puissance destructive, coûte quarante francs. Leurs moyens leur interdisent ces folles dépenses. Ils avaient, comme toujours, fabriqué mauvais pour fabriquer bon marché, et quand leurs projectiles éclataient, ce qui n'arrivait pas toujours, comme nous pouvions le vérifier aisément *de visu*, après avoir éparpillé leur grenaille, ils tombaient, scalpés de leur fusée, et pareils à des cornets de dragées vides.

Un fourmillement de silhouettes kaki remuait de la base au faîte des pentes. Devant les trous-de-loups, excellentes fosses, toutes faites, des files de cadavres attendaient. Les sergents-majors récoltaient les bandes de papier épinglées au bras de chaque soldat comme fiches individuelles. Besogne de Pénélope, car l'alignement s'allongeait sans cesse.

On m'a affirmé que certains de ces trous contenaient un épieu érigé planté au fond. Je n'en ai pas vu un seul de ce style, quoique j'aie bien et beaucoup cherché.

Les cadavres russes étaient rares, mais gigantesques. Un seul marquait l'emplacement des batteries, dans le vallon au pied du haoudah. Il gisait entre la redoute des grosses pièces et un large éparpillement de capsules d'étain arrachées en débouchant les shrapnels de campagne. — On l'a laissé sans sépulture jusqu'au 4 septembre, pendant tout le temps que cette position a été utilisée par les Japonais pour l'attaque du corps de place de Liao-Yang.

Il fallait entretenir l'esprit martial des soldats, en satisfaisant leurs goûts héréditaires, et en entretenant leur aptitude à tuer et à mourir. Chez eux, leurs bibelots préférés, et ceux-là, on ne les vend pas aux barbares *(K'todjins)*, sont des masques, où l'habileté imitative des artistes nationaux a rendu au vif, les balafres, les mutilations ou les rictus hideux de tel ou tel blessé ou décapité, volontaire ou non, célèbre depuis des siècles. Leur théâtre préféré est un tissu d'actions sanglantes. Il a fallu interdire tout réalisme dans les scènes de meurtre ou de mort volontaire *(harakiri)*. La vue de la flaque rouge affolait les spectateurs et on craignait l'effet électrique de cette suggestion par l'œil. Pour ces Néroniens, la vue d'un ennemi mort n'engendre ni dégoût ni satiété, et son cadavre sent toujours bon. Celui du Russe ne manquait pas de curieux !

La tranchée en plein roc du mamelon A ne les retenait pas longtemps. Çà et là des morceaux de ceinturon machurés, des bérets encore humides de sang, des musettes, des chanteaux de pain noir, des éclaboussements de sang, quelques places où la terre en avait été profondément imprégnée, témoignaient seuls que les centaines d'enveloppes de shrapnels éparses sur la butte n'avaient pas été vidées en pure perte. Un seul endroit attirait et retenait un rassemblement continuellement renouvelé : un foie humain tout entier, arraché par un coup d'obus, était resté collé à la paroi du roc, auréolé d'une étoile de jets de sang.

Les généraux Oku et Kodama, escortés d'un nombreux état-major, si battant neuf et propre qu'il semblait frais sorti d'une boîte, ne firent que passer. Les attachés militaires étrangers suivaient, à distance, derrière le général anglais Nicholson, plus renfrogné que jamais. Ils étaient de la suite des triomphateurs, oubliés dédaigneusement à la traîne. Ceux-ci découvraient par ce manque d'égards, leur véritable caractère, où la générosité n'a pas place, heureux de pouvoir enfin rejeter loin le masque de courtoisie porté patiemment tant qu'ils avaient eu besoin d'endormir les méfiances des blancs et de créer un préjugé favorable par l'étalage de gestes et d'habitudes chevaleresques. Ils se vengeaient sur les représentants officiels des Puissances, leurs institutrices, de la reconnaissance qu'ils leur avaient témoignée et d'une infériorité dont ils se croyaient sortis définitivement. Ils n'avaient pas autant de sans-gêne avec nous, simples journalistes. Il est vrai que nous représentions une force beaucoup plus malaisément maîtrisable, et que nous avions pu, nous, parler, écrire et agir de façon à faire respecter nos personnes et les gros intérêts dont nous avions la charge ! L'empressement avec lequel nous avons entouré nos compatriotes et oublié toutes les différences de drapeau de l'autre hémisphère, a seulement épaissi la ligne de démarcation entre nous et les Japonais. L'étiquette nous a d'ailleurs presque immédiatement séparés de ce cortège.

Nous l'avons retrouvé après avoir traversé la route mandarine et le pli creux de la colline Tchaotchampao, semées l'une et l'autre de culots intacts de shrapnels et d'obus de 0,15 qui avaient également oublié d'éclater. « Ils étaient de provenance russe, comme les canons », me dit l'interprète Ochabé.

« Pourtant Monsieur Ochabé, ceux-ci viennent de chez vous, et ceux que les Russes nous envoyaient hier et avant-hier n'avaient pas été pris dans les caissons japonais, et ils éclataient proprement ? » Pas de réponse.

Au pied du cône terminal de Moumodji, grand rassemblement et brouhaha admiratif devant cent trente fusil russes, plus ou moins invalides, entassés comme triques de fagots, quelques centaines de caisses de fer blanc pleines ou à demi-vides de cartouches, et une pitoyable friperie de capotes, vareuses, bottes de feutre, bérets, cartouchières, musettes, bidons et boîtes de conserves vides. On ne regarde pas une énorme ravine, dont la coupure dévale jusqu'à la plaine, et bâille entre deux lacis de lignes de fil de fer ; non plus un amoncellement de grosses poutres fraîchement sciées, et une casemate basse, trapue, tapie sous un double matelas de ces madriers renforcés de couches de terre, J'y pénètre ; mais les ordures et l'odeur épouvantable me mettent rapidement en fuite.

« Les Russes sont par ici «, vient me dire Tanaka. « Ici », c'est le retour de la tranchée inférieure, un boyau foré dans le roc vif et profond de deux mètres, avec banquette au milieu de la contrescarpe. Une trentaine de grands corps, bottés et vêtus de drap, y sont dispersés. Ces détails d'uniforme frappent. Comment courir pour l'offensive, comment marcher vite hors des tranchées, et faire les bonds des tirailleurs, dans cet équipage? La passivité, si énervante, des Russes, s'expliquait dès lors ! L'un d'eux, tombé à plat dos, avait encore les yeux ouverts, et ses bras tendus, à demi-pliés venaient de lâcher le fusil !

« Est-ce tout, monsieur Tanaka? — Oh ! non ! Il y en a encore d'autres, beaucoup. Mais vous savez que les Russes sont très habiles à emporter leurs blessés et leurs morts ? — C'est pour cela qu'ils laissent leur matériel ? Allons voir ! » Et nous avançons sur le parapet.

Les morts sont de plus en plus nombreux. Mais je ne vois plus que des kaki japonais. Bientôt la tranchée en est comblée. Ils sont empilés par six d'épaisseur, tous les deux mètres, sur une longueur d'un demi-kilomètre. Crânes défoncés, le plus souvent ; pas une seule blessure d'arme blanche. Oku, Kodama et leurs officiers marchent devant nous, lentement, sur la crête, au pas de revue, fumant, causant et jetant leurs bouts de cigarettes sur tous ces pauvres enfants qu'ils ont poussés à la mort comme pions d'échiquier à dame, et qui gardent encore sur leurs visages l'ardeur de la lutte, et dans leurs membres raidis l'allure et les gestes du combat.

Au haut du cône dans la tranchée supérieure, nouvelle et aussi épaisse jonchée de cadavres aux têtes rondes et noires et à l'habit jaune des fantassins nippons. Et leurs grands chefs défilent devant, dominant la chute presque perpendiculaire du terrain sur la plaine, où chaque bouquet d'arbres abrite une ou plusieurs ambulances, et leurs bouts de cigarettes continuent à aller s'éteindre dans tout ce sang, qu'ils ont versé comme de l'eau.

J'ai photographié, mais n'ai pas été surpris de trouver plus tard mes clichés tremblés.

« Qu'est-ce que ce charnier, Monsieur Tanaka ? demandai-je. — Ce sont les morts de l'assaut de cette nuit. »

« Voyons ! voyons ! Monsieur Tanaka ! Huit sur dix ont le crâne enfoncé, et pas un ne porte de coups de bayonnette ! C'est bien bizarre, après un abordage pareil ? Et tout ce terrain n'a pas l'aspect d'un champ pétri par les trépignements d'un bras-le-corps désespéré ? Et puis, ne trouvez-vous pas qu'ils sont tombés bien à propos, tous ensemble, et les uns par-dessus les autres, comme bestiaux se succédant devant le couteau d'un boucher ? »

Pendant que j'essaie d'arracher à mon interlocuteur la vérité, que je devine sans peine après notre traversée des sorghos, nous rejoignons un groupe nombreux, d'où j'entends sortir la grosse voix d'un correspondant anglais. Debout, en face de Kodama, il le félicite avec emphase, et l'oblige, poliment, à lui faire raison d'une tasse de wisky, « le saké de l'Angleterre, dit-il gracieusement, en l'honneur des héros couchés là-haut, et qui ont accompli, en enlevant ce piton d'assaut, une prouesse dont aucune autre armée au monde ne serait capable ! » Je salue au passage ce tact, une vieille connaissance... Et Kodama, souriant, avale sans sourciller le wisky et le compliment.

Le lecteur a déjà vu que cet assaut de Moumodji est une invention. D'ailleurs, huit jours plus tard, les officiers japonais le démentaient eux-mêmes, et avouaient que les positions avaient été occupées quand les Russes avaient été partis, tout simplement. Quant aux morts, on les avait ramassés tout le long du pied des collines et concentrés là pour les enterrer plus commodément.

Après un bref déjeuner sur la plate-forme des batteries russes, dont il ne restait, d'ailleurs, que de la paille et des ornières, une revue des tranchées du mamelon et de la pagode-blockhaus nous apprit seulement combien cette position était forte, et nous arrivâmes à la redoute de Koumenko, seul point où l'offensive japonaise ait remporté un succès de vive force. Elle domine, à 10 mètres, notre sentier.

Pied à terre, et à qui arrivera premier à la crête couronnée d'un rassemblement de soldats. J'oblique à gauche, gravis le talus, et cours sur le parapet, vers eux. Aussitôt : « Descendez ! Descendez ! Mais descendez donc ! » Machinalement j'obtempère et demande explication à Tanaka, qui avait vociféré cet avis si peu parlementaire. « Il y a des Russes armés cachés, là-bas, au bout de la tranchée où vous couriez, me dit-il. Un quart d'heure avant notre arrivée, ils ont tué un lieutenant et blessé grièvement un sergent-major qui passaient sans défiance juste à l'endroit que je vous ai fait quitter... En ce moment, un interprète qui sait le russe leur apprend la retraite de leurs troupes et leur promet la vie sauve s'ils rendent leurs armes... Et, tenez ! Il les a décidés à capituler. Voyez ! un de leurs fusils sort de terre. — Il était chargé. — Une cartouche tombe du chargeur ? Ah ! les canailles !... »

Mon Kodak était prêt. Clac ! un instantané. Pendant que je tourne ma bobine, on pique à coups de pioche des sacs de terre, on les arrache vivement. Bientôt, du trou élargi émergent une casquette plate, une figure couleur de cendre. Le ressuscité s'arrête ; il n'a plus la force de se hisser. Il appuie ses mains aux rebords de sa fosse. Il regarde avec des yeux d'outre-tombe, nous qui le photographions, rangés tous en face de lui, la haie des Japonais appuyés sur leurs fusils, le ciel inondé de soleil, la plaine où verdoient à perte de vue les larges plans des moissons et les bouquets d'arbres, toutes ces choses de la vie qu'il n'espérait plus revoir jamais... C'est la minute la plus poignante que je me souvienne avoir vécue...

Lui et les six vaillants qui s'étaient volontairement ensevelis avec lui, ont eu, je crois, de la chance que leur exhumation se soit faite en présence des correspondants étrangers ?

L'interprète Tanaka, docteur en droit et docteur ès sciences politiques des Facultés de Paris et d'Aix, fulminait : « C'est dégoûtant ! On n'aurait jamais dù leur faire grâce ! Ce sont des assasins ! Ah ! si j'étais arrivé plus tôt, ils auraient payé le prix leurs coups de fusil ! J'aurais dit aux soldats de les brûler dans leur trou en y lançant des chiffons imprégnés de pétrole et allumés ! »

Je ne réussis pas à lui faire comprendre l'héroïsme des sept prisonniers, la légitimité de leur résistance, ignorants qu'ils étaient de la fin de la bataille, et l'atrocité des représailles d'Apache qu'il regrettait de n'avoir pu faire exercer... Les crânes japonais sont durs ; certaines idées des civilisés, l'humanité, entre autres, n'y entreront probablement jamais. La greffe blanche, même profondément plantée, ne les empêche pas de retourner au sauvageon, dès qu'ils sont replantés dans leur sol natal.

Pendant que les sept Russes partaient sous escorte, trois d'entre eux blessés, la tête bandée de linges sanglants, et le bras timbré de la Croix rouge, sauvés désormais, puisque nous les avions vus, nous descendions vers la plaine, à travers les fils de fer soi-disant arrachés par Tachibana, qui, en réalité, avait abordé la redoute par le col, en contournant les entrelacs, à droite. Depuis on avait rompu ce barrage ; mais pour y pratiquer une ouverture de dix mètres, pas plus. Les matériaux étaient relevés et rangés sur les lignes voisines, avec un soin qui excluait l'hypothèse d'un travail fait pendant une ruée d'assaut, sous un ouragan de mitraille.

Du haut de Koumenko, nous avions vu l'éperon de Taielton, qui le flanque en arrière de deux étages de feux : tranchées d'infanterie à mi-côte, emplacement de batteries sur une tablette spacieuse, près du sommet.

De là la vue et les projectiles enfilaient tous les vallons à nous masqués par le Takoutaï. Taielton faisait exactement pendant à Tchaotchampao, et gardait l'Est, comme ce dernier l'Ouest, de la position de Kouropatkine.

Les routes des armées de Oku et de Nodzu étaient ainsi commandées... Après ce que j'avais vu tout le long de la colline de Tchaotchampao, je ne pouvais plus douter que les Russes ne se fussent repliés parce qu'ils l'avaient voulu, quand et comme ils l'avaient voulu.

J'ai compris pourquoi le généralissime avait pris cette décision en lisant dans les journaux anglais qui nous parvinrent du Japon dans la seconde quinzaine de septembre, la disgrâce infligée à l'aile gauche russe, opposée à Kouroki, par la fatale méprise du général Orloff entre Yentaï et Liao-Yang. Kouropatkine avait dû diriger de ce côté les renforts qu'il avait disposés pour Tchaotchampao, et qui auraient probablement reconduit Oku et Nodzu assez loin sur la route d'Haïcheng.

*
* *

Pour rentrer à Chaoyantsouï, nous avons traversé de nouveau, du Nord au Sud, toute la plaine, par le chemin que j'avais suivi avec la 5ᵉ division, au pied des croupes de Takoutaï. Les quatre arbres près desquels mon cheval était devenu fou se balançaient au vent sans souci de leurs blessures ; les haricots que j'avais roulés s'étaient à demi-relevés. Les rameaux verts que les amis des morts avaient plantés sur leurs tombes dans une boîte de conserves ou un éclat d'obus, s'étaient fanés au grand soleil. La terre des tumuli, si nombreux, prenait déjà la teinte foncée des guérets voisins et leur renflement seul indiquerait, pendant quelques jours encore, une sépulture.

Dans des sentiers moirés d'ombre et de lumière par des ormes et des saules, et où mes souvenirs évoquaient ces heures que toutes les jeunesses ont connues, les fossés abritaient dans l'ouate des grandes herbes, de longues lignes de cadavres. Les fumées que nous avions vues de Moumodji montaient des bûchers où l'on brûlait ces morts, probablement pour éviter aux survivants la corvée de terrassier, la plus odieuse de toutes au soldat japonais, parce qu'il se juge avili par elle du rang de samouraï au rang de coolie.

Dans cette marche à l'inconscient, le fossé était le vestibule ; l'antichambre, une cour de ferme, en contre-haut, autant que possible, et cernée d'un chemin creux, disposition qui facilitait les transports et le secret de l'opération.

Les meubles des Chinois, les ustensiles divers, les

portes, fenêtres, carcasses de charrues, pourvoyaient
à l'allumage. On entretenait le brasier avec les branches et les éclats d'arbres sciés et débités à la hache
par les Chinois, et brûlés, tout verts, séance tenante,
car il fallait gagner la peste de vitesse.

Le foyer flambait et braisillait à l'endroit le plus
exposé au vent, sur un lit de briques de quatre mètres
carrés. Les hommes de corvée, vestes ouvertes, man-
ches retroussées, bras nus, noirs de fumée et de suie,
prenaient, d'un tas pareil à une « corde » de bois, les
cadavres apportés et empilés par une brèche du mur,
les alignaient sur les charbons ardents et les recou-
vraient de branches et d'éclats. Ils vaguaient ensuite
autour, les bras ballants et la cigarette aux lèvres,
tout en chargeant le brasier. Les morts le démolissaient
toujours, en contractant brusquement leurs articula-
tions des bras et des jambes. J'ai vu jaillir ainsi, du
milieu de charbons roulant et d'étincelles envolées, des
coups de pied et de poing qui demeuraient hideuse-
ment figés jusqu'à la chute des gros os en cendres.

Toutes ces scènes illustraient la force de cette armée
qui est essentiellement une force morale. Le vieil
idéal samouraï de « *Yamato Damashi* » (l'âme japonaise) l'entretient. Il n'imprègne pas tous les Nippons
à la même profondeur, mais aucun n'y est tout à fait
imperméable. L'hérédité l'a fait plus ou moins pénétrer d'avance dans leur constitution. Ils savent tous,
même quand ils agissent égoïstement, que chacun
d'eux est responsable, dans la mesure de ses moyens
individuels, de la grandeur de leur pays, et doit la procurer, même au prix de son action isolée, même au
prix de son sang. Les morts des batailles à venir

peuvent ajouter leurs milliers à ceux des batailles passées; les uns ne feront pas oublier les autres. Le gouvernement qui sait la puissance d'un pareil ressort le maintient en bon état. Il honore tous ces morts suivant leur importance, en insérant leurs noms au « Livre d'Or » de la Gazette Impériale. Chacun compte, en outre, sur la page immortelle de la tablette d'autel familial, et s'assure que des générations d'enfants apprendront dans la suite des âges à vénérer leurs mânes, comme ils ont appris eux-mêmes, en même temps qu'à lire et tracer les caractères, à vénérer les mânes de leurs ascendants.

La discipline militaire est, pour eux, le plus impérieux des devoirs civiques, et un citoyen n'est réellement un bon citoyen que s'il est prêt à faire un soldat brave et soumis à ses chefs, à donner ou à subir la mort sur l'ordre des officiers, qui représentent dans le rang, à côté de lui, l'Empereur, descendant des dieux nationaux et incarnation de la patrie...

Chaque bouquet d'arbres de l'immense plaine exhalait la fumée d'un holocauste pareil; des êtres humains y retournaient au grand Tout par la flamme, la fumée et les cendres. Et cette résurrection poignante de la vieille âme de l'Asie, vieille comme le vieil univers, ennoblissait singulièrement la mélancolie, inexprimable en Chine, du Soleil, lointain ancêtre de l'Empereur auquel ce sacrifice était offert.

CHAPITRE IV

BATAILLE DE LIAO-YANG. — LA PLAINE DEVANT LIAO-
YANG. — LA TACTIQUE DES JAPONAIS. — ÉCHEC JAPO-
NAIS LE 1er SEPTEMBRE. — LA JOURNÉE DU 2 SEPTEM-
BRE. — RAPPORTS JAPONAIS. — LA JOURNÉE DU 3 SEP-
TEMBRE. — LA RETRAITE EN BON ORDRE DES RUSSES.
— LA VISITE DU CHAMP DE BATAILLE. — MAIGRES
PRISES FAITES PAR LES JAPONAIS.

VENDREDI 2. SAMEDI 3. DIMANCHE 4 SEPTEMBRE 1904.

Le lendemain matin, à 8 heures, nos guides arrivèrent.

« Messieurs, dit aimablement M. Ochabé, j'espère
que ce soir nous coucherons à Liao-Yang. — Nous
aussi, M. Ochabé ! — Mais, lui dis-je, que va-t-on faire
des morts des tranchées de Moumodji ? Ne les a-t-on
pas transportés là-haut pour ne pas fatiguer leurs camarades à creuser des fosses ? — Non ! Non ! Monsieur.
Ils seront brûlés. Nous brûlons tous nos morts. —
Pourtant, M. Ochabé, on m'a dit que vous n'employiez
la crémation que pour les adeptes du *shinto* ? On a
beaucoup enterré dans la plaine ? Et à Yokohama, j'ai
vu déposer en terre des restes de soldats bouddhistes,
rapportés du champ de bataille ? — Oui ! Oui ! Mais
ici on ne fait aucune différence. Shintoïstes et bouddhistes sont cremés par mesure sanitaire. »

Les morts de Moumodji reposaient déjà sous les
parapets culbutés des tranchées. M. Ochabé le savait
Mais il cédait au besoin de fourberie qui talonne tou-

jours les Japonais dans leurs confidences sur leur pays et dans leurs rapports avec les étrangers...

A 9 heures du matin, nous mettions pied à terre sur le mamelon en avant du haoudad. Les attachés militaires étrangers y étaient déjà installés. Derrière nous, sur l'ancien champ de bataille, les fumées des bûchers montaient lentement à travers les masses d'arbres ; devant nous, une nouvelle bataille se déployait, et il était facile de voir que, comme le terrain lui-même, elle était beaucoup plus ample.

M. Ochabé se fit à lui-même le plaisir de nous dire qu'il nous était formellement défendu de nous éloigner du mamelon, et qu'il était gardé par des sentinelles. Erreur volontaire et gracieuseté bien inutile ! En bas nous n'aurions vu que le peloton ou le canon immédiatement devant nous, et rien des positions russes puisqu'elles étaient, cette fois, au niveau de la moisson.

Et nous n'aurions connu des combats engagés sur un front de vingt kilomètres que ce qu'il aurait convenu à M. Ochabé de nous en dire. De notre observatoire, au contraire, tout le panorama militaire était parfaitement visible.

A notre extrême droite, les bastions et les courtines du massif mandchourien érigeaient leurs silhouettes bleues en une immense demi-lune, dont les deux ailes allaient graduellement se perdre en contours vaporeux dans l'est et le nord, tandis que le centre s'arrondissait en pleine vigueur à deux lieues et demie de nous, juste au-dessus du coude dessiné par le large lit du Taï-tze-ho, qui achevait de donner à ce soulèvement l'apparence d'un saillant de forteresse. De profondes découpures marquetaient en clair et en foncé des épis et des val-

lées, dont la plus large et la plus nette cachait la route
venant de Motienlieng, par laquelle Kouroki asseyait
d'amener la première armée au point fixé pour envelopper Kouropatkine. Un petit piton, cerné au haut du
cône par la ligne blanche d'une tranchée, en commandait le débouché. Du pied de cette acropole, la plaine
s'étendait vers l'ouest, sans une saillie où l'œil pût
trouver un repère.

Au centre, une masse grise indiquait Liao-Yang,
distant de 8 kilomètres, et dont je voyais dans ma
lorgnette les murs gris surmontés de miradors. Au
dessus montait le fût octogonal d'une haute tour par-
tagée en deux par une bague de bas-reliefs blanche et
une série de fausses toitures montant jusqu'au sommet.

A son pied, des torrents de fumée remuée par le vent
la cachaient parfois tout entière. Ils sortaient de longues bâtisses à tournure administrative, alignées près
du point où s'arrêtait le double ruban brillant du chemin de fer. Un épais nuage noir, qui faisait écran en
arrière, et sortait évidemment des cheminées de locomotives, signalait, en ce point aussi, la gare.

Entre ce dernier plan et notre observatoire une mer
de verdure s'étalait et s'éloignait bien loin au delà du
chemin de fer, jusqu'à l'horizon occidental, imprécis
comme celui de la mer. Des lignes d'arbres en rom-
paient la nappe unie, et abritaient, aux abords même
de Liao-Yang, les villages de Youchatsou ou Kenlijouan, et Youïfousantsaï, près du mur sud ; Poulitze,
Taolatze, Chentaïtze, un peu plus loin de la ville, à sa
hauteur, et à l'ouest du chemin de fer ; au milieu de
la plaine, Sampalichan, Mushao, Yampochan, et à leur
hauteur, au delà du transmandchourien, Chaotcheng,

Yenlangtchaï, Chaling, marqué par une haute tour mince, analogue à celle de Liao-Yang. A nos pieds, un écart détaché du massif, où tout un régiment en réserve, se confondait avec les pierres grises ; le village de Tchaotchampao, étalant le lacis de ses ruelles, enchaîné sur les deux grandes routes de Liao-Yang, dont l'occidentale longeait les rails et passait par Sampalichan, et l'orientale par Mushao.

A notre droite, le long épi de Taielton descendait en trois plates-formes, entre Yampochan et Mushao, et nous cachait la vallée de la rivière de Liao-Yang, Nampalichan et le pays entre cette rivière et le Taï-tze-ho.

Là manœuvrait Nodzu.

Oku opérait à gauche et à droite du chemin de fer.

Kouroki allait essayer de passer dans la plaine entre Liao-Yang et Yentaï, pour couper à Kouropatkine une retraite dont les fumées diverses des abords de la gare dénonçaient la préparation.

Le plan des Japonais allait se répéter, et répéter en même temps sans changement le manuel de tactique. Ils allaient tâter l'adversaire par une attaque sur toute la ligne, amener, pendant qu'elle durerait, toutes leurs réserves devant le point désigné pour le coup décisif, et le lancer aussi soudain et écrasant que possible, à la faveur d'une diversion qui tromperait l'ennemi et attirerait ses troupes disponibles ailleurs, et au loin.

La tactique tant admirée de Kodama avait consisté à ne rien imaginer, à bien « traiter la question de cours », et à ne pas douter du succès. Son aile gauche opérant dans la plaine avait, régulièrement, débordé et menacé d'enveloppement l'ennemi distrait et absorbé par une menace pareille de l'aile opposée.

Ce tour est aussi familier aux Japonais que la confection du thé et la cuisson du riz. Ils l'apprennent en jouant au « gô ». Ce jeu, importé de Chine, naturellement, a pour instruments une table de bois simplement quadrillée et un nombre illimité de pions blancs et noirs. On place ceux-ci à l'intersection de deux raies ; chaque case peut en recevoir quatre et on ne prend que les pions entièrement cernés par la couleur adverse. Aussi chaque joueur s'ingénie, par de savantes feintes, à disperser des noyaux d'attaque, d'où il pourra se rabattre sur l'ennemi, et à tromper celui-ci sur le point exact où son investissement sera opéré.

Autrefois les batailles des Samouraïs n'étaient qu'une application du gô. Ils n'attaquaient jamais que deux contre un, au moins, et après avoir entouré l'ennemi.

A l'école des Européens les Japonais ont seulement appris à pédantiser leurs traditions et leur instinct. Leur aptitude générique aux minuties comme aux besognes de sang ; leur volonté, profondément ancrée, de ne pas laisser manger aux blancs l'Asie qu'ils sentaient mûre, ont travaillé parallèlement à leur assimiler la science militaire. Elle était, plus que tout autre, accessible à leurs facultés imitatives, car une fois trouvée et rédigée en corps de doctrine, elle ne requiert précisément, de ceux qui l'appliquent, que l'attention stricte à tous les détails, et la répétition absolument exacte d'actes réglés par les manuels comme un mouvement d'horlogerie.

Au début de la guerre, les Russes ignoraient profondément leurs ennemis du Japon. Ils les méprisaient tellement, qu'ils n'avaient pas daigné étudier ces « mekaki » (singes). Mais, après six mois de leçons données, tous les mois, avec une régularité quasi-astronomique, cette négligence, payée si cher, aurait pu être réparée, et il était angoissant pour un Français de constater que les alliés de son pays n'étaient ni mieux avisés et informés, ni moins infatués, que la veille du premier combat, où on ne parlait que de « faire manger les singes habillés par les Cosaques » !

LA JOURNÉE DU 1er SEPTEMBRE

De la journée du 1er septembre, sur le champ de bataille nouveau où les Japonais avaient suivi les Russes, nous n'avons connu que le récit de Théramène, si j'ose appliquer cette comparaison classique aux rapports du maréchal Nodzu et du général Oku. Leur teneur m'a fait un instant regretter d'avoir concentré toute mon attention sur le champ des batailles des 30 et 31 août.

Le maréchal Nodzu s'exprime ainsi :

« Le 1er septembre, à 1 heure du matin, l'aile gauche emporta d'assaut les camps ennemis, et l'aile droite s'empara des hauteurs de Chaopangtong.

« A la prime aurore, une colonne de la IVe armée poursuivit l'ennemi l'épée dans les reins ; mais le gros de cette armée, après s'être formé en colonne, marcha sur Liao-Yang. »

On sait déjà ce qu'il faut croire de cet assaut, de cette occupation, de cette poursuite « l'épée dans les reins ». Les Russes se sont repliés si posément que ceux qui les « poursuivaient » ne les ont pas approchés assez près pour leur prendre soit un homme soit un canon...

Le général Oku est encore moins explicite :

« L'artillerie japonaise, dit-il, logée à Yampochan, sur l'éperon au milieu de la plaine, soutenue par l'infanterie, ouvrit le feu sur la redoute de Youchatsou.

« *Mais toute la journée se passa à attendre. On voyait la retraite des Russes s'effectuer à Liao-Yang.*

« Les canons de 0,15, que nous avions pris à Nanshan, furent amenés sur le chemin de fer et tirèrent contre la gare. Les Russes furent obligés de reculer leurs trains et de les former à 2 kilomètres en arrière de la station. »

Pourquoi a-t-on « attendu » toute cette journée ? C'est qu'au Japon, nonobstant les préjugés et idées toutes faites, on est lent, foncièrement. « *Mamadé* » « *scochi matte* » (attendez) résonne aussi universellement que « *man-man* » en Chine. Il fallait reconstituer, vaille que vaille, les cadres et les unités détériorés par le feu, et l'opération qui aurait pris deux heures dans une troupe européenne, a occupé toute une journée les doctes lunettes des Nippons.

En outre, un accident s'est produit, dont le général Oku ne dit mot, mais dont nous a rendu compte l'officier d'état-major qui nous a montré, le 5 septembre, les positions russes.

A la nuit tombante, le 1er, un bataillon (sans numéro de régiment, bien entendu) a tenté une surprise de la gare, en se couchant le long du talus ouest du chemin de fer. Mais les Russes veillaient. Ils laissèrent approcher leurs assaillants, puis les accablèrent de coups de hotchkiss et, sortant de leurs tranchées, les reconduisirent chaudement. « Et, dit l'officier narrateur, parlant en homme et en soldat, je ne sais par quel prodige, et je ne puis pas dire par quel moyen nos soldats se sont tirés de ce mauvais pas. »

Le général en chef le savait. Il aurait pu le dire,
Mais cette connaissance a suffi pour le déterminer à
nous cacher l'aventure.

LA JOURNÉE DU 2 SEPTEMBRE

Le 2 septembre, à 9 heures du matin, l'action était
engagée dans toute l'étendue de la plaine. Il était aisé
de voir, par les fumées, que la IVᵉ armée essayait de
gagner Liao-Yang par la rive droite de la rivière dont
Nampalichan et Mushao jalonnent la vallée ; que ces
troupes étaient étroitement reliées à celles de Oku, opérant, lui, à droite et à gauche du chemin de fer, et
lançant déjà vers Chaling le coup d'épervier à rabattre
sur Kouropatkine.

La neige des shrapnels dénonçait ce mouvement,
en tombant abondante entre Chaotcheng et Poulitze.
Toute une fourmillière de canons à tir rapide et d'artilleurs s'agitait sur les rails, au nord de Sampalichan et entretenait soigneusement le barrage de feu
devant les Japonais.

Ceux-ci avaient installé trois échelons de deux batteries sur les plates-formes naturelles de Yampochan,
au beau milieu de la plaine. De là ils voyaient bien les
défenses permanentes des Russes : une vaste tranchée
en demi-lune étendue, en avant de la grande tour, du
chemin de fer à l'angle sud-ouest du mur de Liao-Yang ;
deux redoutes formidables, à Youchatsou et Youïfousantsaï, sans compter des tranchées-abris, et des blockhaus improvisés dans les vieux fours de briquetiers,
aussi nombreux autour de Liao-Yang que partout,
généralement, en pays chinois.

En outre, les Russes avaient ajouté aux canons de position des batteries mobiles, volantes, pourrait-t-on dire, que je voyais courir, se placer, se déplacer judicieusement de façon à dérouter le pointage de l'ennemi.

Ces dispositions étaient probablement fort désobligeantes pour l'armée de Nodzu, dont les têtes de colonnes ne pouvaient se maintenir à la hauteur de Chanjalinzouï.

La troisième division défile par le col de Koumenko et vient se tapir en arrière de l'artillerie sur Yampochan. Le feu de Russes, au début mal réglé, a été rectifié : leurs obus éclatent, d'un côté, au sud de Mushao, de plus en plus loin, à mesure que le recul de Nodzu nécessite l'allongement des trajectoires ; de l'autre côté sur Yampochan, et là, avec une telle précision, qu'un moment j'ai vu amener les avant-trains de la batterie de l'étage moyen. De Youïfousantsaï, une contre-attaque arrive, en lignes noires. Le vent qui porte de l'est, chasse vers nous le crépitement de la fusillade à Chanjalinzouï. Nodzu ne paraît pas réussir à planter dans la ligne russe le coin destiné par le général Kodama.

Le feu mollit des deux côtés, vers onze heures, pendant la trêve obligatoire des fourchettes et des petits bâtons. Tout le monde reprend probablement des forces en mangeant plus ou moins mal. Seul, le grand incendie allumé autour de la gare ne change pas son allure : il continue à dévorer tout ce quartier.

. A midi le mouvement offensif des Russes reprend. De Youchatsou et des batteries mobiles un feu nourri éclate sur l'artillerie de Yampochan, et par-dessus la crête de cette colline, nous voyons les flocons blancs

des projectiles qui battent Nampalichan. Des fantassins, des canons circulent sur la large esplanade étendue en arrière de la grande demi-lune et des estafettes
courent de la voie ferrée vers Youchatsou.

L'infanterie de la 3ᵉ division descend alors dans la
plaine. Deux régiments s'engagent dans les sorghos et
bientôt je les vois se perdre dans les arbres et les maisons de Mushao, pris ainsi par un coup inattendu
des Russes, tout occupés à en tenir éloigné Nodzu.
Ils font aussitôt une contre-attaque d'infanterie. Leurs
lignes ondulent au milieu des sorghos sous une pluie de
shrapnels lancée de Yampochan. Deux nouvelles batteries viennent renformer l'artillerie de la 3ᵉ division,
installée au complet. Elles accablent les fantassins
russes, et criblent d'obus Youifousantsaï et Youchatsou, qui, à leur tour, font de Mushao un enfer.

En même temps, pour faciliter la conservation de
ce précieux village une diversion attire les forces
russes à droite ou y maintient celles qui auraient pu
en être distraites. Les fantassins défilés depuis le matin sur l'éperon isolé en avant de Tchaotchampao, descendent, franchissent la ligne ferrée et marchent vers
Poulitze.

A l'extrême Est, un nuage de fumée blanche plane
au Sud de Youïfousantsaï, et donne à penser que la redoute balaie un corps ennemi tentant de s'approcher
du Taïtzeho, pour le franchir et se lier avec Kouroki.

Sur l'autre côté de la rivière, et au Nord, les deux
nuages flamboyants entretenus autour du piton conique
et dans la baie bleue de la route Motienlieng flottent
aux mêmes endroits que le matin. Kouroki essaie de
venir au rendez-vous, mais il est impuissant.

Le centre marche avec décision à l'attaque de la gare. Des lignes d'infanterie s'allongent, à travers la moisson, qui les cache, de Mushao vers Sampalichan. Mais chacune des verrues brunes que forment les fours à briques au-dessus des sorghos est une redoute pour les Russes. Ils fusillent avec une énergie farouche.

De Yampochan, une grêle d'obus s'abat sur tout ce secteur du champ de bataille. Pendant deux heures, je vois, comme l'ombre de nuages promenés au ciel par le caprice du vent, des lignes russes courir confusément au delà du bourrelet fauve de la demi-lune, puis revenir, pour se replier encore et revenir à la charge. L'espace, là, est si parfaitement découvert, qu'une estafette, dirigée de la Cité vers le front d'attaque contre Mushao, servit de cible pendant cinq minutes à toute une batterie. Cet acharnement de forces énormes contre un isolé, qui trottait, trottait, trottait, sans presser du tout l'allure, était empoignant. Il échappa.

Cependant peu à peu la chute des shrapnels japonais se rapproche de la gare ; leur infanterie gagne du terrain vers la longue ligne blanche des bâtisses, qui brûlent toujours. Mais caissons et renforts arrivent aux Russes. Leurs canons, muets depuis dix minutes, reprennent la parole, et une contre-attaque rejette dans Sampalichan l'infanterie japonaise. L'artillerie de Yampochan précipite ses coups pour arrêter la poursuite ennemie. De puissants renforts arrivent par la ligne. Tchaotchampao, à nos pieds, est encombré de fantassins, de trains de combat et d'artillerie.

Le duel entre Yampocham, Youchatsou, Youïfousantsaï et les batteries mobiles continue ardemment. Des escouades du génie aplanissent le terrain pour de nouvelles batteries... Mais ce sera pour demain. Ce soir la nuit tombe, avec sa douceur accoutumée dans le ciel chinois quand il est serein. Aucun résultat ne s'est dessiné, et nos guides nous ramènent à Ouo-taoyouan, où sont assignés nos logements, pendant que le canon continue à tonner violemment.

*
* *

A peine étions-nous rentrés, à sept heures du soir, M. Ochabé vient nous traduire un rapport communiqué par le général Oku.

« Hier matin, avant le jour, dit-il, la seconde armée attaqua le front russe (Le 1er septembre). L'ennemi établi sur les collines de l'Est a commencé à se replier.

« Hier, après-midi, plusieurs colonnes russes se retirant vers Liaoyang furent frappées de panique. Quelques-unes vinrent se jeter dans la première ligne japonaise, au lieu d'aller au Nord. »

Ici, j'interromps M. Ochabé.

« Combien nos troupes ont-elles fait de prisonniers ? »

Réponse : « Le rapport ne le dit pas, Monsieur.

— C'est fâcheux, M. Ochabé, très fâcheux. Ce serait un détail fort intéressant à télégraphier à nos journaux, et un appoint aux sept prisonniers de Koumenko. »

M. Ochabé avait, comme certains personnages de

(262)

Saint-Simon, un calus à toute épreuve. Il continua imperturbablement :

« Le chef de la seconde armée lança un détachement à la poursuite de l'ennemi dans l'Ouest de Liaoyang. Le coucher du soleil et la nuit l'arrêtèrent. » (Ceci cache, évidemment l'aventure du bataillon, racontée par l'officier d'état-major.)

« Aujourd'hui 2 septembre, un détachement continua la poursuite, et on lança toutes les forces de l'armée derrière lui. Le gros de l'ennemi continua sa retraite. En poursuivant l'aile gauche de l'ennemi, un de nos détachements fut assailli par une charge de l'ennemi et la repoussa.

« Les forces ennemies aux environs de la gare sont évaluées à deux divisions et demie. Elles couvrent la retraite.

« L'ennemi continue à se retirer par trains et l'attaque japonaise sur son arrière-garde continue.

« Le feu russe a été très meurtrier. Toute l'armée russe est en retraite. Une attaque générale d'infanterie a été décidée pour ce soir au coucher du soleil. Elle a lieu en ce moment. On n'en sait pas le résultat. Les canons de Nanshan arrivés aujourd'hui ont été employés contre la gare. Le quartier général du général Oku est près de la gare de Liao yang. »

Ce dernier détail est un euphémisme. Notre général en chef était logé à Tchaotchampao, à 8 kilomètres de la dite gare.

Quant à l'attaque de l'infanterie, elle faillit tourner en désastre. Une heure à peine après la lecture pré-,citée, M. Ochabé revint, escorté de soldats porteurs de paquets de biscuit. Nous écoutions avec surprise un fracas de fusillade et de canonnade, comparable à celui de la nuit du 31 août. Le son, amplifié par le pavillon gigantesque de la gorge de Koumenko, vibrait, de plus en plus rapproché et distinct, comme si la victoire, indécise pendant la journée, s'était brusquement transportée dans le camp russe, à la faveur de la nuit.

M. Ochabé nous distribua à chacun deux paquets de biscuit « in case of Russian emergency » (en cas d'irruption des Russes), nous dit-il. Et il ajouta ces explications fort intéressantes : « En cas de retraite forcée, il serait impossible de garantir que vos bagages vous suivraient ; vous pourriez être séparés d'eux pendant plusieurs jours. Ce biscuit vous sauverait de la faim, et vous permettrait d'attendre. »

Nous avons remercié, comme il convenait, et nous nous nous sommes tenus prêts à toute éventualité. Les soldats, autour de nous, paraissaient n'attendre rien d'extraordinaire. Ceux qui n'étaient pas de corvée, étaient assis sur des murettes, devisant et fumant, à l'ombre de saules et d'ormes qui auraient fait des rues autant d'allées de parc, sans les tas de fumier et d'ordures nécessaires au bonheur des Chinois. Les autres, sans dégoût de ces dépotoirs, y alignaient des pierres, cassaient des branches aux arbres, les enfilaient dans les anses de gamelles pleines de riz et d'eau, et installaient ces broches au-dessus de brasiers de cannes de sorgho. A chaque instant quelqu'un d'eux passait, portant un petit fagot tout flambant, pour aller allumer un autre bivouac. Ils ne pensaient qu'à se garer des flammèches et des étincelles refoulées vers leur figure. Pas un n'a fait halte une seconde pour essayer de comprendre les bruits que nous apportait la brise tranquille d'une soirée claire et doucement éclairée par les étoiles.

Ce ne fut d'ailleurs qu'une alerte. Les Russes s'étaient sentis effleurés par les frôlements préliminaires d'une attrape de lutte à la japonaise, et avaient riposté par un coup de poing, ajusté hermétiquement, qui avait renvoyé leurs agresseurs à leurs positions primitives et fixé a néant le résultat de leurs efforts en ce jour.

Voici maintenant le rapport que le général Oku nous fit communiquer le 10 septembre. Il est aussi laconique, mais moins éloigné de la réalité vue par un témoin oculaire, que la version due à M. le traducteur Ochabé.

« Le 2 septembre, la marche en avant commença à 7 heures du matin. A 8 heures l'artillerie de l'aile gauche (IVᵉ et VIᵉ divisions) ouvrit le feu. Le centre et la droite l'imitèrent.

« A 10 heures et demie les Japonais gagnent du terrain et occupent Koudafoudjifou. Ils ont connaissance du front ennemi. A midi la première ligne de l'aile gauche est en contact avec lui.

« Mais à Yochaolintsou (Youchatsou), l'artillerie et l'infanterie russes avancent et s'étendent vers l'Ouest. Un combat acharné s'engage sur la ligne du chemin de fer. Le feu est très violent des deux côtés. Les Japonais ne peuvent pas charger. L'ennemi incendie le quartier qui avoisine la gare. »

Le rapport du maréchal Nodzu est encore plus maigre.

« Le 2 septembre, dit-il, à 10 heures du matin, commençant leur action, les ailes droite et gauche ouvrirent le feu. A 1 h. 50 de l'après-midi, elles échangèrent des coups de canon avec les Russes à Chanjalinzouï, Mushao et sur le bord de la rivière qui en est proche. L'infanterie prit le village de Est Palishao.

« Mais l'ennemi occupait les plus fortes positions permanentes, et nos attaques n'eurent aucun résultat. »

Le lundi 3 septembre, la bataille recommença furieuse, aux premières lueurs du jour. Les Japonais avaient sur le cœur la rude bousculade à laquelle ils avaient cédé la veille. A leur orgueil s'ajoutait le ferment de leur passion héréditaire pour la vengeance. Malheureusement la date de Sedan était passée. Il fallait renoncer à inscrire sur les calendriers éphémérides un triomphe japonais à côté de la victoire prussienne. Mais on pouvait encore devancer l'anniversaire de la prise de Malakoff, qui fit tomber Sébastopol le 8 septembre 1855.

Comme toujours l'attaque décisive fut masquée par des feintes. A l'extrême Nord la fixité des nuages de fumée aux mêmes points qu'hier attestait que Kouroki ne pouvait pas avancer.

Les Russes ont compris le plan japonais. Un fort détachement d'infanterie, espacé sous la protection de Youchatsou et Youïfousantsaï, fait abondamment parler la poudre contre les tirailleurs ennemis disposés autour de Mushao et de Chenjalinzouï.

Des plates-formes préparées par le génie japonais sur Yampochan, huit batteries épanchent une averse de de shrapnels sur les fantassins et lés redoutes russes. Mais celles-ci ne prennent pas le change et adressent à Nodzu la part la plus large de leurs projectiles, dans la vallée de Nampalichan. L'ouate blanche de leur éclatement est visible pour nous au delà de la crête de Yampochan.

A ce moment, il semble bien que les Japonais sont contenus et réduits à la défensive.

Nodzu fait jouer les mortiers de bronze que nous avons vu passer, modestement cachés sous des housses de toile, et halés à la bricole par des réservistes. Malgré la direction défavorable du vent, leurs lourdes détonations nous arrivent par intermittence.

La réserve d'infanterie passe à nos pieds pour aller renforcer la ligne du front. Six batteries d'artillerie cheminent de Tchaotchampao vers Mushao. Trois s'arrêtent et se mettent en place à l'Ouest de ce village. Les trois autres continuent jusqu'au chemin de fer, en arrière de Sampalichan, et s'installent près du point où le chemin de Chaotcheng franchit les rails. Bientôt deux canons de 0,15 suivis de leur train de munitions les rejoignent. Une demi-batterie de mortiers de bronze est descendue des trucks, et placée en arrière, à gauche des pièces de campagne. Ce groupe de 5 grosses bouches à feu et 18 ordinaires entre immédiatement en action.

Six bataillons sortent successivement de Tchaotchampao et s'engagent dans le taillis des sorghos. Ils disparaissent bientôt au milieu des arbres et des maisons de Mushao. Toute l'artillerie japonaise appuie énergiquement cette attaque. Elle fait un feu d'enfer et je vois des lignes noires sortir de Yoïnfousantsaï pour venir renforcer le front russe. Le bruit de la mousqueterie nous est apporté par une saute de vent et me confirme l'importance de cette contre-attaque. Douze canons russes tout attelés, bien défilés derrière un talus l'appuient. Yampochan tire sur eux sans relâche. Deux caissons à 8 chevaux du grand parc, et 2 à 6

chevaux de la réserve, viennent ravitailler les trois batteries de Mushao. Elles tirent sur la grande demi-lune,
où les obus de 0,15 soulèvent d'énormes plumets de
terre.

Deux nouvelles batteries viennent s'ajouter aux trois
de Sampalichan. Leur tir est bon. Celui des Russes,
coupé de longs silences, porte moins bien. La demi-
lune paraît convulsée par des explosions souterraines,
tant elle est labourée d'obus. Brusquement l'esplanade
en arrière se couvre de fuyards, courant en grandes
enjambées vers la tour. Les Japonais de Mushao font
un bond hors du village, et fusillent avec entrain.
Leurs obus allongent leurs trajectoires. Des batteries
viennent à la rescousse à l'Ouest du chemin de fer, et
tout le secteur entre la gare et la tour est couvert des
pompons blancs des shrapnels. Les Japonais courent
sur la voie ferrée, descendent vers Sampalichan et
marchent à la demi-lune.

Cette puissante diversion dégage Nodzu et toute la
ligne japonaise avance rapidement. A nos pieds, des
bataillons filent au pas de course. Un escadron de cavalerie passe au trot pour aller renforcer l'attaque à
l'Ouest du railway. Un immense voile de fumée ondule
au pied de la tour de Liao-Yang. Des maisons épar-
gnées jusqu'ici vomissent de longues flammes ; d'énormes champignons jaunes en jaillissent et les gros
obus y mêlent leurs éclats rouges. Évidemment les
Russes incendient en ce moment leurs cartoucheries
et les magasins qu'ils ne peuvent évacuer.

Mais ils n'abandonnent pas pour cela la partie. De
la fournaise au pied de la tour, de gros canons élèvent
la voix. Des abords de la gare une batterie hotchkiss

accable d'obus les abris de l'attaque japonaise. Youchatsou et Youïfousantsaï inondent de mitraille les
colonnes de Oku et de Nodzu. Toute une masse reflue
vers Mushao. Un bataillon de renfort en sort au pas de
course. Tout l'espace entre Tchaotchampao et Mushao
fourmille de fantassins nippons. Mais les obus gagnent
peu à peu vers le Sud, surtout dans la vallée où opère
Nodzu. Une nuée noire reflue sur l'esplanade de la
demi-lune et disparaît à sa bordure. Dans l'emprunt du
chemin de fer, une colonne noire avance. Une partie
se couche sur le talus de ballast et fusille la plaine à
l'Ouest. L'autre attaque le ballast à coups de pioches
et de pelles, fouit sous les traverses, et y insère huit
caisses carrées. Deux minutes plus tard un nuage noir
s'élevait et donnait à croire que la ligne était explosée
à midi 55 minutes. Mais une heure plus tard une nouvelle équipe recommençait cinquante mètres plus loin le
même travail. Fâcheux symptômes ! Comment n'avait-
on pas muni les soldats de dynamite ? Ce détail
d'approvisionnement militaire n'avait-il donc pas été
prévu ?

Mais les Japonais ne se laissent pas intimider. De
Yampochan une série de salves de batterie couvre
d'obus la demi-lune et les batteries volantes, pendant
que le duel de mousqueterie continue. Une des batteries de Mushao est relevée et portée en avant du village, contre Youchatsou.

A nos pieds un nouveau régiment traverse les rails
et les longe à l'Ouest, en tiraillant contre les soutiens
de la batterie à tir rapide de la gare.

Un redoublement du feu de Yampochan et des batteries de Mushao et Sampalichan annonce une nouvelle

tentative d'assaut. En retour, les shrapnels pleuvent
sur le groupe des canons de 0,15 et des mortiers. Sur
les batteries étagées de Yampochan, ils tombent juste,
en plein, et font de grands ravages. Mais les batteries
mobiles russes souffrent. Elles se déplacent continuellement, et des canons de renfort les rejoignent au grand
trot. L'incendie des environs de la gare a gagné énor-
mément, et une immense fumée dresse comme une ten-
ture noire pour fond de tableau à la bataille.

Celle-ci oscille avec des flux et des reflux de marée,
et ne présente qu'un repère fixe : la ligne d'explosion
des obus japonais sur les Russes. La réplique de ceux-
ci avance et recule très capricieusement, sur les rails,
sur la plaine à l'Ouest et sur l'arrière de Sampalichan.
Autour de Mushao, de quart d'heure en quart d'heure,
des colonnes d'infanterie sortent vers Liao-Yang puis
reviennent s'abriter. Kouroki n'avance toujours pas,
et Nodzu n'a pas plus de succès, malgré le feu violent
de Yampochan, qui pénètre dans la cité chinoise et y
allume des incendies.

A 2 heures après-midi l'attaque prend un nouvel
élan. L'aile gauche nipponne dessine un mouvement
tournant à distance et à l'Ouest du chemin de fer. On
le reconnaît à l'éloignement graduel des obus russes
qui la pourchassent, sans négliger pour cela les canons de 0,15 et les mortiers. Un nouveau soutien
d'infanterie s'avance le long des rails pour les protéger. De nouveaux magasins sautent près de la gare,
et pendant une demi-heure l'artillerie russe reste si-
lencieuse, malgré le feu intense qui l'assaille.

Vers 3 heures son tir recommence. Les batteries
mobiles reparaissent sur l'esplanade de la demi-lune,

et l'allongement graduel de leurs coups accuse la retraite des troupes qui ont tenté un nouvel assaut.
Leur feu continue très violent sur le secteur à l'Est
de Mushao, et le village en avant de Youïfousantsaï
prend feu.

Vers 5 heures la chute des projectiles russes dé-
montre que Liao yang commence à être débordé par
l'Ouest. Dans la plaine de Mushao, les deux artilleries
font silence, indice que les deux infanteries sont aux
prises, trop près l'une de l'autre pour que leurs canons respectifs soient sûrs de n'atteindre que l'ennemi.

Mais peu à peu, comme des nuées d'orage amenées
par le vent du Nord, les déflagrations de shrapnels
russes reparurent et gagnèrent vers le Sud, jusqu'à
la hauteur de Chenjazouï, pendant qu'à l'Ouest elles
reparaissaient, des deux côtés du chemin de fer, à la
hauteur de Sampalichan.

La double poussée de Oku et de Nodzu, à la rencontre de Kouroki toujours contenu hors de portée,
avait rencontré une résistance victorieuse. De nouveau
les obus des Russes grêlent sur Yampochan. Le soleil
oblique éclaire les mouvements de leurs batteries mobiles. Elles coupent leurs feux de brefs repos de cinq
en cinq minutes. Les obus japonais recommencent à
tomber aux points de chute déjà cent fois observés.

Au coucher du soleil, nos guides donnent le signal
du retour, bien que la bataille semble reprendre avec
un acharnement nouveau, et à la nuit tombante, nous
avions le plaisir de retrouver, à Ouotaoyouan, notre
ami Kann, sans blessure, et très content de son expé-
dition de 4 jours avec une des divisions de la 4ᵉ armée.

Comme la veille, la bataille rugit toujours sous le

ciel profond d'une belle nuit sans lune. M. Ochabé reparaît, et nous distribue encore des biscuits « en cas d'irruption des Russes ». Ils étaient assez durs, en effet, pour servir de projectiles.

Malheureusement il nous rapporte aussi tous les télégrammes que nous avions soumis à la censure *depuis notre départ de Haïcheng*, le 25 août, et nous informe qu'aucune dépêche ne sera acceptée pour nos journaux ce soir. Personne n'a récriminé. Mais le lendemain, quatre correspondants étrangers, ceux du *New-York Herald*, du *Times*, du *Daily Mail* et du *Corriere della Sera*, demandèrent leurs passeports et quittèrent l'armée.

Les Russes ne réussirent pas plus que la veille à débusquer leurs ennemis des positions qu'ils leur avaient laissé prendre, et quand le jour parut, il nous trouva dormant à poings fermés, en hommes dont le sommeil n'a pas été troublé, même par l'inquiétude.

Le ciel ne s'était pas mis en frais pour l'anniversaire de la République. Un brouillard de novembre bornait la vue à cinquante pas. Inutile de nous hâter vers le champ de bataille. Il était neuf heures quand nous reprîmes position sur le mamelon en avant du haoudah. Le brouillard s'élevait lentement ; un quart d'heure plus tard nous revoyions toute la plaine. Un immense silence, puissamment impressionnant, y remplaçait le chaos tonitruant des quarante-huit heures précédentes. Les canons de Yampochan étaient toujours en place, muets ; la voie ferrée allongeait son double ruban étincelant, désert. Seule la grande route vivait, animée par un courant continu de soldats cheminant lentement un bras en écharpe ou la tête bandée de blanc. J'en ai compté cent cinquante en un quart d'heure.

Alors M. Ochabé apparaît. « Messieurs, dit-il, toutes les positions avancées de l'ennemi ont été occupées à minuit et demi. Les Russes qui ont pu s'échapper se sont barricadés dans les maisons de Liao yang, et un combat très dur fait rage en ce moment dans les rues. Vous n'êtes pas autorisés à approcher. Nous avons ordre de vous conduire à Tchaotchampao, où des logements ont été marqués pour vous. »

Le vent du Nord nous apportait le bruit d'une violente fusillade, même le déchirement brutal de salves nourries. Cela ressemblait bien plutôt à une tentative de poursuite et aux tirs d'arrêt d'un troupe en retraite...

A peine installés à Tchaotchampao, après des détours comiques derrière Sataké, qui, décidément, n'a pas le sens militaire de la direction, nous recevons la visite de M. Ochabé, qui vient nous lire le rapport officiel transmis sur l'ordre du général Oku.

« Protégée par l'artillerie, l'infanterie a occupé les avancées de l'ennemi à 7 heures du soir. Elle a continué ses progrès, et à minuit et demi achevé cette occupation. Ce matin, l'ennemi est en pleine retraite ; mais un certain nombre de Russes continue de combattre à coups de fusil dans les rues de Liao yang. »

Ce compte rendu était démenti le soir même. Pendant que je devisais avec James, du Times, et Sydney Smith, du *Daily Mail,* en regardant le soleil descendre derrière les montagnes où Kouroki avait été tenu en échec, une violente cannonade éclata au Nord de la cité.

Elle dura pendant une bonne demi-heure, et les flocons neigeux des shrapnels se formaient entre la grande tour et nous. Ces chiquenaudes ne venaient pas des canons japonais ; moins encore des fusils de Russes embusqués dans les maisons. Il était évident pour nous qu'on nous avait écartés du front pour nous cacher aussi longtemps que possible l'avortement complet de la grande combinaison stratégique du général Kodama, la retraite en bon ordre de l'armée qu'il avait eu la prétention d'envelopper et de réduire à mettre bas les armes, et le total épuisement de l'armée japonaise, incapable même de poursuivre l'ennemi en lui interdisant tout retour offensif.

LA VISITE DU CHAMP DE BATAILLE

Il a plu à torrents toute la nuit, et le pays est une mer de boue. Néanmoins James, du *Times*, Sydney Smith, du *Daily Mail*, Lewis du *New York Herald*, et Barzini, du *Corriere della Sera* quittent l'armée pour rentrer au Japon par Niouchouang et se mettent en route.

Le lendemain 5, changement de front. M. Tanaka vient nous dire que nous sommes autorisés à télégraphier. L'État-major a été surpris que nous ne l'ayions pas fait hier ! Alors, au nom de qui M. Ochabé avait-il parlé ? Tanaka l'ignorait. J'ai retrouvé là un des traits caractéristiques de l'organisation japonaise, en apparence si hiérarchisée et si minutieuse. Elle livre l'étranger pieds et poings liés à l'arbitraire des subalternes, et si l'un d'eux commet un abus de pouvoir, ses supé-

rieurs mettront toute leur ingéniosité, non seulement
à ne pas réparer le tort qu'il a fait, mais à couvrir ses
agissements de leur autorité. Je le savais par mainte
expérience antérieure ! M. Ochabé avait pris sur lui
d'assurer une avance importante aux dépêches offi-
cielles, et de condamner les nôtres au retard, c'est-à-
dire au rebut. Il était assuré que son initiative serait
tacitement approuvée de gens qui n'auraient pas osé
la prendre, et que même l'effet d'une plainte adressée
au maréchal Oyama serait amorti, en descendant la
voie hiérarchique, et ne produirait pas une réprimande
bénigne pour lui. Les censeurs militaires, les lieutenants-colonels Youtchi, Yamada et Yamanachi, ce
dernier surtout, lui donnaient de tels exemples d'arbitraire et de sournoise malveillance, que l'obscur
M. Ochabé ne pouvait pas ne pas mesurer la latitude
laissée à l'assouvissement de ses rancunes contre les
représentants des sociétés blanches, au milieu desquelles, au cours de ses longs voyages, il n'avait pas
réussi à se tailler une place meilleure que celle qu'il
pouvait espérer dans son pays natal.

L'après-midi fut consacré à la visite du champ de
bataille, sous la conduite d'un commandant d'État-
major. Il nous devança, et Sataké ne le rejoignit
qu'après nous avoir embourbés tout autour de Tchaotchampao, dans des sentiers dont il était incapable de
dégager la directrice, et en se rabattant finalement sur
la voie ferrée. Il nous montra ainsi, involontairement,
trois camps de réserves russes, suffisant chacun pour
un bataillon, et qui n'avaient pas l'aspect d'étable
négligée des campements japonais.

Le talus gauche du chemin de fer était creusé de

trous en encorbellement, logeables pour deux tireurs, et serrés comme les terriers d'une garenne, jusqu'à la croisée du chemin de Chaotcheng.

Là, à droite, les emplacements des mortiers, derrière un talus de champ, et, plus loin, une ligne de plates-formes et de parapets encore couverts de tiges de sorgho sèches, s'allongeaient en S à travers la moisson.

De l'autre côté de la ligne, les soldats à casquettes bordées de ganses jaunes grouillaient dans les villages, se baignaient dans l'eau bourbeuse des fossés et des emprunts, ou y lavaient leur linge.

En arrière de Sampalichan, nouvelle position, parallèle et semblable à la précédente. Mais ni dans l'une ni dans l'autre, aucune trace de sépulture.

Deux kilomètres plus loin, les défenses russes. La banquette gauche de la voie et le talus d'accès étaient couverts d'un lit épais de douilles de cartouches de fusil, et des Chinois récoltaient fiévreusement tout ce cuivre dans des sacs et des paniers.

Cinq cents mètres plus loin des tas de longs culots de cuivre emplissaient les deux fossés, à l'endroit d'où les Hotchkiss avaient arrêté si longtemps le mouvement tournant de la 6ᵉ division, bloquée, à un kilomètre à peine, dans le village couvert de saules de Poulitze. Il y avait là plus de deux mille douilles oxydées par le feu. Une sentinelle les gardait, ainsi qu'une centaine de caisses jaunes dont plusieurs ouvertes laissaient voir des cartouches de Hotchkiss. Les ruines ébréchées de quelques maisons dressaient là leurs silhouettes noircies. Le commandant s'arrêta, et nous conta la surprise tentée par le bataillon d'infanterie le premier septembre au soir, et dont j'ai parlé plus haut.

Pendant ce récit, je retrouvai les deux mines que les Russes avaient explosées pour détruire la voie l'avant-veille. Personne n'y avait touché. Les caisses étaient encore engagées sous les traverses : c'était de simples caisses de cartouches Hotchkiss, absolument pareilles à celles qui étaient empilées près de nous. On voyait les douilles à travers les déchirures du bois. Elles avaient simplement fusé, en déchaussant un peu les sommiers des rails ! Cette fougasse d'enfants n'avait ni arraché un tire-fonds ni fait sauter un coussinet, ni cassé une éclisse !

À ce moment nous croisèrent sur les rails les sept ressuscités de Koumenko, escortés. Un accès d'humeur capricante de mon cheval m'a fait manquer mon cliché.

À droite comme à gauche ensuite, le terrain était découvert. Les Russes avaient cassé à vingt centimètres du sol ou coupé les sorghos. Idée excellente, mais combien tardive ! Au couvert si profitable aux Japonais qu'offraient leurs longues cannes, quand elles étaient droites, était substitué ainsi un enchevêtrement de lianes souples et dures, inextricable même pour les pieds d'un Nippon. D'autant plus que les éteules formaient, sous cette jonchée, un semis de dangereuses chausses-trappes. Aussi à la limite de la coupe, j'ai pu compter les cadavres kaki à raison de un par mètre courant et m'expliquer les va-et-vient si curieux des points de chute des obus pendant les journées précédentes.

À environ 600 mètres plus loin, un long parapet s'arrondissait en croissant devant un large glacis bordé au Nord par les murs noircis et le taillis de chi-

cots carbonisés de la carcasse des magasins, hangars
et constructions légères affectées aux artificiers. Je
reconnus de suite la demi-lune, si âprement attaquée
et défendue. L'éloignement nous l'avait fait juger
beaucoup plus rapprochée de la ville qu'elle ne l'était
en réalité.

Dans l'air sec et pur de la Chine, les rayons ultra-
violets ont une intensité extraordinaire. Ils grossissent,
rapprochent les objets, redressent les surfaces courbes,
aplanissent les gondolées. Les obus qui nous paraissaient tomber droit sur le glacis ou sur les maisons
serrées entre la ville et la gare, se perdaient en réalité
dans un vide large d'au moins un kilomètre, semé de
buttes d'anciens fours à briques, à tournure de fortins,
et qui pouvaient fort bien en tenir lieu un jour de
bataille.

Aussi, le parapet que je m'attendais à voir culbuté à
peu près totalement; le sol de l'esplanade où je m'attendais à ne voir que des cratères et un semis de
grosses mottes de terre, présentaient relativement peu
de trous, creusés par des obus de 0,15 centimètres, un
tous les trente pas environ, peu d'éclats de ces projectiles et peu d'enveloppes vidées de shrapnels. Leur
effet avait été plutôt démoralisant que meurtrier, et il
ne paraissait pas que les Russes eussent été beaucoup
éprouvés par la pluie des petites balles. D'ailleurs
aucune flaque de sang dans la tranchée, et, sur l'espace découvert, aucun débris de matériel, aucun enchevêtrement de profondes ornières, rien du lâchez-tout
d'une retraite précipitée ou désordonnée. Les rails
d'un petit Decauville inachevé s'étageaient en pile au
point où finissait un chemin de fer à voie étroite,

venant de la gare, et destiné à approvisionner la position.

Mais, debout dans la tranchée, je voyais si bien la coupure nette des sorghos debout, tranchant sur les sorghos couchés, que j'aurais presque pu compter les raies d'ombre marquant les écarts entre les tiges.

Au delà des baraques incendiées s'ouvraient les rues alignées au cordeau de la ville bâtie autour de la gare, comme autour de toutes celles que nous avions vues dans le Liao Tong, depuis Lou shou ton.

Les Russes avaient eu là un abri excellent pour se replier, se reformer, recevoir des renforts et revenir à la charge. Leurs batteries mobiles avaient trouvé également sur l'esplanade le champ plan nécessaire à leurs évolutions. Ils s'étaient retirés de là, évidemment de leur plein gré, et n'y avaient pas été forcés comme sangliers par une meute.

Au delà de cette position, nous marchons sur une surface largement ondulée, coupée d'un lacis de chemins creux. Elle s'étend en avant des maisons entourées de vergers murés et ombragées d'ormes et de saules d'un village à cheval sur la route mandarine, aux abords immédiats de la porte ouest de Liao yang.

A notre main droite, le même vaste abatis de sorghos aboutissait au même mur de verdure intact, et probablement aussi à la même jonchée de cadavres japonais. Une brève oblique dans cette direction nous amène à une jonchée de troncs d'arbres près desquels de grandes scies sont abandonnées et achèvent la ressemblance de ce coin avec un chantier de charpentiers.

(279)

Une butte haute de cinq mètres environ la domine de sa pente lissée, précédée d'un fossé large, profond, plein d'eau, protégé par un quinconce de pieux soutenant des fils de fer barbelés, plantés sur cinq alignements, espacés de deux mètres chacun. Une gorge ouvre le talus géométrique. Nous nous y engageons et débouchons, sans surprise, dans une redoute parfaitement construite, entièrement achevée, digne d'un élève de Tottleben, le grand remueur de terre, et dont l'aspect seul dénonçait la prévoyance lointaine d'une grande bataille défensive. Deux cercles concentriques la constituaient.

Le premier, intérieur, avait environ cent mètres de développement, cinq mètres de largeur au sommet, vingt à sa base, entouré d'un fossé longé par un chemin de ronde étroit. Une palissade de madriers entrelacés de fascines formait soutien de terre et gabionnement. La face vers Mushao s'escarpait droite et raide ; la face vers Liao yang était coupée au milieu par une banquette où une compagnie à plein effectif avait pu trouver place. L'épaisseur d'un tapis de douilles de cartouches et de semelles de chargeurs attestait que plus de deux cents fusils avaient été employés là. Dessous, une casemate de matelas de madriers d'aplomb sur des poteaux de mine trapus. Une demi-douzaine d'obus de 0,15 n'avaient fait à cet ouvrage que des trous superficiels.

Le cercle extérieur répétait exactement le premier, sauf que ses casemates ouvraient sur le chemin de ronde par des ébrasures soigneusement gabionnées. Le parapet avait été plus souvent frappé d'obus, mais sans plus d'effet. De là, les tireurs avaient vue au loin sur la plaine exactement tondue jusqu'aux arbres de Mushao, et, au pied de leur fort, une étoile de fossés pleins d'eau, dont l'un amenait une saignée de la rivière voisine, était encore renforcée par une ligne quintuple de fils de fer barbelés.

Un poste japonais de 22 hommes gardait la redoute. C'était le reste d'une compagnie de 250 hommes, les premiers entrés. Leurs camarades étaient à la lisière des sorghos, mais ne pouvaient plus répondre à l'appel.

J'ignorais encore, à ce moment, le compte rendu officiel, dont j'ai déjà reproduit des extraits précédemment. La suite ne saurait être placée plus à propos qu'ici, pour valoir toute sa valeur par le contraste.

Le général Oku dit :

« Le 3 septembre, à l'aurore, l'aile droite ouvrit le feu par son artillerie, et toute l'armée l'imita, afin de réduire au silence les Hotchkiss des Russes sur la ligne et sur les forts. Mais jusqu'à neuf heures ils firent une résistance obstinée. L'infanterie japonaise put s'avancer jusqu'à 800 mètres de l'ennemi, *mais fut arrêtée là parce que les Russes avaient coupé les sorghos.* L'artillerie fut également immobilisée, et l'attaque continua jusqu'au soir.

« A 9 heures de nuit, une charge fut lancée, et à minuit 30 la redoute (Youchatsou) fut prise. L'ennemi s'enfuit. L'incendie de la gare grandissait.

« Le 4 septembre, au matin, la gare fut prise. L'armée s'avança jusqu'au Taïtzeho et *brûla deux ponts.* (Tant elle craignait un retour offensif !)

« L'armée de Takoushan franchit le Taïtzeho et menaça la retraite de l'ennemi à Taosampho, mais sans pouvoir ni l'arrêter ni le couper. »

Le maréchal Nodzu, de son côté, dit :

« Le 3 septembre, les deux ailes reprirent l'attaque à 5 heures du matin, et malgré la résistance acharnée de l'ennemi, excitée par des rapports qui annonçaient que l'ennemi se préparait à la retraite sur d'autres points, l'infanterie arriva à 300 mètres de l'ennemi. Une partie de l'aile gauche, spécialement, le pressa si fort, qu'elle arriva à cinquante mètres de lui. Mais les rafales de mousqueterie et de canons à tir rapide nous tinrent en échec.

« Nous restâmes dans cette position difficile jusqu'à 6 heures du soir.

« L'aile droite, couverte par l'artillerie, assaillit l'ennemi dans sa redoute de Youïfousantsaï, et l'en balaya.

« Malgré la jonction de l'aile droite avec l'aile gauche pour attaquer Kenlijouan (Youchatsou), les décharges continuelles de l'ennemi nous tinrent en échec jusqu'à minuit, heure à laquelle la position fut prise.

« Le 4 septembre, l'aile droite poursuivit l'ennemi jusqu'au Taïtzeho, et une colonne combinée enlevant les hauteurs au nord-est de Mushao établit la jonction avec la 1re armée.

« L'aile gauche, après l'assaut des redoutes ennemies, le poursuivit, et à 2 heures du matin emporta le front nord de Liao Yang, et le côté ouest du pont du chemin de fer.

« En se retirant, les Russes *détruisirent tous les ponts jetés sur le Taïtzeho* (ce n'est pas ce qu'a dit Oku?) et se replièrent vers Yentaï.

« Les forces russes qui combattirent la IVe armée du 30 août au 3 septembre, près de Liao Yang, comptaient 47 bataillons, 140 canons et une force de cavalerie et de troupes du génie. »

La vue de Youchatsou aurait été un commentaire limpide de ces deux récits officiels. Combien plus celle de Youïfousantsaï, qui ne nous fut pas montré ce jour-là et que je ne visitai que le 10 septembre ! A point pour ne pas croire que les Russes en aient été « balayés ! »

Ces informations ont été complétées le 15 septembre à Liao yang, où nous nous morfondions depuis déjà neuf jours.

M. Ochabé vint un matin nous lire l'inventaire des « prises » faites du 30 août au 4 septembre. En voici la copie :

3 500 capotes appartenant à la 35ᵉ division, et utilisées pour habiller, à l'hôpital, les blessés japonais;

2 000 koku d'orge = 3 740 hectolitres (koku = 187 litres) ;

6 000 koku de farine = 11 220 hectolitres ;

1 000 koku de riz chinois = 1 870 hectolitres ;

500 koku de fleur de farine = 945 hectolitres ;

1 000 koku de biscuit = 1 870 hectolitres ;

5 500 koku de millet = 10 285 hectolitres ;

700 koku de tourteaux de pois = 1 309 hectolitres ;

27 barils de sucre.

2 000 gargousses et obus pour canons de 0,15. Ce dernier lot de butin est le seul que j'aie vu. Quant à la farine, et à la fleur de farine, de gros tas de sacs, empilés sur des madriers pour éviter l'eau ou l'humidité, en avant de la grande tour, brûlaient quand nous sommes venus loger tout à côté d'eux. Ils ont continué jusqu'au 30 septembre. J'ai vu, pendant la première semaine de notre séjour, les Japonais tirer, à coups de crochets, ceux des sacs que l'on pouvait croire encore utilisables. Mais que valaient-ils exactement ? Je n'ai pu le vérifier. En outre si on a trouvé 2 000 sacs de farine et de fleur de farine, c'est ailleurs que sur ces tas, où ils n'étaient pas, même avant l'in-

(283)

cendie. Leur conquête a coûté aux Japonais trente mille hommes, dont huit mille tués.

Les Russes ont eu douze mille des leurs hors de combat.

Les Japonais jouent du zéro, d'ailleurs, avec désinvolture, sans se douter qu'il est un instrument dangereux, bien que les erreurs qu'ils commettent, en promenant à droite ou à gauche ce signe sans valeur, ne soient jamais commises à leur préjudice.

. . . .

Notre guide, jugeant avec raison, que nous pouvions désormais comprendre les batailles dont nous avions été les témoins, nous ramena à Tchaotchampao, par la grande route, cette fois.

A l'entrée de Mushao, la chute d'un grand marsaule nous attira vers un bouquet d'arbres, d'où montait une vapeur bleue, à l'écart de notre piste. Des soldats étaient là, entourés d'autres troncs déjà abattus, de piles de rondins sciés ou de tas de ces rondins déjà débités en bûchettes. Une vaste clairière, pratiquée en pleine moisson, s'ouvrait au nord sur le glacis, exactement tondu, de Youchatsou. Deux troupiers, près de cette porte de l'air libre, remuaient sur un lit de briques des braises cendreuses mêlées de bizarres objets noirâtres. J'avais déjà vu cela le 1er septembre... La besogne était momentanément finie et le soleil trop bas pour qu'il fût possible de photographier cet atelier des pompes funèbres japonaises qui, faute de cadavres, aurait pu être pris, par un témoin non informé, pour une cuisine en plein vent ou un grand bivouac.

Dans Mushao, les soldats fourmillaient ; les trente-six canons de la 3ᵉ division étaient alignés le long de la route, couverts de boue, mais intacts.

A l'orée du village, un cadavre russe, en pleine décomposition, rayonnait abondamment les mouches charbonneuses et les miasmes pires du typhus et du choléra. Mais, avant d'aller finir de se consommer en terre, il devait donner à tous les passants possibles de l'armée japonaise la joie de flairer l'odeur de la vengeance et de voir le cadavre d'un ennemi.

De longues écharpes de fumée traînaient dans toutes les directions, sur la moisson rousse, prête pour les faucheurs.

En France ces vapeurs sont à la fois le dernier soupir de l'été, et la première haleine de l'automne.

« Voici venir la saison des noix vertes... »

« Adieu, beaux jours !... »

pensais-je en me rémémorant une chanson de Savinien Lapointe, qu'on me chantait quand j'étais tout petit. Et toute la poésie me revenait de notre Fructidor, si prenante en France, sauf pour les enfants, auxquels la récolte des marrons d'Inde, l'apparition des « veilleuses » dans les prés, les grappes mûres et le vin doux des vendanges annoncent l'imminente rentrée en classe.

Mais les fumées qui flottent sur nos champs, sans pouvoir monter dans l'air alourdi par les gouttelettes de la rosée, ne dispersent dans notre ciel que des fanes de pommes de terre, ou le chiendent et les mauvaises herbes des premiers labours...

LIVRE SIXIÈME

LES BATAILLES DU CHAHO

CHAPITRE I

LE MOIS DE SEPTEMBRE A LIAO YANG. — DESCRIPTION DE
LA VILLE. — MONUMENTS CORÉENS. — MAUVAIS TRAI-
TEMENTS INFLIGÉS AUX MANDCHOUX CHRÉTIENS. — COURS
FORCÉ IMPOSÉ AUX BONS DE GUERRE. — NEUTRALITÉ
CHINOISE ILLUSOIRE. — RÉTRÉCISSEMENT DU CHEMIN DE
FER.

LE mardi 6 septembre nous faisions une entrée dé-
pourvue de toute solennité dans la ville, où l'avant-
veille, les soldats, « continuant la poursuite », comme
disent les rapports officiels, passaient hâves, les yeux
presque fermés, traînant lamentablement les jambes,
avec l'allure de somnambules, sûrs de rester engour-
dis par un sommeil de douze heures si quelque caillou
les avait fait tomber...

Après quelques tâtonnements, on finit par nous loger dans une jolie maison, précédée d'une véranda
protégée contre le soleil levant par un rideau de volu-
bilis, à ce moment tout en fleurs. La tour haute qui,
pendant deux jours, m'avait jalonné la bataille, dres-
sait en face, à cent mètres, sa masse octogonale, par-
dessus les toits des maisons de la ville russe. J'allai
aussitôt lui rendre visite. C'est un vénérable souvenir

(287)

de la « Grande Corée », du temps où sa population, belliqueuse, avait étendu sa domination sur le Shin King jusqu'au cours du Liao !

Les briques du monument ont été plus résistantes que l'Empire consacré par lui. Leur massive pile, rongée par les météores, érige toujours ses huit pans coupés à intervalles égaux par de fausses toitures, au-dessus d'un soubassement de même forme, fondé dans une butte bien boisée qui lui donne, en le laissant seulement entrevoir, une plus grande allure. Il faut cligner de l'œil dans une lorgnette pour distinguer les places creusées par les pluies et les gelées. A l'œil nu, la patine des siècles seule se révèle ; à mi-chemin un souvenir de l'ancienne Égypte l'arrête. Sur chacun des huit pans, une niche abrite un Bouddha assis hiératiquement sur un lotus épanoui, et contemplant, entre ses doigts fermés en cercle, l'emblème de l'infini de l'espace et du temps. De chaque côté, des reliefs de colonne de gabarit ionique, et deux figures déployant de grandes ailes, dans un mouvement bien des fois observé sur les figures d'anges des Annonciations de nos vitraux. Cette évocation surprenante ennoblit singulièrement ce tas de glaise cuite, et prolonge le charme des vieilles et belles choses jusqu'aux boules de métal qui jalonnent chaque angle, reliées par des chaînes à une sphère plus grosse qui couronne le monument. Des bandes de pigeons égaient les lignes rigides du miroitement de leur vol, comme si le conquérant oublié qui se construisit cette tombe n'avait pensé, comme notre Cadet Roussel, qu'à loger les oiseaux.

D'autres traces de la « Grande Corée » subsistent encore dans la banlieue nord. Les travaux de ballas-

tage du chemin de fer ont mis à jour de curieuses
tombes, faites de dalles assemblées en allée couverte.
Le premier mandchou qui en découvrit une ne s'en
félicita pas. Hanté, comme tous les ruraux sous toutes
les latitudes, de la superstition du trésor, il cacha sa
découverte, et la nuit venue alla la compléter. Mais à
Liao-Yang, comme ailleurs, les voisins veillent toujours. Notre homme fut dénoncé au mandarin. Il eut
beau certifier qu'il n'avait rien trouvé, il dut payer la
somme dont il plut au porte-bouton de se contenter
pour sa moitié de l'aubaine, et fut ruiné.

Liao-Yang est une agglomération de trois villes, sur
un espace de quatre kilomètres carrés : une ville chinoise, officielle, moderne, contemporaine, murée, et
coupée en quatre par deux grandes rues orientées vers
les points cardinaux, selon le rite invariable ; une seconde ville chinoise, accotée au mur nord de la précédente, entourée d'un mur de terre ruineuse, ébréché
en vingt places différentes ; la ville créée par les Russes, autour de la plus grande station du Transmand-
chou entre Harbin et Dalny.

L'agglomération n'a d'importance que pour les logements et les approvisionnements. Les 353 maisons
construites par les Russes autour de la gare peuvent
loger au besoin toute une division. Les villes chinoises
peuvent en loger une autre. Les villages des environs
également. Et on n'a pas ménagé les Chinois !

Pendant les batailles les Japonais avaient abondamment obusé la ville. De la porte Sud trop voisine des
redoutes Youchatsou et Youifansausai, restait juste la
moitié du mirador. J'ai vu des maisons éventrées par
des obus de 0,15. Trois cents Chinois avaient été tués.

(289)

Huit cents ont été blessés et ne s'en étaient pas prévalu, pour être soignés par la Croix Rouge japonaise. La population des villages à dix lieues à la ronde affluait par pleines charrettes, chassée par les soldats japonais qui s'emparaient des maisons et s'y installaient.

Qui voulait pouvait voir toute la journée, le tableau des malheurs de la guerre, et le défilé lamentable peint par Gœthe dans Hermann et Dorothée. Le prix des logements avait augmenté tellement, qu'un seul K'ang, emplacement de douze mètres carrés, dans une maison couverte et close, était loué, dès le 6 septembre, 80 dollars (200 francs) par an ! Les Chinois avaient mis des drapeaux sur leurs maisons, quand ils avaient pu s'assurer la protection japonaise, moyennant finance, pour être exemptés des logements militaires.

Ils avaient espéré gagner beaucoup d'argent et haussé les prix des denrées au taux de famine. Les Japonais ont taxé les marchandises et décrété un maximum. Leurs soldats en tenaient rarement compte. Ils prenaient et appliquaient le tarif élémentaire de la « Foire d'empoigne ». Je les ai vus souvent.

Ils n'ont même pas respecté les maisons des missionnaires. Le protestant, en voulant défendre son bien, n'a évité un coup de baïonnette à travers la gorge, que par un brusque mouvement de tête, qui ne l'a pas sauvé d'une blessure au côté du cou.

Le catholique a été pillé.

Sa mission de Cha-ling a été pillée. A ses réclamations on a répondu par des risées, en lui déclarant qu'il est un Russe, en lui demandant où sont ses femmes, etc., etc. Il a froidement réclamé, en déclarant qu'il y avait un endroit où il faudrait bien parler raison un jour ou l'autre. On a fini par lui payer 700 dollars d'indemnité. Le comte Katsoura a trop hautement déclaré que le Japon ne fait pas une guerre de religion ! Mais les soldats bouddhistes continuaient à déchirer et à détruire les images chez les chrétiens.

Les Japonais ne respectaient nullement la neutralité chinoise. Ils laissaient au mandarin ses soldats inutiles ; mais partout ils avaient leurs sentinelles ; ils avaient un commandant de place et un mandarin, qui prononçait et exécutait des sentences capitales.

Ils mangeaient littéralement le pays. Le mandarin a eu le courage de leur dire : « Faites la guerre ! Mais aux Russes seulement ! Et ne détruisez pas la moisson du sorgho ! »

Mais il ne pouvait pas plus que cette piteuse remontrance. Les Japonais avaient émis pour 125 millions de « bons de guerre », et payaient leurs achats de cette monnaie. Les Chinois, habitués au paiement mensuel de leurs comptes en métal, voulurent réaliser ce papier. On leur imposa d'abord l'échange en argent, puis on le refusa. A leur tour, ils refusèrent les bons. Les Japonais édictèrent cours forcé, sous peine de bastonnade. Et les Chinois majorèrent de 20 pour 100 le prix de toutes les denrées. Ils regrettaient alors les Russes, qui apportaient de l'argent au lieu de le drainer.

Les Japonais ont expulsé, sous prétexte qu'il était un espion russe, un sujet allemand, agent d'une maison de commerce de Niouchouang. Ils lui objectèrent qu'il n'avait pas de passeport chinois, et qu'il était illégalement à Liao-Yang au temps des Russes. Ils jouaient de la Chine, suivant leurs besoins. Et, leurs nationaux affluaient, trafiquaient, au lieu et place des concurrents intimidés ou chassés. C'était, « la porte ouverte », comme ils l'entendent.

Nonobstant leur assurance et ces méthodes fondées sur la certitude du lendemain, ils se retranchaient sur leur front. J'ai vu les 27 et 28 septembre, les avant-postes de la division 3 de la 2e armée. Bonnes tranchées, profondes et appuyées sur des villages, avec, en arrière, des écuries en claies de sorgho pour la cavalerie, et des parcs pour l'artillerie. Caissons et équipages de ponts passaient devant nous à Liao-Yang.

Sur l'arrière, la ligne ferrée, réduite à la largeur d'un mètre, par le rapprochement d'un rail, relia Liao-Yang à Niouchouang et à Taï lien ouan le 30 septembre. Des machines et des wagons apportés du Japon circuleront dès lors à raison de 3 trains par jour dans chaque sens. Je suis venu ainsi, sur un truck découvert, en douze heures, de Liao-Yang à Niouchouang, et j'ai vu à Tachikiao, un autre train s'éloigner dans la direction de Taï lien ouan.

Les Japonais recueillirent, comme précédemment, et ce fut vraiment justice, la récompense de ces prévoyantes dispositions.

Ils purent recevoir à temps la 7e division, quand après sa proclamation du début d'octobre, le général Kouropatkine prit l'offensive de Yen taï, où il s'était concentré, pour essayer de chasser les Japonais de Liao-Yang et les rejeter sur Haïcheng et Niouchouang.

CHAPITRE II

LES BATAILLES DU CHAHO, DU 10 AU 16 OCTOBRE.

LE nombre des correspondants militaires était singulièrement réduit. Kann était parti le 9 septembre. Burleigh, Gordon Smith, le 8. Restaient seulement :

Brill, de l'*Agence Reuter* ;

Clarkin, de l'*Evening Bulletin de New-York* ;

Scull, du *Globe* ;

Whiting, du *Daily Graphic* ;

Pratt, représentant désormais le *Daily Telegraph* et moi, représentant toujours le *Petit Journal*.

Toute latitude nous était donnée d'aller et de venir ; mais autant vaut pourvoir d'un grade dans la cavalerie un homme qui vient d'avoir les jambes broyées par la torture du brodequin !

Le pays est si parfaitement plat, que, sauf le 16, jour de la bataille de La-Mou-Tou, sur les champs où le jaune pâle des éteules de la moisson coupée, et l'or de la parure d'automne des saules, marsaules et ormes se mêlait au brouillard doré de la poussière, nous ne pouvions distinguer que les bouffées de fumée produites par l'explosion des shrapnels.

La bataille s'étendait sur un front de vingt kilomètres, à travers un lacis de ravins, dont l'un celui de la rivière qui sépare Chiliho de Djourika avait trente mètres de profondeur.

Le plus simple était de suivre nos guides et d'attendre, pour concevoir une idée de la bataille, le rapport communiqué par l'état-major.

Il nous fut communiqué et traduit par l'interprète Ochabé le 25 octobre 1904.

Le voici *in extenso.*

« La bataille commença le 10 octobre. A 8 heures du matin la Seconde armée quitta ses quartiers de Taïtzetaïtsou, Kokatoun, Taotataoukao, Taoutantaoukao, qui étaient les appuis de sa ligne, et avança en trois colonnes vers le nord. Toutes les réserves suivirent à l'arrière de l'aile droite et du centre.

« A environ 11 heures du matin, on apprit qu'un détachement de l'aile gauche de l'armée était engagé avec l'ennemi aux environs de Litaïelton.

« Vers midi on entendit en avant de la division du centre un lourd feu d'artillerie.

« A 4 heures du soir la division du centre refoulait un petit groupe ennemi, occupait Taïtouchampo, pendant que la division de l'aile droite, avec un détachement de celle du centre, refoulait un petit groupe d'infanterie et d'artillerie ennemies aux environs de Artaïtou et occupait cette position à 6 heures du soir.

« La division de l'aile gauche, refoulant artillerie et infanterie russes dans Tantziadentsou, occupa une ligne étendue de Kioupeïtaï à Akoulidjiàtou au coucher du soleil.

« A ce moment on découvrit que les forces ennemies étaient toujours en face des nôtres. Toutes les divisions passèrent la nuit sur les positions préparant l'attaque du lendemain.

« 10 octobre. — Le gros de la cavalerie fut placé,

partie à Tchintampou : une partie fut envoyée à Peïk-aotaï et Fornoho (rive droite de Houn ho) (?) pour observer et refouler au besoin les attaques de l'ennemi contre l'aile gauche de l'armée.

« Le quartier général quitta Tachikouantaoude. L'ennemi ce jour-là nous opposait, à l'aile droite et au centre, 3 régiments d'infanterie, une brigade de cavalerie, 2 batteries d'artillerie. Devant l'aile gauche, les Russes avaient une compagnie d'infanterie montée, 2 ou 3 escadrons de cavalerie, 4 canons de batteries montées. Ceci semble avoir été simplement une avant-garde.

« 11 octobre. — L'ennemi occupait une ligne allant de Chiliho à Changkiaouan.

« Notre aile droite, gagnant des renforts de la réserve générale, avec le gros, attaqua l'ennemi dans la direction de Oulitaïtze et Chiliho. Un détachement attaqua l'ennemi vers Tchaotaïtoun (Kouchantze ?) et Etiniou-rou (?) à 8 heures du matin. L'artillerie fut postée à l'est de Tchaotaïtou.

« A 10 heures du matin il y eut des signes que l'ennemi se renforçait vers Antenhiou (?).

« Au même moment, en avant de l'aile droite, il y avait une batterie ennemie placée dans chacun des villages Tchaousanirikou (à l'Ouest), Nampouourikaï, Chiliho (extrémité Nord-Est) et au Nord-Ouest de Tchoendjeton (Tchaotaïtoun) (?). Aux environs de Chiliho, l'infanterie ennemie se battait énergiquement.

« Cependant, le général de la division droite jugeant trop difficile d'attaquer les environs de Oulitaïtze, de Djourika, (Chiliho au delà du ravin), se décida à attaquer l'ennemi stationné à Enteniourou de la direction de Sotaïtoun. Et il envoya une partie de la réserve vers Sotaïtoun (Tchaotaïtze). *C'est la gare avant Yentaï.*

« La division du centre, avec l'aile gauche, attaqua l'ennemi à Sandjialintsiou (entre Chankiaouan et Sand-jiamintoun), la refoula et occupa Sandjialintsiou.

« L'aile droite du centre, coopérant avec l'aile gauche de notre droit, de Oulitaïtze avança au Nord et essuya

un feu terrible de l'infanterie et de l'artillerie ennemies dont la force est inconnue. Cela arrêta la marche
en avant, mais non le combat.

« Vers midi, l'ennemi fort de 3 bataillons d'infanterie, fit une contre-attaque de Anteniourou contre l'aile
gauche de notre droite. Mais notre infanterie et notre
artillerie *mitraillent; des secours sont fournis par
l'aile droite du centre*. L'attaque russe fut repoussée
avec grosses pertes. Mais l'ennemi établi à Changk-
kiaouan, Anteniourou, Chiliho, résiste ferme, avec son
infanterie et son artillerie. On apprit de maintes sources
que de grosses forces russes étaient massées devant
notre centre.

« L'ordre vint de détacher des troupes de la réserve
générale pour renforcer l'aile droite et le centre, et
d'attaquer l'ennemi de front avec ensemble.

« A compter de 2 heures après midi, l'attaque générale fut poursuivie et avança graduellement.

« De 4 heures au coucher du soleil, l'aile droite de
la division droite occupa, après un combat terrible,
Tchaolankao, et l'aile gauche de cette même division
occupa Tsaousantaï, en avançant de Anteniourou.

« Le centre occupa Chankiaouan, et combattant avec
l'ennemi en face, décida de continuer l'attaque le len-
main matin.

« La division de l'aile gauche refoula l'ennemi,
occupa une ligne de Taoutchoupou, Taotaitou, Sandjia-
tsou, et pressant l'ennemi de front, passa la nuit.

« Le gros de la cavalerie, massée vers Tchintchampou, repoussa l'infanterie ennemie (2 ou 3 compagnies),
qui attaquait dans la direction de Tchoudjatsou.

« L'ennemi opposé à l'aile droite du centre était fort
de deux divisions d'infanterie du 17e corps, et de sept
ou huit batteries d'artillerie.

« Les forces russes opposées à l'aile gauche étaient
1 régiment d'infanterie, 5 ou 6 escadrons de cavalerie,
2 batteries d'artillerie montée, avec, en réserve, l'infanterie appartenant aux 73e et 35e divisions.

« 12 octobre. — L'infanterie du centre s'approcha de

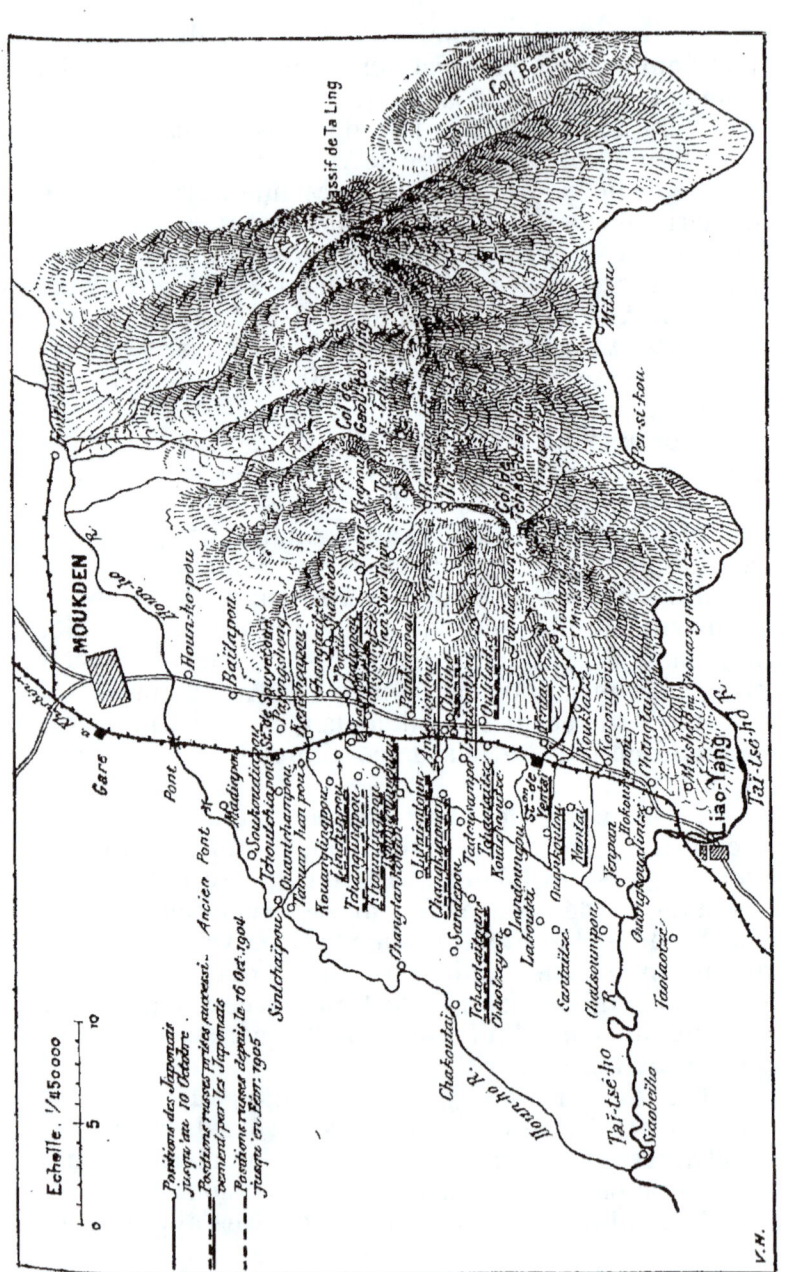

LES BATAILLES DU CHAHO.

l'ennemi vers Lantoukaï à l'aurore, pendant que l'artillerie de la division, prenant position, couvrait d'obus l'ennemi vers Toutaï (Tsountounyentaï?) et préparait l'attaque de l'infanterie. Mais l'ennemi tint ferme, et il ne put y avoir de charge jusqu'à 10 heures du matin.

« A ce moment, l'effet des feux des canons et des fusils commença à agir. L'aile gauche du centre avança malgré le feu terrible de l'ennemi. L'aile droite du centre l'assista, et il y eut une attaque impétueuse contre Anteniourou. *Mais en vain*. Nous ne pûmes assaillir ce village, en raison de la résistance désespérée des Russes.

« L'aile gauche, en dépit de grosses pertes, à midi et demi chargea les positions ennemies, emporta 18 canons et occupa Lantsoukaï.

« Le général de division, renforcé par la réserve générale, attaquant une batterie d'artillerie, poursuivit l'ennemi immédiatement.

« Après l'occupation de Lantsoukaï, un nouveau et gros détachement de l'ennemi s'avança contre nous, comme une masse de vagues furieuses, de la direction du Nord-Ouest de Djourika (Chiliho au delà du ravin).

« Heureusement, à ce moment, le gros de plusieurs détachements du centre avançait au nord de Lantsoukaï. L'infanterie et la cavalerie, sans perdre de temps, s'opposèrent à l'avance ennemie. L'ennemi fut forcé de se replier en désordre.

« Il était 4 heures de l'après-midi.

« Le chef de la division du centre, voyant qu'on ne pouvait forcer la droite ennemie, renforça la première ligne de huit bataillons d'infanterie et huit batteries d'artillerie et *ordonna de marcher* à l'Ouest de Lioutankao.

« A 4 heures 40 l'ennemi, tout à fait frais, avec 3 ou 4 bataillons d'infanterie, marcha sur nous et aborda notre première ligne à Tchaotoutaï. Cette force, poursuivant sa route avec audace et intrépidité, refoula l'ennemi, le poursuivit au delà de la rivière Ouonen et continua son avance vers le nord. Mais de nouveau une grosse force d'infanterie russe arriva de la direction de Atchokipou et fit une contre-attaque. Les Japonais réussirent à la repousser et à avancer. Mais le soleil se couchait et on dut rester sur les positions. Le reste des détachements, en raison des conditions du terrain, s'arrêtèrent près de Lantsoukaï.

« Ce jour-là, le centre combattit avec audace et courage, donna de rudes coups à l'ennemi et aida éminemment à l'avance générale de l'armée.

« La division droite, avec l'aile droite du centre, attaqua l'ennemi à Chiliho, des environs de Tchaolankao. L'aile gauche attaqua l'ennemi au nord de Anteniou, et l'artillerie prenant position, se retira au sud de Tchaotaïtoun, canonnant l'ennemi vers Chiliho, Chaosanourikaï et Lanhouenmiao.

« Vers midi les deux ailes avancèrent pour attaquer, et l'aile gauche refoula l'ennemi, qui résista obstinément à Nord-Anteniourou. Elle le poursuivit immédiatement et atteignit la ligne d'une rivière aux environs de Lanhouanmiao à 2 heures et demie, et avançant plus loin, occupa Oulikaï avant le coucher du soleil.

« L'aile droite, *par l'assistance effective de l'artillerie*, prit Chiliho à 2 heures et demie, s'empara de 4 canons ennemis, malgré une résistance obstinée à l'Ouest de ce village, dans des tranchées. Coopérant avec l'aile gauche à poursuivre l'ennemi, elle captura Ankiaopou entre 5 et 6 heures du soir. La nuit fut passée sur les positions occupées avec la division de l'aile droite.

« L'avant-garde de la division de l'aile gauche attaqua l'ennemi, (1 régiment d'infanterie avec 8 canons), posté à Tsountounyentaï, à 2 heures après-midi, réussit à le refouler à 4 heures et demie et prit Yochyentaï, pendant que le détachement de l'aile gauche, établi sur une ligne allant de Litaïeltoun à Taïpingshan, à environ 5 heures après-midi, fut attaqué par l'ennemi (1 régiment d'infanterie, 3 batteries d'artillerie), le refoula et occupa la ligne.

« La division de l'aile gauche occupa le terrain de Taotaï à Taïpingshan et y passa la nuit.

(299)

« Le gros de notre cavalerie établi à Tchintchampou détacha à Litaïeltoun et coopéra avec l'aile gauche.

« Le quartier général était à Mookaton.

« L'ennemi nous opposa ce jour-là 3 divisions d'infanterie, 3 régiments de cavalerie, 12 batteries d'artillerie. Il doit avoir fait de grosses pertes. On a trouvé sur le sol 600 cadavres et plusieurs officiers. »

Les Japonais disent avoir perdu 1800 hommes.

« 13 octobre. — L'armée reçut l'ordre de poursuivre l'ennemi avec un fort détachement de l'aile droite de la division du centre, à l'aurore. On avait concentré à Ankiaopou et Lioutankao. Réserve générale à Chiliho.

« On avait arrêté que Nodzou attaquerait les collines vers Koukiaton, Denkokouten et Sankouaïsishan. Vers environ 10 heures du matin un rapport de la division de droite apprit à Oku que l'artillerie ennemie forte de 1 division, se concentrait vers Touang-Kanten, et qu'une forte troupe ennemie marchait vers le Sud et Fouanghouaten. En conséquence, ordre fut donné à la division droite d'attaquer à Fouanghouaten. Tournant à droite avec l'aide d'une brigade d'infanterie de la réserve générale et d'un régiment d'artillerie elle reçut l'ordre de coopérer avec Nodzou (*Our friendly army*), dit le texte traduit. Mais quand nous occupâmes Pankiaopou à 9 heures du matin, nous reçûmes le feu de l'infanterie et de l'artillerie ennemies massées en force près de Sintsiaotsou et de La-Mou-ton. Notre division de droite *avait perdu beaucoup de temps à des reconnaissances.* Elle ne put obéir encore à l'ordre.

« A 2 heures et demie, après-midi, en conséquence, ordre arriva à la division de l'aile droite d'attaquer l'ennemi *au Nord, par tous les moyens.* Au même moment, ordre au gros de la réserve et à l'artillerie, postés vers Lioutankao, sous les ordres du chef de la division du centre, d'attaquer l'ennemi à Fouanghouaten. *Mais tous ces ordres furent longs à accomplir et l'attaque n'avança guère.* Le soleil se coucha. Il fallut remettre au lendemain et coucher sur les positions.

« Une partie de l'artillerie postée vers Mandjamout-sou, à 6 heures du soir, tira sur l'ennemi à Fouangh-ouaten jusqu'à la nuit noire.

« La division de l'aile droite obéit et attaqua l'ennemi au coucher du soleil, *et l'obligea à rester en face d'elle.*

« *Un certain régiment* de poursuite du centre refoulant l'ennemi à Hounlingpou (2 bataillons d'infanterie), venant vers l'Est-Nord-Est, marcha vers 9 heures du matin par Kisurintsou, et face à l'ennemi de La-Mou-ton et Lichinopou, resta là jusqu'au coucher du soleil.

« La division gauche étendit ses forces entre Shishaotsoun, Tchanlampou (Tchan-hing-pou) et essaya d'attaquer Denchinpou et Taïlenton. Mais trouvant l'ennemi trop fort, et en outre menacée, elle s'arrêta.

« 14 octobre. — Ordre d'attaque générale. La division droite reçoit à 4 heures du matin une puissante contre-attaque, la repousse, prend à son tour l'offensive et marchant en avant, occupe Sindjahatsou et les collines à *l'Est.* Une partie de cette division poursuit le mouvement et s'empare de 23 canons. Elle occupe Tchaosan Shahopou » (Shahopou Nord. La route divise le village en deux).

« *Mais un détachement lancé trop avant se trouva entouré par l'ennemi qui résistait obstinément sur les collines au Sud-Est de La-Mou-ton et Shahopou.* L'ENNEMI FIT DES CONTRE-ATTAQUES auxquelles résista le feu d'artillerie et d'infanterie. L'ennemi, accru graduellement, pesait de plus en plus lourdement. La première ligne plia et les positions furent évacuées. »

Ce galimatias cachait le fait suivant, communiqué par le gouvernement japonais à tous ses agents, imprimé à Paris, et affiché au club de Niouchouang, le 19 octobre par le consul japonais Segawa.

« Une colonne, sous le commandement du brigadier général Yamada, s'avança le 16 pour renforcer un détachement de l'armée de gauche en attaquant l'ennemi à Nord Shahopou.

« Cette colonne défit l'ennemi à Oueichialoutze,

prenant deux canons, deux caissons, et, après avoir repoussé l'ennemi à Santaokantze, se retirait vers sa position originelle, quand elle fut subitement enveloppée à 7 heures du soir par environ une division ennemie (la division Poutiloff).

« Après un violent corps à corps, la colonne japonaise réussit à percer l'ennemi et à regagner sa position primitive.

« Pendant ce temps l'artillerie japonaise avait perdu *quantité d'hommes et de chevaux*, et avait dû abandonner *neuf* canons de campagne et cinq canons de montagne —.

« L'ennemi était renforcé par son armée du centre (Bilderling). Nos pertes dimanche ont été d'environ un millier d'hommes.

« Un détachement commandé par le général du Centre, coopérant avec Nodzou à sa droite, avança sur le feu ennemi et l'artillerie russe, graduellement, aidé lui-même de l'infanterie, et à 11 heures du matin occupa les collines au Sud-Est de Chanlienton. L'ennemi établi vers Santaokantze résista obstinément.

« Une force de la division centre, envoyant une partie de ses troupes à Linchinpou, vint attaquer l'ennemi à La-Mou-ton. Le détachement combattit bravement et audacieusement, aidé par un détachement de l'aile gauche.

« Marchant sous le feu de l'ennemi établi à Linchinpou, à 3 h. 20 après-midi, ces troupes assaillirent enfin Linchinpou et mirent en déroute deux régiments d'infanterie et plusieurs batteries d'artillerie russes.

« L'ennemi fit front à Tsoufantaï et La-Mou-ton et résista. Mais en vain, et notre armée, sans être arrêtée, poursuivit l'ennemi et les batteries d'artillerie avancèrent, aidant l'attaque de l'infanterie.

« La nuit arrêta l'armée sur les positions occupées.

« L'ennemi, devant la division gauche, renforcée peu à peu, attaqua comme s'il voulait envelopper l'aile gauche. *Mais la cavalerie vint au secours de l'infanterie* (brigade Kanin), et ainsi la position fut conservée.

Cependant l'ennemi fit trois attaques contre Tchan-
lingpou avec DE PUISSANTS contingents. Elle furent
repoussées.

« L'aile droite de ce détachement attaqua avec l'aide
d'une partie de la division Centre et occupa Linchinpou.

« La division gauche, en dépit d'une poussée puissante, réussit à garder sa position et fit beaucoup de
mal à l'ennemi. — *(La terre était semée de balles sur
le champ de bataille)*. (Le mot « *stubborn* » (acharné)
revient tous les dix mots, comme en 1894-95) ! —

« Le gros de la cavalerie, établie près de Païlingtze,
fut serré dur par l'infanterie et l'artillerie ennemies,
très supérieures en nombre, mais réussit à les repousser.

« L'état-major général passa la nuit à Pangkia-
pou.

« 15 octobre. — Nouvelle attaque à l'aurore. Nodzou
occupa la position conquise par le centre de Okou.
Nouvelle attaque contre les Russes retranchés à
La-Mou-ton. Ordre à un gros détachement d'artillerie,
commandé par un certain général (!!!) de coopérer
au mouvement en appuyant l'infanterie. Le feu de
cette artillerie réussit à faire progresser l'attaque de
La-Mou-ton, et entre 4 heures et demie et 5 heures
après-midi, ce village fut occupé. L'ennemi, mis en
déroute, y laissa plusieurs centaines de morts.

« La division y bivouaqua, se gardant fortement.

« La division droite, aidée par une partie de celle du
Centre, attaqua l'ennemi à Santao Kantsou et l'en
chassa. L'aile droite de cette division, marchant *au
Nord de Chahopou*, attaqua, près de ce village.

« L'ennemi résista « *stubbornly* » (avec acharnement), et empêcha tout mouvement en avant. Le combat dura là toute la journée et les deux armées furent
forcées de rester nez à nez toute la nuit.

« L'ennemi opposé à la division gauche fut moins
actif que la veille. Mais occupant la ligne Tsoufantaï,
Taïlentou, Monchintaï, Sandjatsou, etc., vers l'Ouest,

il se tint à 1 500 mètres de notre ligne d'infanterie, creusa des tranchées et entretint la fusillade. Deux ou trois batteries d'artillerie russe postées près de Kouang-linpou entamèrent un duel avec notre artillerie de Tchanglingpou. Le combat durait encore à la nuit.

« Le gros de la cavalerie tenta une attaque pour reprendre Litaïeltoun. Mais l'ennemi fit une résistance invincible, la nuit vint, et il fallut se replier à Taïpingshan (gare de chemin de fer).

L'ENNEMI PRIT L'OFFENSIVE PLUSIEURS FOIS.

« La nuit passa dans une grande inquiétude et tout le monde se garda strictement sur toute la ligne.

« Le quartier général ne bougea pas de la colline de Pankiaopou, et vint passer la nuit à Chiliho.

« 16 octobre. — La division droite, occupant les mêmes positions que la veille, fait face à l'ennemi à très courte distance.

« Dans l'après-midi, renforcée par Nodzou, elle continua l'attaque. Mais l'ennemi posté sur la rive droite, du Chaho, fit front derrière de fortes tranchées et repoussa les attaques.

« *L'armée, jugeant inutile de pousser une attaque qui coûterait de gros sacrifices, occupant la rive gauche du Chaho, décida d'y rester.*

« La division du centre reçut six contre-attaques dans la nuit du 15 au 16, jusqu'à 7 heures du matin à Linchinpou.

« Cependant, aidée par un détachement de la division gauche, elle réussit à les repousser.

« L'ennemi a laissé des tas de cadavres sur les champs. Pourtant, il n'a pas reculé assez. Il est nez à nez avec nous et 10 batteries placées à Tsoufantaï entretiennent un feu décevant.

« L'ennemi devant notre division gauche avait 2 ou 3 batteries établies à Kandjoumpou, 2 ou 3 près de Koupatsou, qui nous mitraillaient.

« Vers environ midi et demi, l'ennemi concentra un feu terrible sur l'aile gauche de notre division gauche, à Mandjiantsou. Pendant ce temps un régiment d'infanterie venait de Sandjatsou, et 3 ou 4 bataillons d'infanterie venant de Moutatounyen, l'aidaient à faire une contre-attaque sur notre gauche. Mais nos feux d'infanterie et d'artillerie la repoussèrent.

« La division gauche passa également la nuit sur ses positions, nez à nez avec l'ennemi.

« Le gros de la cavalerie, à Tchaotaï, reprit Litaïeltoun à 8 heures du matin.

« L'ennemi est en force devant nous et prend souvent l'offensive pour faire des contre-attaques, toujours repoussées avec grandes pertes.

« Les forces de l'ennemi depuis le 13 octobre consistaient en 5 divisions d'infanterie et environ 100 canons.

« Il y avait tout le 17e corps, le 5e corps sibérien et une partie du 6e.

« Les pertes japonaises ont été comparativement faibles ; mais l'estimation des pertes de l'ennemi monte haut, en raison des contre-attaques faites avec des méthodes surannées, et de la poursuite acharnée des Japonais.

« Selon les recherches opérées jusqu'au 16 octobre on avait trouvé dans les champs plus de 4 000 cadavres russes, et on s'attendait à un total supérieur.

« Les Japonais disent avoir perdu en tout 5 000 hommes.

« On a fait 80 prisonniers *environ (ceci est exquis)*, et pris 43 canons, 30 caissons, 30 voitures d'artillerie, et en outre des munitions, des fusils, des ustensiles, des vêtements, etc., etc. »

La lecture de cette traduction a fait une scène à peindre.

Nous étions logés dans une maison à l'entrée de Chiliho, tout près des tranchées russes et du ravin profond qui sépare Chiliho de Djourika.

(305)

M. Ochabé venait de déjeuner, et, en homme qui a habité les pays du wisky, avait tassé son riz de quelques gobelets de « liquor ».

Il était devant notre cercle, cramoisi, les yeux tendres à force de tension pour sortir de sa tête, enterré dans une chaise posée au milieu de la cour, moelleusement, sur une île de fumier, entouré d'un petit lac dentelé de purin et d'eau sale.

Inutile de crier, les ordures semblaient sourdre du sol, engendrées spontanément sous les pieds des Chinois, lesquels sont aussi malheureux quand leurs entours sont propres que nous le sommes nous dans le pêle-mêle ou l'ordure.

Le Chinois est sale; le balai est un ennemi personnel; il le montre aux ordures et cela doit leur suffire.

Nos montures et bêtes de trait étaient attachées, çà et là, dans la cour.

Deux ânes, dont les frasques nous amusaient parfois, se prirent soudain d'émulation avec M. Ochabé.

Aux moments les plus pathétiques de sa narration : « han ! hi han ! hi han ! » éclataient comme une fanfare ! « *Kill the brute !* » (tuez cette brute !) criaient les Anglais... Et quelque Chinois s'approchait; mais les pécores aux longues oreilles veillaient... Et un balàne, qui détacha un coup de pied dans le ventre à l'une, fut payé aussitôt d'une ruade qui l'envoya faire panache en plein purin et me fit tomber le crayon des mains dans une crise de fou rire.

Enfin, on pendit une pierre au cou des deux Martins. et l'interprète Ochabé put achever sa lecture, sans malencontreux accompagnement.

Le capitaine Tanaka compléta nos informations, le 25, en nous avouant, ce qui était une partie seulement de la vérité, que les Russes avaient pris *huit* canons japonais et repris *deux* canons conquis précédemment sur les Russes ; il a oublié *dix* devant *huit* ; que les Japonais avaient perdu 19 000 tués et blessés (au lieu de 22 000, qui est le chiffre réel), et que les Russes avaient perdu 55 000 hommes, chiffre exagéré de 10 000.

Pour compléter ce tableau de la fidélité des informations officiellement communiquées au nom de l'état-major, le 27 octobre, M. Okabé vient nous faire rapport « qu'un régiment ennemi, qui a attaqué nos lignes cette nuit, est coupé, cerné, et dans une position désespérée. Il lui faut ou capituler ou être massacré. »

Mais arrive le rapport officiel, écrit, que nous faisons traduire par nos interprètes.

« La situation n'a pas changé », dit il. « Les Russes ont ouvert un feu de recherche d'artillerie. A 4 heures du matin, environ 2 compagnies d'infanterie ont attaqué, de Motienleng, contre Chanlampou, et se sont avancées de 500 mètres environ au Nord-Ouest de Chanlampou et ont occupé un village non dénommé.

« Mais l'avant-poste d'observation vint à temps, un détachement de la première ligne arriva, ouvrit un feu nourri, et l'ennemi se retira à Motienlieng avant le jour. »

M. Ochabé avait essayé de nous induire à expédier un canard à nos journaux.

Je n'ai pas voulu interrompre par des observations personnelles le développement du récit fait par l'état-major, parce que cette fois, il est clair, suffisant et donne une idée exacte de l'ensemble des faits. Il en était autrement pour les actions qui ont amené l'occupation de Liao-Yang, et j'ai dû adopter, pour les faire comprendre, une méthode différente.

Reste à résumer, pour préciser la valeur de la victoire nouvelle remportée par les Japonais.

Leur plan a consisté, comme précédemment, à étendre leur aile gauche de façon à menacer toujours les Russes de l'enveloppement, et à transporter des attaques feintes sur tout leur front. De cette manière ils ont encore pu jeter le désarroi dans les rangs de l'ennemi, et porter successivement en avant toutes les fractions de leur ligne, à mesure que les Russes étaient contraints de dégarnir un point de la leur, pour résister à une poussée trop forte ailleurs.

Mais, comme devant Liao-Yang, les Russes se sont repliés par échelons, sur des positions préparées d'avance. Entre Yentaï et la ligne Chiliho-Chan-Kia-ouan, ils ont reculé de ligne de tranchées en ligne de tranchées. Nous les avons trouvées ensuite de kilomètre en kilomètre.

Ils ont fait leur principale défense à l'abri du profond ravin de la rivière de Chiliho, à dix kilomètres de Yentaï, comme ils s'étaient arrêtés à Tchaotchampao à 25 kilomètres de Anshantien, et à Anshantien à 25 kilomètres de Haïcheng.

Après le ravin de Chiliho, ils ont utilisé celui de la rivière Chaho, et n'ont abandonné La-Mou-ton et Chahopou que pour faire front plus fermement et plus heureusement dans les ouvrages permanents élevés par la prévoyance de Kouropatkine entre le Chaho et Moukden.

La position était si solide que les Russes y ont arrêté la marche des Japonais jusqu'au mois de mars 1905, et qu'il a fallu amener de Port-Arthur les 1er, 9e et 11e corps de Nogi, et du Japon une cinquième armée, formée du 8e corps et de la division d'occupation de Formose. Il a fallu aussi commettre un nouvel attentat au droit des gens en violant la neutralité *convenue* de la Mandchourie à l'Ouest du Liao, en occupant Hsin-Minting, et en employant la dernière section du chemin de fer Est Chinois, pour achever par la prise de Moukden et de Tiéling la conquête de la Mandchourie méridionale.

La victoire de Chaho avait autant épuisé les Japonais que celle de Liao-Yang, et si les troubles des mois de janvier et de février n'avaient pas fait suspendre l'envoi des renforts nécessaires en Mandchourie, il est probable que les événements militaires du printemps de 1905 auraient suivi un cours tout différent. Tout est encore à faire, puisque les Japonais n'ont gagné à Moukden que la nécessité d'opérer plus loin encore de la mer, leur base d'opération.

CHAPITRE III

Comment j'ai quitté l'armée du Maréchal Oyama. —
Russes et Japonais a 600 mètres les uns des autres.
— Un télégramme vieux d'un mois. — Malveillance de
la censure militaire. — Une journée sur un truck de
chemin de fer. — Vaine tentative pour m'interner a
Dalny.

Un orage formidable, résolu en une pluie diluvienne
de quinze heures, suspendit les opérations le
17 octobre. Quant le soleil reparut, le 20 au soir, les
Russes établis dans de bonnes tranchées, à six cents
mètres des positions japonaises, appuyés par des canons Hotchkiss et des pièces de gros calibre, se trou-
vèrent en mesure d'opposer aux attaques une barrière
derrière laquelle ils purent se reformer tranquillement.
Jusqu'au 1er novembre, à toute heure de jour et de
nuit, la fusillade crépitait et le canon grondait, tantôt
sur un point tantôt sur un autre du front de vingt kilomètres occupé par Oyama et Kouropatkine. Les deux
armées se tâtaient constamment.

L'apparition d'une casquette plate au-dessus du sol
attirait sur les Russes une grêle d'obus et de balles,
et toute casquette à ganse jaune ou rouge qui se mon-
trait au-dessus des tranchées japonaises était saluée
d'une rafale de projectiles.

Le gros effort russe portait de la colline Poutiloff,
qui domine de son sommet rond le village de La-

mou-ton, à l'Est, sur les batteries et les tranchées établies à cheval sur le chemin de fer autour de la station de Chahopou.

J'y suis allé tous les jours pendant cette période. C'était une promenade de douze kilomètres, de Chiliho, en suivant les rails, aller et retour.

Les Japonais avaient établi, à un demi-kilomètre en arrière des bouquets d'arbres qui masquaient La-mouton et les deux moitiés de Chahopou, à droite et à gauche de la ligne, deux batteries de campagne et une demi-batterie de mortiers de bronze, en attendant l'arrivée des canons de 0,15. On les halait à la bricole sur la ligne qu'on n'avait pas encore rétrécie à 1 mètre au delà de Yentaï, mais que l'on pouvait utiliser, grâce aux wagons laissés par les Russes, et rencontrés tant de fois par moi entre Loushouton et Liao-Yang, trainés par des coolies chinois ou par des soldats.

Les deux réservoirs à eau, troués par des obus, serraient d'observatoires. Un officier s'y tenait et observait à la lunette les points de chute des obus. Il criait la correction à une sentinelle placée au pied du soubassement ; celle-ci la répétait à une autre sentinelle abritée à cinquante mètres de là par une maison russe ; celle-ci à la suivante, et ainsi de suite jusqu'à la batterie.

Pour la voir tirer, il fallait courir de maison en maison, au signal des sentinelles. A peine arrivé à l'abri, j'entendais les balles russes siffler à droite et à gauche ou claquer sur les pierres. Le ballast, la terre en étaient jonchés, et à chaque instant le pied butait sur une fusée ou un morceau d'enveloppe d'obus.

De gros projectiles tombaient avec une régularité presque chronométrique sur Chahopou Nord, à l'Ouest de la ligne, et un nuage blanc permanent marquait l'explosion des shrapnells, qui tous dépassaient les batteries japonaises et se perdaient sur les champs déserts, sans utilité.

Toutes les nuits de lourdes détonations faisaient grelotter le papier de ma fenêtre à Chiliho. Nous vivions tous les six dans la même chambre, trois sur un K'ang, trois sur l'autre ; Brill, Scull et moi à l'Ouest ; Clarkin, Whiting et Pratt à l'Est ; et toutes les nuits nous sortions pour prêter l'oreille à la canonnade et essayer de discerner si elle avançait ou reculait. Le ciel était délicieusement lumineux et clair ; les étoiles brillaient le matin, comme des fanaux de locomotive, et mon thermomètre marquait jusqu'à 4° au-dessous de zéro. Les soldats qui revenaient des tranchées vers huit heures, hâves, sales, se traînaient et paraissaient beaucoup souffrir du froid.

Ceux qui occupaient des maisons, les avaient entourées de bottes de sorgho comme d'un manchon. Ceux qui campaient en plein air, avaient disposé ces bottes en huttes a ouverture très étroite, et y dormaient, serrés comme des oiseaux dans un nid, sous une couche de paille ajoutée à leurs toiles de tentes et à leurs couvertures. Les fossés, les ravins, les silos avaient tous été transformés en gourbis par le même procédé. Des monceaux de peaux de chèvre arrivaient par le train à la bricole, et on distribuait aux soldats des vestes doublées de ces fourrures et des capotes à collet garni de même.

Tout annonçait déjà l'hivernage, et rien une action décisive, qui permit d'espérer soit l'entrée à Moukden soit le retour à Liao-Yang.

Toutes mes dispositions pour l'habillement et la nourriture étaient prises, quand le 21 octobre, je reçus du consul de Yokohama, avis qu'il m'avait retélégraphié une dépêche du directeur du « *Petit Journal* » me rappelant en France, un mois auparavant, entre la bataille de Liao-Yang et celle du Chaho.

Ma lettre à la main, j'allai aussitôt demander explication à Sataké, Ochabé et Tanaka, nonobstant l'heure tardive. Il était huit heures et demie du soir. Ni l'un ni l'autre ne savait rien. Ils me conseillèrent d'attendre au lendemain pour avoir de l'état-major une explication.

La nuit, probablement porta, conseil aux trois lieutenants-colonels de la censure : Youtchi, Yamada et Yamanachi, car le lendemain matin, vers neuf heures quant je me présentai au bureau de MM. les censeurs, le colonel Yamada, qui fut à peu près poli, me signa l'attestation qu'aucun télégramme de France n'était parvenu pour moi à l'armée depuis le 25 juillet, et revêtit ce papier du cachet de la Seconde armée.

L'affaire, d'ailleurs, était du ressort du colonel Yamanatchi... Ce dernier nous était connu... Il nous avait fait, à Haïcheng, la mauvaise plaisanterie de nous mener aux « *avant-postes* », à 3 kilomètres des murs ! et, sous prétexte d'éclaircir pour nous la position présente des antagonistes, nous avait raconté les combats de Katsoura entre Sung té tcheng en janvier 1895 ! Comme le sieur Ochabé, il haïssait solidement les gens de la même couleur de peau et de la même qualité de cerveau que ses anciens professeurs d'art militaire.

Il ne tarda pas à arriver au bureau. J'expliquai de

nouveau l'affaire, montrai la lettre du consul Steenackers, le passage où il me donnait copie du télégramme qu'il avait reçu pour moi de M. Cassigneul,
et demandai ce qu'était devenue la dépêche que mon
ami le consul disait m'avoir envoyée, et qui reprodui-
sait exactement celle du directeur du *Petit Journal*.

M. Yamanachi me fit répéter dix fois cette explication ; essaya tous les faux-fuyants, tous les coq-à-
l'âne des gens qui ne veulent pas comprendre, et
finalement, à bout de finasseries et de dureté d'en-
tendement, se mit à interrompre, tous les trois mots,
les explications que je donnais en français à Tanaka,
pour qu'il les traduisît en japonais. Le pauvre Tanaka était au supplice.

Enfin Yamanachi s'oublia jusqu'à prononcer le mot
« *ba-ka* » *(brute)*. Ma surdité protocolaire ne pouvait
pas me dispenser de comprendre. Je coupai, à mon
tour, et net, la parole à l'officier mal élevé, et priai si
catégoriquement Tanaka de demander, sur-le-champ,
à ce monsieur, quelle destination il donnait au mot
baka, que le pauvre garçon n'eut pas le temps de se
ressaisir, et posa la question.

La tension du lieutenant-colonel diminua de suite.
Il répondit, et je n'eus pas besoin de secours étranger
pour le comprendre, que c'était l'affaire en litige qu'il
avait qualifiée *baka*. Cette rétractation me parut une
réparation suffisante d'une grossièreté de Japonais.
Mais ma patience était à bout.

Je le dis nettement à Tanaka, et ajoutai : « Je quitte
la place, parce que ma cravache me démange, et que
je ne réponds pas d'aller, dans une conversation de ce
genre, plus loin que je ne le voulais en venant ici.

(314)

Il serait trop sot de donner à M. Yamanachi la joie de me mettre dans mon tort et de me faire passer en cour martiale. Je vais saisir le maréchal Oyama de l'affaire. »

Et je sortis, en saluant seulement Yamada et Tanaka.

Une heure après, la dépêche adressée par Steenackers m'était apportée par un planton *(toban)*, et mes cinq confrères anglais et américains attestaient, par leurs signatures, qu'elle ne m'avait touché qu'à onze heures et demie du matin, le 22 octobre. Le *Petit Journal* l'avait adressée le 26 septembre! Steenackers l'avait, ce jour aussi, immédiatement télégraphiée à l'état-major général, à Tokyo comme le prescrivait la consigne militaire. Celui-ci l'avait adressée à Séoul! A Séoul un employé l'avait froidement mise *à la poste*, à destination de l'état-major de la Seconde armée! Il aurait été aussi pratique de la déposer sur les « courants bienveillants » qui ont donné à Chemoulpo son nom coréen *(Inchioun)*, en chargeant leurs bons sentiments de me la faire parvenir! Un timbre atteste qu'elle est arrivée à Haïcheng le 14 octobre, et un autre qu'on l'avait à Djourika le 21, en même temps que la lettre de Steenackers qui, elle, m'avait été remise à huit heures et demie du soir!

Ce fait achève de caractériser l'attitude de l'état-major du général Oku à l'égard des correspondants militaires, et les sentiments de ce commandant d'armée, qui laissait commettre, sans les réprimer, de pareilles vilenies.

Le maréchal Oyama avait une tout autre politique. Mais au Japon il est impossible de donner raison à un étranger contre un indigène, et les hauts fonctionnaires laissent la bride sur le col à leurs subordonnés. Je reçus, le 26, permission de prendre le chemin du retour, avec prière de voir, en passant à Yentaï, le général Foukoushima, major-général du grand quartier général, mais aucune promesse de satisfaction du tort qui m'avait été fait, et de la grossièreté du lieutenant-colonel Yamanachi.

Je me mis en route le 28, et tous mes camarades me firent la conduite à cheval jusqu'à Yentaï, au bruit des canons de gros calibre engagés dans une chaude conversation aux avant-postes.

Le général Foukouchima était absent. Le maréchal Oyama également.

Un dernier déjeuner, au pied des arbres et sur les tombes d'un cimetière mandchou, mêla, comme d'ordinaire, nos ressources respectives, et après promesse de nous revoir tous, une fois la guerre terminée, mes compagnons de trois mois et demi de dure campagne, pendant lesquels notre amitié ne s'était pas démentie une fois, tournèrent leurs chevaux vers Chiliho, pendant que je tournais le mien vers Liao-Yang.

Tout le long du chemin, dans les postes japonais, les premiers mots qu'on m'adressa furent : « *Have you got any spirits ? Any brandy, wisky or cognac ?* » (Avez-vous des alcools ? Du brandy, wisky ou du cognac ?) Et ma réponse négative m'aliénait immédiatement des sympathies qui avaient évidemment soif de se manifester.

Je fis d'une traite le trajet, et allai droit à la mission catholique, où je trouvai une natte et une chambre chez l'excellent Père Corbel.

J'avais fait cadeau de ma tente au service des ambulances en quittant Chiliho ; mais cela n'aplanit aucune difficulté pour moi, et la régularisation de mon passeport me retint trois jours à Liao-Yang.

Enfin, le 2 novembre je m'embarquai pour Niou-chouang, et eus l'agréable surprise de rencontrer sur le quai de la gare, le prince Anton de Hohenzollern et une mission coréenne, composée du général le plus galonné que j'aie jamais vu, et de deux officiers dont je regardai deux fois la tenue, tant elle était semblable à celle de nos officiers d'artillerie. Le train contenait un des wagons de 3ᵉ du Japon ; mais la bienveillance de l'état-major Oku me favorisa d'une plate-forme découverte, où je me consolai du vent, du froid, de la poussière et des escarbilles, en rassemblant, une dernière fois, sur ma rétine, tous les traits du paysage.

Le soleil était bien près de l'horizon quand le train stoppa à Tachikiao. Des manœuvres fastidieuses commencèrent, et j'en profitai pour expédier des œufs durs, quelques galettes chinoises et une bouteille de bière, dont je m'étais muni, à tout hasard, malgré les dires du commandant de place de Liao-Yang qui m'avait affirmé que je serais à Niouchouang à 6 heures. Avec les Japonais, on ne se défie jamais assez et on ne prend jamais trop de précautions.

Pendant que je me sustentais ainsi, au petit bonheur des correspondants militaires, un des gentlemen nippons qui avaient fait la route dans le wagon clos et couvert, s'approcha de mon truck, et je reconnus un interprète, réplique fidèle du type Ochabé, dont j'avais plusieurs fois noté la sournoise malveillance. Il ne parlait qu'anglais. Il s'étonna poliment de mon retour, qu'il ignorait, et m'offrit aimablement son entremise pour assurer et activer le transport de mes bagages, une fois arrivés à Niouchouang.

Sa politesse aurait dû éveiller ma méfiance, car cette parure ne cache jamais l'honnêteté au Japon. Mais la joie de quitter tous ces fourbes m'avait orné d'écailles beaucoup plus grandes que mes yeux...

La nuit vint, et les manœuvres continuaient. De petites lanternes piquaient çà et là l'obscurité dense de pointes de lumière, qui tantôt couraient à ras du sol, tantôt montaient et descendaient en signaux. Le tour de ma plate-forme arrive et, comme je m'étais gardé de la quitter, une équipe me roule avec elle sur une voie de garage. « Bon, me dis-je, c'est la fin de la manœuvre. Je vais partir. » Il était huit heures.

Un coup de sifflet, et le train duquel je venais d'être détaché démarre et disparaît.

Une demi-heure après, une équipe roule de nouveau ma plate-forme et m'attache en queue d'une rame de wagons, sur la voie que j'avais quittée. Un serre-frein arrive avec un falot, puis toute une escouade de fantassins ; un coup de sifflet, et adieu Tachikiao !...

Et je suivais de l'œil les masses noires de la ville, que je reconnaissais bien, en me promettant de ne pas venir y « manger ma retraite », et en attendant de confiance, la cabane de planches qui jalonnait la bifurcation vers Niouchouang...

Mais au lieu de la voir à gauche je la vois à droite, ainsi qu'une colline coiffée d'un arbre en forme de balai érigé, dont j'avais gardé le souvenir très exactement !...

Je bondis sur le garde-frein, qui se réveille en sursaut. « Où allons-nous ? — A Dalny ! »

J'étais dans le piège! Prisonnier, par sotte confiance! Les Japonais étaient sûrs, de cette façon, que je ne partirais que quand il leur plairait de me lâcher, et ne pourrais ni télégraphier ni écrire ce que j'avais vu.

Il fallait sortir de ce mauvais pas, avec les moyens auxquels me réduisait ma mauvaise fortune.

Je montrai mon passeport au brave serre-frein, et lui fis comprendre que le général Oku me renvoyait au Japon, que le transport de guerre m'attendait le lendemain à Niouchouang et que le général rechercherait sûrement ceux qui m'auraient forcé à lui désobéir.

Serre-frein, sergent et fantassins opinèrent du bonnet et arrivé à Kaïping, j'eus la chance de me trouver stoppé le long du premier wagon d'un train qui remontait à Lia-Yoang.

En un clin d'œil tous mes bagages furent chavirés du truck enguignonné sur le ballast. A mes cris, le chef de gare accourut, escorté de son porte-lanterne. Mon passeport était libellé pour Niouchouang, revêtu du cachet de l'état-major Oku... Hop! Deux minutes plus tard, mes caisses et ma personne étaient arrimées au milieu de soldats partis de Dahny le matin ; une demi-heure après j'étais de retour à Tachi-Kiao ; et, en dix minutes, grâce à une distribution généreuse de piécettes d'argent, j'étais installé dans l'ancienne salle d'attente de la gare, avec tout mon attirail.

Une demi-douzaine de soldats, assis sur un banc, engoncés dans les collets fourrés de leurs capotes grises, tendaient les mains au-dessus des charbons d'un brasero. La glace fut brisée entre nous dès que j'eus prononcé quelques mots de Tchaotchampao,

Liao-Yang et Chaho. Une distribution de cigares, tirés de mon sac à main, fit le reste, et je sus promptement que deux de mes camarades improvisés allaient à Niouchouang, et que le train qu'ils attendaient arriverait du Nord à deux heures du matin.

Je ne les quittai plus de l'œil. Le sergent chef de gare arriva. Je le comblai de cigares et de prévenances. Une petite bouteille de wisky, « espoir suprême et suprême pensée », acheva de rétablir mes affaires, car heureusement le fripon d'interprète qui m'avait joué n'avait pu s'assurer des complicités à la gare, faute de qualité pour donner un ordre à des militaires.

Mes deux soldats chargèrent mes bagages à deux heures sur le train ; — à cette heure il n'avait pas été possible de télégraphier ou de téléphoner au général Foukouchima, — et à trois heures j'arrivai, raide de froid, mais hors des serres japonaises, au terminus du chemin de fer mandchourien, un peu au Nord de Niouchouang.

Tout le personnel dormait. Un dollar, bien placé, me mit en possession d'un lit de camp dans une des chambres de la gare, et quand tous mes bagages furent rangés autour, je m'endormis sur ma victoire, et sans difficulté.

A sept heures, un capitaine du génie, chef de la gare vint me réveiller, pour voir mon passeport. Il savait ; mais que faire ? J'avais trop bien éteint la mèche ! Il parlait français vaguement, et entra en propos, mais pour lâcher bien vite cette incongruité : « Je voudrais bien aller à Paris pour courir les filles. » Du tac au tac, il reçut cette riposte : « Monsieur, si vous n'avez que cela à faire à Paris, épargnez le temps et les frais du voyage. Vous trouverez au Japon beaucoup plus de filles faciles que nulle part ailleurs. » Cela lui suffit. Il visa mon passeport, et je pris congé.

L'appontement était au delà de la large trame des voies, à cinq cents mètres. La marée descendait. Je hélai une jonque ; le Chinois hissa sa voile, et à neuf heures et demie, après trois bordées qui me firent voir de près les deux rives du Liao, je débarquai à l'hôtel Mandchouria, à ce moment l'unique hôtel européen de Niouchouang.

Je ne perdis pas de temps pour aller saluer le consul de France, dont j'avais repéré le pavillon en descendant le fleuve. C'est un Français, né à Moscou, M. Albert Kreutler, mais qui a tenu à garder sa nationalité et est revenu au temps légal, faire son service militaire à Melun, dans un régiment de chasseurs à cheval. Sa position était fort délicate, entre le consul japonais Segawa, l'administrateur militaire, chef d'escadrons Yokoura, qui le harcelaient et le faisaient espionner parce que chargé des intérêts russes, et le consul général américain Miller, doyen du corps consulaire, qui n'intervenait que pour nuire, sans avoir l'air d'y toucher.

Pendant mon séjour, Kreutler défendit si bien les bâtiments du consulat russe, la chancellerie et la maison du Danemark, que les Japonais se contentèrent de timbrer du chrysanthème la chancellerie et d'y installer leur commandature, de remplacer, de nuit, le pavillon français par le leur sur le consulat, mais ne s'y installèrent pas, malgré leur envie d'occuper la seule belle maison qu'il y ait à Niouchouang.

Krentler ne voulut à aucun prix me laisser à l'hôtel.

Il envoya immédiatement chercher mes bagages et m'installa dans une belle chambre chez lui, à l'abri de notre pavillon.

Grâce à lui, j'emportai de Niouchouang les seuls souvenirs agréables de mon long voyage à travers la Mandchourie.

Interprètes sur interprètes, même celui qui avait essayé de me capturer à Tachikiao, me furent dépêchés par MM. Segawa et Yokoura, pour m'offrir « un beau transport, où j'aurais une belle cabine, pour moi seul, et qui me conduirait au Japon en une semaine. » Chat échaudé ne croit plus à l'eau froide... Je les éconduisis tous, poliment, mais fermement, en disant que j'avais quitté l'armée et entendais suffire à mes besoins moi-même, avec les ressources suffisantes que me fournissait le *Petit Journal*.

Enfin un vapeur de la compagnie française Est-Asiatique, le *Quang-Nam*, arriva à Niouchouang. Le commandant Vidal consentit à me prendre comme passager, et j'arrivai avec lui le 12 novembre à Chefou.

Le surlendemain un contre-torpilleur russe, le *Rasdoropny* arriva, échappé de Port-Arthur à la faveur d'une tempête de neige, et se coula dans le port.

Mais, aucun bateau, sauf des Japonais, n'était en partance pour le Japon. On m'affirma que je ne trouverais qu'à Tien tsin un passage à mon gré.

Là, autre désappointement. Un seul navire, un allemand, le *Babelsberg*, devait partir le 2 décembre pour Kobé.

Je profitai des loisirs forcés qui m'étaient ainsi faits pour voir Pekin, M. Dubail et Mgr Favier, et pour pousser une pointe jusqu'à Hsin Min Ting et au Liao, avec des Arméniens et des Grecs qui venaient au réapprovisionnement pour leurs maisons de Tiéling et de Moukden.

Chemin faisant, je rencontrai des trains chargés de matériel de guerre japonais; nous les croisions. Ils étaient arrêtés près de nous.

Il me suffit de sauter de mon wagon sur ceux des convois de marchandises pour vérifier qu'ils contenaient des canons, des caissons et d'autre matériel d'artillerie. La couleur gris plomb, que j'avais eu mainte occasion de remarquer à l'armée d'Oku, m'attestait la destination de cette contrebande de guerre, si complaisamment transportée par une compagnie anglaise, sous la surveillance de fonctionnaires anglais, à travers un pays dont l'Angleterre avait réclamé et obtenu la neutralisation pour les deux belligérants.

Le 2 décembre, je m'embarquai à Takou sur le *Babelsberg*, et grâce à de longues escales à Chemoulpo et à Fousan, je pus faire un séjour à Séoul, et voir, en Corée, jusqu'où va la tolérance de l'Angleterre pour les violations les plus fragrantes du droit international commises par le Japon, dont les partis politiques anglais réclament, à qui plus hautement, l'alliance sans réserve.

CONCLUSION

LES causes des victoires japonaises se dégagent d'elles-mêmes de ce long récit, qui a mis impartialement en présence une force éminemment offensive, jusque dans ses moindres organes, et un grand corps réduit par l'indécision et les flottements de sa volonté à n'opposer que la résistance inerte de sa masse, et l'obstacle insuffisant d'une défensive obstinément bornée au rôle passif.

Le Japon voulait depuis 1895 faire la guerre à la Russie. Gouvernement et population la préparaient à qui mieux mieux, matériellement et moralement.

En 1896, le marquis Ito fit voter la réorganisation de l'armée et de la marine. L'armée, recrutée par le service personnel, obligatoire et universel, fut porté à 156 000 hommes sur le pied de paix et à 510 000 sur le pied de guerre. On prenait tous les ans 54 pour 100 du contingent militarisable. Les hommes devaient servir de 20 à 23 ans dans l'armée active ; de 23 à 27 ans, dans la première réserve ; de 27 à 32 ans dans la seconde réserve ; et pendant huit ans, de 32 à 40 ans, dans la territoriale. A quarante ans, un Japonais est, à bon droit, réputé vieux.

Les 46 pour 100 exemptés, pour ne pas gêner l'exercice des professions libérales, devaient, avec les volontaires d'un an, très sagement maintenus, constituer la première réserve.

La marine, forte en 1894 de 46 vaisseaux déplaçant 78 774 tonnes et de 26 torpilleurs, fut portée à 67 bateaux, jaugeant 250 000 tonnes et 116 torpilleurs.

La dépense était évaluée à 225 millions de francs pour l'armée, 565 millions de francs pour la marine, 25 millions pour les fortifications, arsenaux et ports.

Au total 815 millions.

Les deux indemnités de guerre, montant à 930 millions de francs, versées par la Chine, furent absorbées par ces dépenses, sauf 115 millions qui passèrent en partie à acheter les deux plus gros cuirassés du monde le *Hatsusé* et le *Mikasa*.

Et le Japon consolida 1 milliard 76 millions, dépensés pendant la guerre contre la Chine, en dette permanente.

On a vu que ces préparatifs suffisaient.

L'entretien, la restauration de l'esprit samouraï dans les écoles et les familles, ont préparé ces excellents soldats et officiers, chez lesquels la discipline est innée, dont le mépris de la mort fait un outil militaire si bon, qu'il a transformé en merveilles stratégiques et tactiques les conceptions brutales et simplistes d'un état-major qui a procédé simplement à coup d'hommes, par l'écrasement au canon et en versant le sang comme de l'eau. Mais la prévoyance japonaise a encore affirmé là sa supériorité, en organisant un service de transports et d'étapes, qui a toujours amené, en temps voulu, deux fois autant de combattants que l'ennemi en alignait, toutes les munitions et tous les approvisionnements nécessaires.

De plus, un astucieux système d'informations a créé et entretenu dans l'univers un mirage décevant, à travers lequel ne passaient que des impressions faites pour décourager les Russes et leurs amis.

Ceux-ci ont eu le tort, payé bien cher, de ne pas croire à la guerre, de ne pas la préparer, de croire à la valeur de l'intimidation par des décors aussi vains que des accessoires de théâtre, et le malheur d'avoir pour chef, dans l'amiral Alexeiff, un de ces hommes qui sont le malheur de leur patrie. La marine russe a achevé ces disgrâces par son insuffisance. Makaroff et Roesdjetvenski ont succombé à la tâche trop lourde de donner des âmes militaires à des états-majors et équipages improvisés.

Les Russes ont été battus, non seulement parce qu'ils ont toujours tenu un contre deux ou trois, mais parce que leur stratégie était faite pour enflammer l'ardeur de l'ennemi. Ils lui donnaient à croire, malgré l'héroïsme de leur défense, qu'ils combattaient à leur corps défendant, en gens contraints de le faire, et qui seraient heureux de déposer les armes. Leur tactique fortifiait cette impression. Ils se battaient la barbe sur l'épaule, l'esprit et les yeux en arrière de la ligne du feu. Les Japonais ne pensaient qu'à marcher en avant, et coûte que coûte. C'est la seule manière de faire la guerre et de vaincre.

Les Russes se sont trop assurés que l'espace et le temps, qui avaient vaincu Charles XII et Napoléon, vaudraient encore pour eux une marine et une armée.

Ces deux facteurs, sérieux, de toute guerre, commen-

cent seulement à devenir actifs, après un an de dé-
sastres, qui ont coûté à l'empire des tsars 1 334 millions de francs pour les onze premiers mois seulement
des opérations.

La situation japonaise est beaucoup moins bonne.
Le gouvernement mikadonal a emprunté, en 1904, treize
cents millions à 6 et 7 pour 100 à Londres et à New-
York, et douze cents millions à l'intérieur de son pays.
Il a augmenté ainsi sa dette de deux milliards et demi.
Il avait déjà, sans compter les opérations analogues
de 1868 à 1900, chez lui, emprunté 1 400 millions en
1901, en Angleterre ; consolidé 1 milliard 76 millions
de dépenses de la guerre chinoise, soit contracté des
engagements de 2 milliards et demi. Il doit donc faire
face à l'intérêt de 5 milliards, c'est-à-dire au paiement
annuel de 300 millions de francs, qui représentent
bien près de la moitié de ses ressources budgétaires
annuelles. J'ai déjà expliqué longuement dans *La Corée indépendante russe ou japonaise, Paris, Hachette*,
que les possibilités contributives du Japon sont très
étroitement limitées par la géographie. Ce qui était vrai
en 1898, n'est pas devenu faux en 1905.

Depuis leur victoire de Moukden, les Japonais ont
une attitude qui autorise l'espoir d'une revanche russe
aussi bien qu'après Liao-Yang et le Chaho.

Déjà au mois de septembre 1904, j'entendais parler
de ne pas dépasser Liao-Yang et d'établir l'armée japonaise dans le pays, en faisant venir du Japon les
femmes des soldats ou en les mariant à des Chinoises
« s'ils ne voulaient plus de leurs femmes » (textuel).
La peur de l'espace et du temps apparaissait.

D'autres fois on émettait l'idée de rendre, après la

conquête de Moukden, la Mandchourie méridionale à la Chine, en gardant seulement la presqu'île de Dalny et Port-Arthur par une substitution du bail consenti par la Chine à la Russie. On eût ainsi constitué un État-tampon et obligé la Russie à déchaîner une guerre universelle en entraînant dans le conflit armé une troisième puissance.

Mais il eût fallu renoncer au plus puissant moyen d'entretenir la popularité de la guerre au Japon. Le peuple la veut par orgueil, par passion de la vengeance, par haine des Blancs, mais aussi parce qu'il en attend une immense distribution de places de toute sorte, et qu'il ne rêve que la vie de l'employé de commerce ou du fonctionnaire, carré dans son uniforme, sa parcelle d'autorité, et sûr de maigres appointements à la fin du mois, sans avoir à travailler la terre, le fer ou le bois.

La partie, malgré les apparences, peut donc n'être pas perdue pour les Russes. Leurs ressources sur terre sont à peine entamées. Ils ne les ont pas mises en œuvre. Il leur suffira pour cela d'augmenter et de régulariser le rendement militaire du Transsibérien. C'est la clef du problème, qui n'aura sa solution que sur terre.

Bismarck a comparé jadis la rivalité en Asie de l'Angleterre et de la Russie au duel de la baleine contre l'éléphant. Substituons le Japon à l'Angleterre (il y a bien des raisons) ! et la comparaison restera juste.

L'éléphant a eu tort de se faire baleine. Il a doublé ainsi les difficultés inouïes que lui imposait la distance de 9 500 kilomètres du théâtre de la guerre à son centre de force. Qu'il redevienne éléphant. Qu'il simplifie l'effort, et il en doublera immédiatement l'effet utile.

Ce que le Japon lui dispute, c'est non la mer, mais l'accès à la mer. L'éléphant peut l'atteindre sans quitter son élément, qui est la terre. Pour arrêter sa marche, il faut que la baleine quitte à son tour l'élément où elle est la plus forte, tout en y conservant sa supériorité. Les forces du Japon ne lui permettront pas longtemps cette vie double. Que les Russes prennent toutes leurs précautions, et frappent de leurs deux bras, et de toutes leurs forces, sur l'armée d'Oyama. Le ravitaillement par mer n'empêchera pas celle-ci d'être submergée par le flot que la Russie peut déverser sur elle. Elle n'aura pas la peine de la suivre jusque dans son archipel. Condamné à tenir sur pied son armée et sa flotte, sur son sol, à saigner à blanc son trésor, le Japon sera vite atteint de phtisie galopante. Toutes les fautes qui ont amené la Russie à son état actuel peuvent donc être réparées, mais sur terre.

N'oublions pas que le stimulant qui pousse, bataillon après bataillon, les Japonais à la mort, comme les flots du Niagara à la chute, c'est la joie de battre tous les Blancs sur le dos des Russes, et l'espoir enivrant de s'abattre, comme un vol de sauterelles, sur la riche Chine et sur l'Asie vermoulue.

Tant qu'ils auront un *yen*, ils achèteront des canons et des cuirassés, et chercheront, par tous les moyens, à déverser sur le continent asiatique le trop-plein, montant continûement, de leur population dévorante.

L'exemple de la Corée doit suffire à dissiper toutes les illusions créées par les formules diplomatiques. On sait désormais ce que les hommes d'Etat nippons entendent pour assurer l'indépendance et l'intégrité des pays où on tolère leur immixtion.

(330)

La crise actuelle n'a pu être déchaînée que parce que le solide faisceau, habilement formé en 1895, lors du traité de Chimonosaki, entre la France, la Russie et l'Allemagne, a été dénoué.

La turbulence du Japon, les raisons constitutionnelles qui le contraignent à faire de la guerre une industrie nationale, la gêne et l'anxiété entretenues depuis dix ans par lui dans le Pacique occidental, ont démontré de quoi il eût été capable si les trois puissances ne l'avaient pas contraint à se dessaisir du Liao Tong, et combien elles ont eu raison d'exercer cette contrainte.

Elles avaient compris alors que le Japon visait la constitution d'une puissance, alimentée par l'exploitation de la Corée et de la Chine, suffisante pour évincer les Blancs de l'Orient jaune.

Ses visées n'ont pas changé. Personne aujourd'hui ne peut de bonne foi les méconnaître. Les Russes combattent pour tous les Blancs, et quelle que soit l'issue de la lutte qu'ils ont soutenue jusqu'à présent si mal, l'entente de Chimonosaki devra être refaite, pour parer à la renaissance des besoins qui l'avaient engendrée il y a dix ans. Elle seule est assez forte en effet pour exaucer réellement, en lui assurant l'avenir, c'est-à-dire en ne laissant pas les Japonais imposer, sur les bords du Pacifique, leur conception unilatérale de l'équilibre, le vœu par lequel ils prétendent justifier la guerre actuelle: « Fonder sur une base solide la paix de l'Extrême-Orient. »

CORÉE SEPTENTRIONALE, LIAO-TOUNG, MANDCHOURIE.
CARTE GÉNÉRALE.

Trois mois avec le maréchal Oyama.

TABLE DES MATIÈRES

(333)

www.ingramcontent.com/pod-product-compliance
Lightning Source LLC
Chambersburg PA
CBHW070318030726
47505CB00004B/1021